KB230902

구비전승문예의 비교 연구

-한국의 판소리와 일본의 조루리를 중심으로

구비전승문예의 비교 연구

-한국의 판소리와 일본의 조루리를 중심으로

박 영 산

1993년 봄, 비교문학을 해 보겠다는 생각으로, 일본 유학의 길을 택했다. 동경대학 대학원 총합문화연구과에서 학업을 한 2년 동안, "왜 일본문학을 하였는지", "어떻게 비교문학을 할 것인지" 회의와 방황의 연속이었다. 막막했던 그 방황의 끝을 발판으로, 1999년 3월부터 고려대학교 대학원 비교문학협동과정학과에서 다시 학업을 시작할 수 있었다. 그리고 당시 학과장님이었던 서연호 교수님의 제자가 될 기회를 얻었다.

서연호 교수님은 우리나라 극문학 연구가 허허벌판과 같던 시절부터 밝은 통찰(洞察)로 전통연희에서 현대극까지 토대를 다져놓으시고, 많은 길을 뻗어놓으신 연극학계의 큰 기둥이시다. 더욱이 일본학과 동아시아 공연예술에 대해 조예가 깊으신 분으로, 많은 지도를 받을 수 있었다. 특히 금년은 지도교수이신 서연호 선생님께서 정년퇴임을 하셨다. 영예롭게 퇴임하신 것을 진심으로 축하드리며, 새로운 활약으로 더 큰 뜻을 이루시길 바란다. 개인적으로는 정년퇴임을 기념하여 박사학위논문을 책으로 엮어 헌정할 수 있게 되어 영광이라고 생각하면서도, 망양지탄한 제자이기에 선생님께 누가 되지 않을지 염려스럽다.

비교문학의 방법론은 분명 이 시대가 요구하는 학문의 유형이지만, 그 학문을 실행하기에는 많은 지식과 쏟아지는 정보를 집약시킬 수 있는 충분한 역량을 필요로 한다. 본인은 부족한 역량으로 항상 헤매고 있지만, 그래도 비교문학을 시작하면서 우리 것에 대한 애정과 관심이 무척 높아졌다.

본인의 극문학 비교연구는 일본의 전통인형극 닌교조루리(人形浄瑠璃)를 보면서 시작되었다. 세 사람이 하나의 인형에 감정을 실어 보여주는 인형극,

조종사들의 숨죽인 집중력의 산물인 것에도 놀라웠지만, 그 극을 보고 있는 중에 인형을 보고 있다는 것을 까마득히 잊게 하고, 어느 사이엔가 인형이 아닌 배우가 무대 위에서 열연하고 있는 것처럼 느껴지게 하는 그 원동력이 무얼까 궁금해졌다. 거기에는 변화무쌍한 세상을 살아가는 인간들의 이야기, 그 이야기를 맛깔스럽게 전하는 다유(大夫), 심금을 울리는 음률의 샤미센과 섬세함의 극치를 선보이는 인형조종사가 있었다.

우리의 인형극을 떠올렸다. 아주 간간히 지방 축제의 민속놀이에서나 볼 수 있는 박재되어 있는 듯한 꼭두각시 인형의 모습이 나타났다. 왜 이토록 숨이 멈춘 듯 대를 잇지 못했을까 아쉽다. 전통이란 살아 숨쉬는 것이며, 성장하고 발전하는 모습이 있어야 영원할 것이다. 다행히도 서연호 교수님의 『꼭두각시 놀음의 역사와 원리』(연극과 인간)로 그 역사적 가치도 학문적으로 정리되었 고, 후학들의 관심도 형성되고 있다고 본다. 우리의 정체성을 담고 무대에서 활약하는 전통인형극 공연이 활성화되기를 기대한다.

본서는 한국과 일본의 구비전승문예 중에서 판소리와 조루리(淨瑠璃)를 비교하고 있다. 일본의 조루리는 인형과 결합하여 새로운 예능으로 재탄생 하고 있지만, 판소리는 그 자체로서 극을 형성하고 있는 공연예술이다. 각각 의 발생배경과 형성과정을 통해, 그 성립과정을 제시했다. 그리고 대표적인 작품으로 『춘향가』와 『소네자키신주(曾根崎心中)』의 구성방식, 서술방식, 연 행방식을 대조해 보았다. 판소리와 조루리는 기층문화를 중심으로 형성된 문예로 영향관계에서의 비교연구에는 무리가 있다. 하지만 한국과 일본의 예능의 역사에는 그 맥을 같이하는 것이 많이 있고, 따라서 동아시아의 보 편성이 담겨져 있는 것을 배제할 수도 없다. 다시 말하면, 이들은 특수성과 보편성이 여실히 드러나는 연희이다.

지금까지의 판소리 연구는 문학적 연구에 치우쳐 있던 것이 사실이지만, 그동안의 심도 있는 연구 성과는 소중한 자산이며, 판소리의 맥을 잇고 그 가치를 찾는 데에 있어서도 크게 공헌하고 있는 것을 부인할 수 없다. 한편 근래 음악학적 연구가 활발하게 진행되고 있는 것은 그 본질을 파악하는 중요한 요소이며, 참으로 다행스러운 일이다. 또한 판소리가 대중과 어우러질 수 있는 예술적 가치를 가진 만큼, 연극학적 연구, 나아가서는 공연예술학적 연구가 좀 더 관심을 보여야 할 때라고 본다.

본서는 박사논문을 한 권의 책으로 엮은 것이다. 좀 더 보완해야 한다는 생각을 실행하지 못한 아쉬움도 있지만, 비교문학적인 관점에서의 판소리연구로 새로운 시각을 제시하고자 했다. 한국과 일본의 학자들이 남긴 기존의 논의에 많이 의존하고 있다. 스스로 미흡한 부분은 일일이 말할 수 없을 정도이지만, 판소리가 살아 숨쉬는 공연예술로 활약하는데 티끌만한 도움이라도 될 수 있기를 조심스럽게 바란다. 그리고 지도교수이신 서연호 교수님과 논문을 심사해 주신 인권환 교수님, 유영대 교수님, 최관 교수님, 심기형 교수님, 그리고 많은 저서로 도움을 주신 선학에 다시 한 번 감사드린다.

끝으로 한권의 책으로 만들어지기까지 협조해주신 한국학술정보(주)에 감사드리며, 무궁한 발전을 기원한다. 그리고 처음부터 마무리까지 여러모로 배려해주신 권현옥 팀장님께 고마움을 전한다.

2006년 12월
안암동 교정에서의 추억을 더듬으며
박영산

목 차

Ⅰ. 서론 ··· 11

  1. 연구목적 ·· 12

  2. 연구사 검토 ··· 15

  3. 연구대상 및 연구방법 ···································· 19

Ⅱ. 판소리와 조루리의 성립 ······························· 23

  1. 발생배경 ·· 24

    1) 종교적 제의와 창(唱)의 문학 ······················· 24

    2) 이야깃거리(語り物)의 생성과 구성방식 ·············· 36

  2. 형성과정 ·· 46

    1) 〈영산회상(靈山會上)〉의 의의와 판소리의 성립 ·········· 46

    2) 〈헤이쿄쿠(平曲)〉의 의의와 기다유부시(義太夫節)의 성립 ·········· 54

Ⅲ. 『춘향가』와 『曾根崎心中』의 구성방식 ··············· 67

  1. 주제와 등장인물 ··· 68

  2. 서사적 구조와 극적 플롯 ································· 73

  3. 수사적 기법과 문학적 취향(趣向) ······················ 82

Ⅳ. 『춘향가』와 『曾根崎心中』의 서술방식 ················ 97

  1. 삶과 죽음의 표상 ··· 98

  2. 관용과 대립의 전개방식 ·································· 100

  3. 해학과 비극의 유형화된 장면 ···························· 111

Ⅴ. 『춘향가』와 『曾根崎心中』의 연행방식 ·························· 121

  1. 연창의 요소와 연행의 장(場) ··························· 122
    1) 외정(外庭)의 연회 ································· 122
    2) 예(芸)의 실현 ···································· 125

  2. 창법과 극작술의 세련된 표출 ························· 130
    1) 판짜기의 창법 ··································· 130
    2) 세태물(世話物)의 극작술 ······················· 136

  3. 극의 양식성과 미의식 ······························· 140
    1) 이면 그리기의 조화로운 바탕 ···················· 140
    2) 섬세한 감성의 극적 장면 ························· 146

Ⅵ. 결론 ·· 157

참고문헌 / 169
日本語抄錄 / 181

I. 서 론

1. 연구목적

한국과 일본은 지리적 여건으로 인하여 오랜 교류의 역사를 이어 왔으며, 그것은 곧 예능의 역사와도 직결된다. 전통연극을 거슬러 올라가 보면 꼭두각시와 닝교조루리(人形淨瑠璃), 판소리와 조루리(淨瑠璃)의 기원과 발달 과정에서 깊은 연관성과 유사성을 찾을 수 있다.

본 논문에서 연구대상으로 하는 한국의 판소리와 일본의 조루리(淨瑠璃)[1]는 구비서사시를 기반으로 하여 생성된 극(劇)적인 음악이며, 소리 부분(唱)과 아니리 부분(講)이 서로 교체되면서 진행되는 창(唱)의 연희이다. 그리고 판소리와 조루리는 양국의 기층문화를 토대로 하고 있고, 동아시아

---

[1] 조루리는 곡조를 붙여 낭창하는 이야기나 읽을거리를 말한다. 16-7세기에 성립하고, 처음에는 사사라(簓) 또는 부채로 박자를 맞추어 연창하였는데, 17세기경에 샤미센을 반주로 하면서 비약적인 발전을 한다. 그즈음 인형조종사(傀儡師)에 의한 인형놀이와 합해져 아야쓰리 조루리(操り淨瑠璃)가 성립한다. 19세기부터는 시바이고야(芝居小屋)라는 공연장에서 연출되었고, 점차 희곡으로서의 장르적 성격을 굳혔다. 대본을 연창하는 측면만을 가리켜 기다유부시(義太夫節)라고 한다.

에 서구의 사상이 침투하기 이전에 형성된 연희로서, 민족의 정체성과 연희의 보편성을 모색할 수 있는 구비전승문예이다.

김동욱에 의하면, "창의 문학은 중세 사회에 있어서 세계에서 공통되는 것이며, 그것은 대개 토속어로 되어 있는 점에서도 동서가 궤를 같이한다. 또한, 형태적 또는 배경적 유형이나, 그 전승자의 사회적 지위 등이 비슷하다."[2]고 서술하고 있다. 같은 문화권 속에 있는 한국과 일본 그리고 중국은 필연적으로 많은 문화적 접촉을 거쳐 왔고, 그래서 영향과 수용의 양상을 추적하는 일은 연구대상으로서 주된 과제가 되고 있다. 하지만 그 문화적 접촉은 주로 한자를 매개로 해 왔기 때문에, 민중의 구어를 기반으로 하는 판소리·가타리모노(語り物)·강창(講唱)과 같은 연창예술 등의 상호간의 교류는 그다지 활발할 수 없었다.[3]

근대 이전의 중국·한국·일본의 연희가 정형화를 이루고 있는 것에 대해 말하면, 우선 음악이 기본이 되고 노래와 춤과 재담과 연기로써 표현되는 것이다. 즉 삼국의 예능에서 악극성(楽劇性)이 차지하는 성향은 절대적인 위치에 있다고 할 수 있다. 중국의 고전극으로 '희곡'이라는 어휘를 풀어 보더라도 "놀이(戱)"가 "노래(曲)"로 이루어졌음을 알 수 있듯이, 발생기부터 그 주요한 구성요소로서, 대사·연기·무용이 음악에 절대적으로 의존하고 있다. 음악은 극중 인물의 내면심리만이 아니라 극적 갈등까지도 표현할 수 있다. 무대 표현의 면에서도 음악이 분위기를 연출해 냄으로서 관중을 자극하고 감화시키게 되는 것이다.

중국 연극의 기원은 고대 원시사회의 민간 가무(歌舞)에서 원형을 찾을 수 있다. 강창(講唱·説唱)은 고대의 문헌에 다수 나타나는 서사적인 창가이며, 문학으로서는 연극 대본의 창작에, 음악으로서는 연극의 가창에 영향을 주었다.[4] 물론 이것은 구비서사시에서 출발한 악극의 특징이기도 하다.

---

2) 김동욱, 『춘향전 연구』, 연세대학교출판부, 1965. 30면.
3) 천이두, 『한국의 판소리와 일본의 가타리모노』 문학과 지성사, 1993, 328면.
4) 諏訪春雄, 『日本の祭りと芸能－アシアからの視座』, 吉川弘文館, 1998, 10면.

일본의 전통예능도 마찬가지이며, 양식화되어 현존하는 대표적 연희인 노(能)·조루리(淨瑠璃)·가부키(歌舞伎)에서도 악극성을 배제하고 논할 수는 없다.

판소리는 부채를 든 한 명의 광대가 고수의 북장단에 맞추어 서사적이고 극적인 긴 이야기를 아니리(白)와 소리(唱)로 판을 짜고, 너름새(科)와 추임새를 곁들여 연창하는 예술을 지칭한다. 따라서 판소리에는 이야기의 판이 있고, 소리의 판이 있으며, 창자가 순간순간마다 몸짓하는 판이 있다. 이야기의 판은 서사적 구조를 바탕으로 하고 무가, 한시, 가요 등의 문체와 수사적 기법으로 구성된다. 소리의 판은 극적 상황에 따라 장단과 조(調)를 골라서 구성된다. 판소리의 묘미는 이야기의 내용에 따라 음악을 달리하여 이면을 그리는 것에 있다. 그리고 몸짓하는 판은 창자의 소리에 맞추어 보조적 기능을 하고, 추임새로 감흥에 반응한다. 이것이 극적인 음악으로서의 특징이다.[5]

조루리는 한 명의 다유(大夫)가 부채로 박자를 맞추며 긴 서사적인 이야기를 고토바(詞)·이로(色)·지(地) 그리고 후시(フシ, 가락)로 엮어나가는 극적인 이야기이다. 서사적인 이야기가 샤미센(三味線)과 합체하고, 그 이야기의 전달방식이 음곡(吟曲)적으로 된 것은 일대 변혁이라 할 수 있다. 특히 조루리 중에서도 기다유부시(義太夫節)[6]는 인형과 합해져 아야쓰리 조루리(操り淨瑠璃)[7]의 음악이 되거나, 무대의 인형을 부각시키는 것을 중요한 역할로 담당하게 되고, 그 사설은 종래 서사본위였던 것에서 희곡적인 것으로 발전한다.

이와 같이 판소리와 조루리는 사설과 음악이 하나로 어우러진 연희이며, 이것은 곧 사설 하나만으로 또는 음악 하나만으로는 그 본질을 나타낼 수 없는 성격을 가지고 있다. 사설은 각각 설화와 전설을 바탕으로 하는 이야

---

5) 서연호, 『한국전승연희학 개론』, 연극과 인간, 2004, 173-198면 참조.
6) 다케모토 기다유(竹本義太夫, 1651-1714)가 만든 조루리 음악의 한 양식.
7) 조루리(淨瑠璃)에 맞춰서 인형을 조종하는 예능.

기를 말로써 생성하고 있고, 말의 억양·몸짓·표정 등을 통해서 구연(口演)하는 구비전승문예이다. 구연의 전승방식은 반드시 변화를 내포한 보존이며, 재창조로 이어진다.

판소리는 소리를 중심으로 구연되는 연희로서, 청각적인 효과를 통해 청중의 감동을 이끌어 내는 극적인 음악으로 존재해 왔다. 하지만 조루리는 청각적인 효과에서 시각적인 효과로의 전이 과정을 거쳐, 세계 유래 없는 세 사람이 조종하는 인형극의 음악으로 자리 매김하게 되었다.

본 논문에서는, 한국과 일본의 구비서사시가 하나의 창의 연희를 성립시키는 과정을 검토하고, 공통적 요소를 가지고 생성한 판소리와 조루리가 전자는 극적인 음악으로 연행하는 공연예술이 되고, 후자는 새로운 음악 양식에 극작술과 인형조종이 합체하여 인형극의 성악곡으로 변모하는 과정을 고찰하려고 한다. 그리고 양국의 연희에 내재된 미학적 특성을 탐구하기 위해, 작품성이 뛰어나고 청중들에게도 가장 친근감이 있는 『춘향가』[8]와 『소네자키신주(曾根崎心中)』[9]의 구성방식과 서술방식, 연행방식을 각각 대조 분석하는 것을 목적으로 한다.

2. 연구사 검토

판소리 연구는 문학적 측면을 시작으로 음악적 측면, 전승연희의 측면에서 활발하게 연구가 진행되어 왔다. 일본에서의 조루리 연구는 주로 예능사의

---

8) 김진영·김현주·김희찬 편저, 『김소희 창본 춘향가』, 박이정출판사, 1997. (TEXT)
  김소희 唱, 김기수 編著, 『적벽가·춘향가』(한국음악 제5집), 전통음악연구회, 1981.
9) 森修·鳥越文藏·長友千代治 訳·校注 『近松門左衛門集1』(日本古典文学全集43), 小学館, 1972.(TEXT)

측면에서 폭넓은 연구가 전개되고 있고, 서지적 연구와 민속학적 연구, 연극적 연구로 나누어진다. 비교문학적 견지에서 한국과 일본 양국의 연구 현황은 민속학, 공연예술학, 일본문학 등 크게 세 분야에서 활발하게 이루어지고 있다.

먼저 민속학 분야에서는 최남선과 이능화의 연구가 주목된다. 그리고 당시 한국이 일본의 식민지하에 있었던 관계로, 일본인 학자[10]가 우리의 민속연구에 깊이 관여하고 있었던 것을 고려하지 않을 수 없다. 공연예술학(전통극) 분야[11]에서는 기악(伎樂)을 중심으로 한 가면극과 인형극의 비교 연구가 돋보인다. 그리고 일본문학 연구자에 의한 분야에서는 임진왜란[12]이나 조선통신사[13]와의 관련양상을 다룬 논문이 흥미롭고 앞으로 더욱 관심이 집중되어야 할 분야로 여겨진다.

전통극의 연구는 민속학과 연극학 그리고 문학의 연관성 속에서 이루어질

---

10) 今村鞆, 『朝鮮風俗集』, 東京 国書刊行会, 1975.
　　高橋亨, 「興夫伝」, 『朝鮮の説話集附俚諺』, 京城 日韓書房, 1910.
　　村山智順, 『朝鮮の巫覡』, 朝鮮総督府, 1932.
　　善生永助, 『朝鮮の姓氏と同族部落』, 刀江書院, 1943.
　　秋葉隆, 赤松智城, 『朝鮮巫俗の研究』, 大阪屋号書店, 1938.
11) 鮎貝房之進, 『花郎攷・白丁攷・奴婢攷』, 国書刊行会, 1932~38.
　　三田村鳶魚, 「朴僉知の教へる人形制作過程」, 『旅と伝説』, 1932.
　　安廓, 「山台劇と処容舞と儺」, 『朝鮮』210, 朝鮮総督府, 1932.
　　李恵求, 「高句麗楽과 西域楽」, 『한국음악연구』, 국민음악연구사, 1957.
　　高勝吉, 「演劇의 形態変遷에서 본 唱劇과 歌舞伎의 比較研究」, 중앙대 석사논문, 1970.
　　李一龍, 「演劇形態形成에 관한 比較研究(上)」, 『연극평론』10호, 1974.
　　柳敏栄, 「韓国人形劇의 由来」, 『예술원 논문집』14집, 1975.
　　野村伸一, 『仮面戯と放浪芸人-韓国の民俗芸能』, ありな書房, 1985.
　　村上祥子, 『한국의 탈놀이와 日本伎楽의 연구』, 고려대 석사논문, 1991.
　　徐淵昊, 「仮面劇의 様式 및 伝承的 仮面에서 살펴본 呉国의 위치:日本伎楽과의 비교를 중심으로」, 『동국대일본학』12, 1993.
　　成沢勝, 「新史料群 検証으로 究明된 '伎楽' 故地」, 『한국연극학』13, 한국연극학회, 1999.
12) 崔官, 『文禄・慶長の役』, 講談社, 1994. 『일본과 임진왜란』, 고대출판부, 2003.
13) 朴贊基, 『朝鮮通信使と日本近世文学』, 二松学舎大 博士論文, 1993.

수밖에 없다. 따라서 판소리와 조루리의 대조 분석은 위에 제시한 각 분야의 자료를 섭렵할 때 가능하게 된다. 이 논문은 한국과 일본의 구비서사시에 의해 성립한 창의 연희를 비교의 대상으로 하고 있으므로, 논문의 내용과 관련하여 다음 두 가지 측면에서 연구사를 검토한다.

첫째, 구비전승문학과 무속·불교의 종교적 제의와의 관련양상에 대한 연구에서, 먼저 판소리의 경우에는 무가기원설과 설화근원설 등의 발생론적 연구를 들 수 있다.14) 그리고 조루리의 경우에는 신앙적 감동을 동반한 발화행위인 가타리(語り)15)로부터 시작되고, 조루리(浄瑠璃)라는 명칭 속에 드러난 것처럼 정토신앙(浄土信仰)이 근저에 깔려 있는 것은 이미 일본의 예능사에서 인정하고 있는 바이나.16) 따라서 판소리와 조루리의 연구에서 무가(신가)는 구비문학의 중요한 요소이며, 불교설화는 구비문학의 형성에 중요한 요인이 된 것을 전제로 성립하게 된다.

둘째, 구비전승문학이며 창의 연희로서의 관점에서, 판소리와 일본의 가타리모노(語り物)17)의 비교연구를 들 수 있다.

천이두18)는 한국의 판소리와 일본의 가타리모노에 있어서 연창예술(perfo-

---

14) 정노식, 『조선창극사』, 조선일보출판사, 1940.(복각본, 동문선, 1994).
　　 김동욱, 『한국가요의 연구』, 을유문화사, 1961.
　　 정병욱, 「판소리와 불교」, 『한국의 판소리』, 집문당, 1981.
　　 인권환, 『한국불교문학연구』, 고려대학교출판부, 1999.
　　 장주근, 『한국의 신화』, 집문당, 1998.
15) 연극적 요소를 가진 성악곡에서 연창자가 독백으로 서사적인 설명을 행하는 부분의 특수한 연창방법 혹은 그 이야기를 말한다. 일상적인 회화나 낭독과는 다른 것으로, 곡조를 붙이지 않고 하는 이야기이다.
16) 坂倉篤義, 「語り物の歴史と浄瑠璃の成立」, 『淨瑠璃』(日本の古典芸能　7), 平凡社, 1970.
17) 일본에서 가요는 내용적으로 가타리모노(語り物)와 우타이모노(謡い物)로 나뉜다. 가타리모노에는 헤이쿄쿠(平曲)·고우와카마이(幸若舞)·조루리(浄瑠璃)·셋쿄부시(説経節)·사이몬(祭文)·나니와부시(浪花節) 등이 있으며, 고유의 문자가 형성되기 이전부터 존재했던 서사적인 이야기에 가락을 붙여 음송(吟誦)하는 성악곡의 총칭을 말한다. 우타이모노는 가구라(神楽)·사이바라(催馬楽)·로에이(朗詠)·이마요우(今様)·소카(早歌)·고우타(小歌)·나가우타(長唄)·민요(民謡) 등이 있으며, 음곡이 있는 노래를 말한다.

rming atr)로서의 제반 특질을 대비시켜 비교연구의 가능성을 제시했다. 양자 사이의 공통점과 차이점을 밝히고, 자료가 미흡한 판소리 연구에 있어서 문제 해결을 위한 실마리를 얻으려고 했다. 한국에서의 판소리 연구가 국내의 자료에 의존한 연구는 충실하게 진행되어 온 것이 사실이지만, 주변국과의 관련양상을 통한 연구로는 중국의 영향설 정도로 그치는 경향이 있었다. 하지만 천이두는 비교문학적 방법으로 유사성과 차이점을 통해 한·중·일 삼국의 예능학적 측면을 활용하는 새로운 방법론을 제시했다고 할 수 있다.

변은전[19]은 일본과 한국 그리고 중국의 가타리모노를 대상으로, 모노조로에(物揃え)[20]의 표현방법에 시점(視点)을 두고, 다각도에서 그 특질을 비교 고찰하고 있다. 작품연구로서는 『춘향전』과 『조루리 모노가타리(浄瑠璃物語)』[21]에 나타난 '취향(趣向)'을 관점으로 비교하고, 넓은 의미로는 한·중·일의 교류의 실태를 고증하는 영향과 수용의 비교문학적 방법을 시도하고 있다. 이 연구는 다면적·복합적 시점에서 시도되었고, 많은 연구 과제를 산출했다고 볼 수 있다.

비교연구라는 새로운 관점의 연구 성과를 위와 같이 정리해 보았지만, 현재 공연 예술로서의 관점에서 판소리와 조루리에 대한 비교연구는 그다지 이루어지지 않았다. 판소리와 조루리는 연행에 의해 성립되는 종합 예술인 만큼, 현장성을 감안한 작품의 대조연구가 실행되어야 할 것이다.

---

18) 천이두, 『한의 구조 연구』, 문학과 지성사, 1993.
19) 邊恩田, 『語り物の比較研究-韓国のパンソリ・巫歌と日本の語り物』, 翰林書房, 2002.
20) 사물이나 인물 등을 열거하여 표현하는 것으로, 문학의 수사적 기법을 말한다.
21) 조루리의 생성을 추종할 수 있는 가장 오래된 자료이다. 조루리 명칭의 근원이 된 조루리고젠(浄瑠璃御前)과 우시와가마루(牛若丸)의 사랑 이야기로 성립되어 있으며, 『주니단조시(十二段草子)』라고도 한다.

3. 연구대상 및 연구방법

한국과 일본은 지리적 여건으로 오랜 교류의 역사를 이어 왔으며, 그 역사는 곧 전통연희사와도 직결된다. 이 논문은 두 나라의 전통연희 중에서도, 기층문화에 의해 성립된 판소리와 조루리의 비교를 연구대상으로 한다.

판소리와 조루리(淨瑠璃)는 구비서사시를 기반으로 하여 생성된 극(劇)적인 음악이며 창(唱)의 연희이다. 그래서 판소리 창자와 조루리 다유(太夫)가 '곡절(曲節)'에 실어 부르는 '이야깃거리'는 청중이 듣는 것에 의해 성립한다. '이야깃거리'는 무엇보다도 '이야기하다(語る)'라는 행위의 내실을 이야기와 곡절의 면에서 분석하고, 예능으로서의 측면에서 양식성이나 연희의 특질을 명확히 해 가는 것이 요구된다.

판소리와 조루리는 '적층적 성장'과 '재창조의 과정'을 거쳐서 성립된 전승연희이다. 판소리는 극적인 긴 이야기를 음악적 짜임새로 판을 짜서 부르는 노래이며, 그 본질을 지속하면서 성장하였다. 조루리는 가타리(語り)의 예능에서 출발하여 기다유부시(義太夫節)라는 음악 양식이 성립하고, 극작술과 인형이 합류하여, 세 사람이 조종하는 인형극으로 재창조하였다.

재창조의 과정에는 조루리 음악의 새로운 양식을 만든 다케모토 기다유(竹本義太夫, 1651-1714)와 뛰어난 감성을 가진 극작가(劇作家) 지카마쓰 몬자에몬(近松門左衛門, 1653-1724)22)과 인형조종의 명인 다쓰마쓰

---

22) 지카마쓰 몬자에몬(近松門左衛門, 1653~1724)은 집안 대대로 내려온 무사의 신분을 버리고 당시 경시하던 예능의 세계에 몸을 던진다. 25세 무렵까지는 우지가 가노(宇治加賀掾)에서 조루리 작가로서의 수행을 쌓고, 가가노조, 다케모토좌, 가부키 등에 작품을 제공하면서 작가로서의 지위를 구축한다. 1703년(元禄16)년 최초의 세태물(世話物)인 『소네자키신주(曾根崎心中)』의 성공을 계기로 다케모토좌(竹本座)의 전속 작가가 되고, 1706년에는 거주지를 교토에서 다케모토좌가 있는 오사카로 옮긴다. 이후 기다유부시(竹本義太夫)를 위하여 시대물(時代物)과 세태물의 양쪽에 뛰어난 작품을 제공하지만 기다유의 사망으로 다케모토좌가 심각한 위기에 봉착한다. 그러나 『곡센야갓센(国性爺合戦)』을 써서 다시 부흥시킨다. 이

하치로베(辰松八郎兵衛, ?-1734)가 있었다. 특히, 지카마쓰는 고조루리
(古浄瑠璃)23)의 성향을 그대로 간직하면서, 고조루리와는 다른 새로운 조
루리를 창출하였다.

이와 같이 판소리와 조루리가 적층적 성장과 재창조되는 과정에는 이들과
관련된 많은 용어를 동반했다. 여기에서는 양국 문학의 비교연구에 이해를
도모하기 위한 용어의 개념만을 간략하게 정리한다.

첫째, 예능, 연희, 공연예술에 관한 용어의 개념이다. 흔히 예능과 연희
는 전통적으로 전해져 온 것을 대상으로 말하며, 공연예술(公演芸術)은 서
양의 연극을 중심으로 한 포괄적 의미로 쓰인다. 고대 예능은 신성한 능력
을 의미했지만, 점차 개개인의 특수한 재능과 기술을 가리키게 되었다. 예
능학 연구가 발전된 일본에서는, 예능을 넓은 의미로는 전승되어 온 예도
(礼道)를 의미하고, 좁은 의미로는 전통연희를 의미한다. 연희는 예능의 한
갈래이며, 관객을 대상으로 공연되는 모든 예능적인 행위를 지칭한다. 또한,
공연예술은 전통연희와 현대의 예술을 포함하는 용어이다.24)

둘째, 판소리에 관한 용어의 개념이다. 판소리는 그 연구가 본격화된 20
세기 중반에 '판소리'라는 갈래 명칭이 정착되었다. 판소리는 본래부터 서사
적인 이야기와 음악이 조화롭게 판을 짜는 본질적인 속성을 가지고 형성되
었다. 그런데 그 형성과정에는 판소리를 타령, 본사가(本事歌), 광대소리,
창극조, 창악, 창조, 극가, 소리 등과 같은 다양한 명칭으로 불렀다. 그러한
명칭은 당시의 청중들에게 비추어진 판소리의 유형을 반영하는 것으로, 각

후 1724년 생애를 마칠 때까지, 그는 오사카에서 거주하였다. 작품으로는 세태물
(世話物) 24편을 포함 90여 편의 조루리(浄瑠璃)와 약 30편의 가부키(歌舞伎)가
있다.
23) 1686년 다케모토 기다유(竹本義太夫)가 지카마쓰 몬자에몬(近松門左衛門)의 『슛세
카게키요(出世景清)』를 가창한 것을 계기로, 형식·표현 등이 이전과 완전히 달라
지고, 기다유부시(義太夫節)는 새로운 음악 양식으로 성립한다. 당시 이를 신조루
리(新浄瑠璃) 혹은 당류(当流)조루리라 하였는데, 지금은 이전의 것을 고조루리
(古浄瑠璃)라 하고, 이후의 기다유부시를 조루리라고 부른다.
24) 서연호, 『한국전승연희학 개론』, 연극과 인간, 2004, 11-18면 참조.

각의 명칭에 대한 연구를 필요로 한다. 이 논문에서 사용하는 '판소리'는 생성과정에서부터 현재 연행되는 공연예술까지를 포함한 용어이다.

셋째, 일본의 조루리에 대한 용어의 개념이다. 조루리는 판소리보다 많은 변모가 있었던 것을 부인할 수 없다. 일본의 경우 1940년대 체계적으로 용어의 개념을 정립했다. 먼저 그 근원이 된 '가타리(語り)'는 곡조(曲調)가 발달되지 않은 이야기이며, 그 연창방식까지를 포함한 의미이다. 이것은 이야기를 읊는 것이지만, 보통의 대화와는 달라서 넓은 의미로는 '노래하다'의 범주에 속한다. 고유의 문자가 형성되기 이전부터 존재했던 서사적인 이야기에 가락을 붙여 음송(吟誦)하는 성악곡의 총칭을 '가타리모노(語り物)'라고 한다. 또한, 전설과 설화와 같은 짜임새 있는 이야기를 '모노가타리(物語)'라고 한다. 조루리를 논의하는 데 있어서, '가타리', '가타리모노', '모노가타리'를 한국어로 번역하기에 미흡하다고 생각되는 경우에는 원어(原語)를 그대로 사용할 것이다.

일본에서는 조루리의 생성을 추종할 수 있는 『조루리고젠 모노가타리(浄瑠璃御前物語)』가 16세기경에 성립했다. 그 주인공의 이름인 '조루리'는 당시 가타리모노의 대명사가 되었다. 하지만 '조루리'라는 명칭은 샤미센(三味線) 곡절의 도입으로 음악성이 가해지고 '기다유부시(義太夫節)'라는 양식이 나오면서 '고조루리(古浄瑠璃)'라고 부르게 된다. 다시 조루리는 인형과 합체하여 닌교조루리(人形浄瑠璃), 아야쓰리시바이(操り芝居), 분라쿠(文楽) 등의 명칭으로 바뀌어 간다. 현재 조루리라는 명칭은 넓은 의미로는 '가타리모노'에서 '분라쿠'에 이르는 총칭이고, 좁은 의미로는 분라쿠에서 연창(演唱)하는 '성악곡(声楽曲)'을 가리킨다.

문학에 있어서의 비교연구란, 특정한 나라의 테두리를 넘어, 거리적·시간적·공간적으로 초월한 문학 연구이며, 문학을 보다 잘 이해하기 위해서 그 문학과 관계되는 것이 있으면 타 분야의 학문·예술과 비교를 통해 체계적이고 적극적으로 행하는 연구방법이다.25) 르네 웰렉은 비교연구의 영역에 대해, "비교문학은 문학 내의 어떤 제한적인 구분에 의하기보다는 문학의 전망과 정신에 의해서 가장 잘 정의될 수 있다. 비교문학은 모든 문학적 창조와 경험에 대한 통일성을 의식함으로써 국제간의 전망을 바탕으로 모든 문학을 연구하게 될 것이다."[26]라고 강조하고 있다.

즉, 비교연구란, 역사적으로 직접적인 영향이나 수용의 문제를 다루는 것만이 아니고, 두 작품 간의 유사성과 차이점을 통해 자국문학의 독자성과 특수성을 재인식하고, 보편성을 모색하기 위한 것이다. 덧붙여 말하면, 비교연구의 방법론을 통해 자국문학이 나아갈 방향을 설정하고자 하는 것도 중요한 작업이 된다.

---

25) 渡辺洋, 『比較文学研究入門』, 世界思想社, 1997년, 23면 참조.
26) René Wellek, "Name and Nature of Comparative Literature", Discri-
    minitions: Further Concepts of Criticism(New Haven: Yale University
    Press, 1971), 19면.

Ⅱ. 판소리와 조루리의 성립

1. 발생배경

1) 종교적 제의와 창(唱)의 문학

연극의 기원은 주술(呪術)시대의 종교적 제의로 보는 것이 일반적인 견해이다. 중국과 한국, 일본의 경우는 고대로부터 삼국의 활발한 문화적 교류와 더불어, 인도의 예능에서 적지 않은 영향을 받았다. 일찍이 인도의 『나띠아 샤스뜨라』가 기원 2세기경에 성립했고, 그 후 산스크리트 연극의 흥행을 보면, 이미 제의에서 극적 성향이 농후했을 것으로 보기 때문이다. 모든 전통연희의 근원적인 형태는 고대의 종교적 제의를 고려하지 않을 수 없다.

한국과 일본의 경우, 그 종교적 제의를 원초적인 민간신앙이나 샤만을 비롯하여, 외래문화인 불교를 중심으로 살펴볼 필요가 있다. 당시 불교는 현세 이익을 추구하는 것으로, 사람들의 삶의 질을 높여줄 수 있는 공공사업에도 적극적으로 활동했다.[27] 따라서 미신적 성향의 민간신앙을 가지고 있

---

27) 교키(行基, 668-749)는 일본에서 처음 법상(法相)의 교의(教義)를 배운 승려이

던 고대인들에게 불교는 좀더 확신을 가질 수 있는 신앙으로 자리잡았을 것이다.

제의적인 행위는 분명한 목표가 있어서 의도적으로 행해지고, 그런 까닭에 그 장소로 고안된 영역을 확보하며, 그곳에 신을 모셔야만 성립된다.[28] 몸짓(行為)과 구연(語り)의 방식은 제의에서 분명한 목표를 표현하고 전달하는 방법이다. 몸짓은 문자와 언어가 발달하기 이전의 주된 전달수단이다. 게다가 변신과 가장이라는 본질적인 연행방법을 취하게 된다.

구연방식의 언어체계가 정착하면서 행위의 역할은 희미해진다. 그리고 그 행위로 보여주던 절실한 표현은 언어의 음악성을 표출시키고, 일상적인 언어와는 다른 발화체계가 작용한다. 이것이 곧 무가(巫歌)라고 할 수 있다. 무가는 제의에서 무당이 가무(歌舞)로 굿을 할 때 신을 향해 구연하는 것으로, 일본에서는 신가(神歌)라고 한다. 무가와 신가는 말로 구연되는 발화체계와 행위로 표현되는 동작체계로 이루어져 있다.

판소리와 조루리가 구비서사시에서 생성하였고, 발화체계와 동작체계의 형태로 이루어진 것에 주목하지 않을 수 없다. 그런데 판소리의 발화체계는 동작체계를 포용하면서 유효적절하게 결합되어 이루어져 있는데, 조루리는 발화체계가 동작체계를 포용할 수 있는 방향으로 진전하지 못하고, 샤미센(三味線)에 의존하거나 결국에는 인형이 도입된다.

일본에서도 야요이(弥生, 기원전3-3세기경)시대의 무격(巫覡)은 주술적 능력에서 예능으로의 길을 이어가는 유력한 매체가 되었다. 신(神)이나 정령(精靈)의 접신(接神, 神がかり)을 담당한 무녀(巫女)의 행위(態) 혹은 신이나 정령을 불러들이는 무녀의 행위는, 후에 '가미아소비'(神遊び)[29]라

다. 민간에게 포교(布敎)를 하여 나라로부터 탄압을 받기도 했지만, 그는 각지를 돌며 6개의 가교(架橋)와 15개의 연못·제방을 설치하는 등의 사회사업에 활약한 업적으로 유명하다.

28) 서연호, 「한국 굿의 공간과 연극적 표현」, 『연극공간의 새로운 접근』, (서울국제연극학 심포지움), 한국연극학회 주관, 2003년 10월.

29) 무용(舞踊)의 원형을 파악할 수 있는 예능이다.

고 하는 예태(芸態)의 모체(母体)가 되고, 무격에 의한 신이나 정령의 탁선(託宣) 등의 가타리(語り)는 '신어'(神語)30)의 토대가 되었다. '가미아소비'는 마이(舞)와 오도리(踊り)의 두 개의 요소를 가지고 있는 제일 역사가 오랜 예능이며, 가구라(神楽)31)로 그 맥을 잇고, 가구라에는 대부분 진혼법(鎮魂法)을 행하는 내용이 담겨져 있다.32) 무격의 탁선도 또한 신사예능(神事芸能)에서 제사(神事)·신가(神歌)·신요(神謡)를 육성해 간다. 이와 같이, 한국과 일본에서 무(巫)의 실체는 몸짓(行為)과 구연(語り)으로 집약되고, 그 주된 목적은 진혼(鎮魂)에 있는 것을 알 수 있다.

몸짓(しぐさ)의 행위는 예능학적으로는 무용(舞踊)을 의미한다. 일본에서 메이지(明治, 1868년)시대 이전까지는 무용은 마이(舞)와 오도리(踊り)로 분리되어 있었다. 우선 '마이'는 마와루(マハル) 즉 '빙빙 돌다'의 의미에서 왔다. 이것은 축제에서 선회동작(旋回動作)33) 이른바 신을 맞이하는 의례로서의 와자오기(ワザオギ)34)의 중요한 작법이다.

인간에게는 같은 동작을 수십 번 수백 번 반복하거나, 짧은 음보(音譜)의 선율이나 문구(文句)를 장시간 반복하여 귀로 듣거나 입으로 중얼거리면 마음이 점차 동요하고, 무아황홀의 상태에 들어가는 경향이 있다. 샤머니즘의 세계에서는 특히 감수성이 강해서 흥분하기 쉽고 환상력이 풍부한 사람을 '와자마네키히토(わざ招きひと)'35)로 내세우고 제장(祭場)으로 나선다. 주변에서 타악기를 울리고, 하야시 고토바(囃子詞)36)를 읊으면서, 그 사람을

---

30) 신탁(神託), 신성한 말을 의미한다.
31) 신이 있는 장소를 의미하며, 신을 불러 행하는 일종의 진혼의식이다. 진혼에는 외부의 신을 불러들이는 법과 들어온 혼이 외부로 유출되는 것을 막는 법이 있다.
32) 芸能史研究会編, 『日本芸能史 1』, 法政大学出版局, 1988년, 200면 참조.
　　戸板康二, 「芸能史概説」, 『芸能と文学』, 民俗文学講座Ⅲ, 弘文堂, 1960, 69면 참조.
33) 신을 부르고, 신령을 자기 몸에 빙의하려고, 손에 든 사카키(榊, 상록수), 사사(笹, 조릿대) 등의 나무를 휘두르면서 빙글빙글 선회하고, 그 선회를 통해 신들림의 상태로 들어간다.
34) 익살스러운 동작으로 춤추고 노래하여, 신과 귀인을 위로하는 사람 또는 행위.
35) 쉽게 접신(接神)하는 사람.
36) 가요의 중간이나 끝에 가락을 맞추기 위해서 넣는 의미 없는 말 또는 소리.

장시간 선회(旋回)시킨다. 마이(舞)는 인간의 몸에 빙의하기 위한 일종의 작법이다.

오도리(踊り)는 고오도리스루[37]나 오도리아가루[38] 등의 용어에서 짐작할 수 있듯이 도약(跳躍)을 의미한다. 오도리가 예능의 용어로 정착하게 된 것은 축제 현장에서 그 이유를 찾을 수 있다. 오도리는 축제 현장에서 선회동작의 반복으로 점점 흥분상태가 되었을 때, 도약동작으로 뛰게 되는 행위를 말하기 때문이다. 도약대환희(跳躍大歓喜)[39]의 실천이라는 이념을 건 정토교(浄土教)의 승려들은 오도리를 선회도약(旋回跳躍)[40]의 신들림의 행위와 염불행(念仏行)의 작법에 활용하여, 도약염불(跳躍念仏)이나 염불춤(念仏踊) 등을 만든다.

구연(口演)에 대해서는 '가타리'(語り)라는 용어를 좀더 구체적으로 설명할 필요가 있다. 사카쿠라 아쓰요시(坂倉篤義)는 "가타리의 전통은 신들의 역사와 같이하며, '예능'이 일반적으로 그런 것과 같이 본래 '가타루(語る)'라는 '가락을 붙여 이야기한다.'는 언어활동은 이우(言う, 말하다)나 쓰구(告ぐ, 고하다) 등이 뜻하는 단순한 발화체계(発話体系)와는 다른, 유달리 중후한 신앙적인 감동을 동반한 무언가가 있다."[41]고 하고 있다. '가타루'는 강력하게 상대방을 의식한 언어행동이며, 상대방에 대하여 그 의문을 해명하고, 상대방을 납득시키려는 적극적인 의도를 갖는 발화행위이다. 노루(宣

---

37) 小おどりする, 雀躍, 덩실거림.

38) おどりあがる, 놀라서 또는 기뻐서 벌떡 뛰다.

39) 부처와 일체가 된 기쁨.

40) 헤이안(平安)시대 초기, 중국의 오대산(五台山) 죽림원(竹林院)에서 염불삼매법을 배운 자각대사(慈覚大師) 엔닌(円仁, 794-864)이 교토(京都) 히에이잔(比叡山)의 상행당(常行堂) 본존아미타불상의 주변을 90일 동안 나무아미타불의 명호(名号)와 아미타경을 외우면서 행도(行道, ぎょうどう : めぐり歩く儀礼)하며 도는 것을 시작했다고 한다. 이것은 격리된 절간에서 오로지 중생제도의 비원을 성취한 아미타불의 자비의 모습을 생각하면서 일체가 되는 것을 바라는 행위였다. 이와 같이, 인간이 선회의 끝에 얻은 무아의 경지를 민간신앙에서는 빙의(神憑かり)라 하고, 불교의 정토교(浄土教)에서는 해탈(解脱)이라 부른다.

41) 坂倉篤義, 「語り物の歴史と浄瑠璃の成立」, 『浄瑠璃 語りと操り』, (芸能史研究会編), 平凡社, 1970, 7면 참조.

る, 선언하다)·도나에루(唱える, 소리를 내어 읽다, 되풀이하여 외우다) 등이 발화자의 '고압적인 선언'의 태도를 전제로 하고 있음에 반하여, 우타우(歌う, 노래하다)는 발화자의 주정적 표백이며, 낮은 입장에서 상대방의 공감을 얻고자 하는 자세가 있다고 한다.42)

이에 대해, 스와 하루오(諏訪春雄)는 "가타루가 일의 인과를 분명히 하고 그 의미를 상대방에게 풀이하는 것이므로 사실에 대한 해석이 가해져야 하며, 말하는 사람(語り手)은 서사 내용 가운데 주인공의 심정이 되어서 그것을 대변하게 되는 것"이라고 한다.43) '가타리'의 어조가 선언하다(宣る)·노래하다(歌う) 또는 소리를 내어 읽다(唱える)와는 달리, 누누이 전개하는 해설적이고 설득적인 어조로 되는 것은 바로 그 때문이다. 또한, '가타리'는 새로운 창작을 할 수 있는 가능성, 허구를 빚을 수 있는 자유가 있으며, 그 것을 문예화할 수 있다. 곧, 이야기꾼(語り手)에 의한 창작성·허구성이 점차 팽창해 가서 구연(口演) 전승(伝承)으로서의 가타리가 문자로 기록되는 과정에 이르고, 모노가타리(物語)가 발생하게 된 것이다. 스와 하루오(諏訪春雄)는 이 과정이 곧 '구승(口承)의 가타리(語り)에서 문자의 문예인 모노가타리(物語)로의 전개'라고 하고 있다.44)

요컨대, '가타리'는 "중후한 신앙적인 감동을 동반하는 성향이 있으며, 이야기꾼에 의한 해설 내지 설득을 위한 자유로운 해석에 의해 새로운 창작성·허구성이 빚어지게 된다. 가타리는 일정한 서사 구조를 갖추게 되어 이른바 '가타리모노'로 되고, 다른 한편으로 문자의 문예로 기록되는 과정에서 '모노가타리'가 발생하게 된다.

다음은 巫의 현장을 조명하고 있는 굿 놀이의 과정을 살펴보자.

---

42) 坂倉篤義, 위의 책, 8면 참조.
43) 諏訪春雄, 『語り物の系譜』(鑑賞日本古典文学29), 角川書店, 1985. 353면 참조.
44) 諏訪春雄, 위의 책, 354면 참조.

모든 굿은 무당이 신을 부르는 제의(招神), 신을 맞이하는 제의(迎神), 신을 즐겁게 하는 제의(娛神), 신에게 기원하는 제의(祈願), 신의 말씀을 사람들에게 대신 전하는 제의(공수, 接神), 신의 영력을 입어서 초월적인 행위를 하는 제의(신명, 신들림, 神行力), 신을 보내는 제의(送神) 등으로 전개된다. 이런 과정은 대체로 12개의 각기 다른 장면으로 구성되었기에 12거리굿 혹은 굿거리 12마당이라는 말이 상용되었다. 실제로는 12거리 이상 되는 굿도 많았다. 모든 굿은 현실의 시간과 공간으로부터 시작되지만 굿 속의 공간과 시간은 현실과 일치하지 않을 뿐 아니라, 오히려 현실의 공간과 시간을 적극적으로, 상상력 있게 전이시킴으로써 새로운 공간과 시간을 창출해 낸다.[45]

巫의 담당자는 오랫동안 연마해 온 주술적 행위와 구연(口演)으로 제의를 진행해 왔다. 무당에게 춤과 노래와 연기력을 포함한 연희적인 표현력과 제의의 관리 능력은 절대적인 것이다. 굿의 제의에서 행해지는 짜임새 있는 구성은 바로 전통연희가 되고, 다시 현대의 연극무대로 이어진다. 씻김굿[46] 에서의 현실적인 공간과 시간은 죽은 이가 생존했던 과거 혹은 죽은 이가 가야 할 미래의 공간과 시간으로 수차례 전이(転移)를 되풀이한다. 즉, 굿에서 재현하는 생의 갈등이 굿의 내적 공간으로 전환되었을 때 형성되는 창조적 공간은 연극의 공간개념과 일치한다고 볼 수 있다.

다음은 토착화된 외래 종교인 불교 의식과 창(唱)의 연희의 관계를 고찰해 본다. 한·중·일 삼국의 불교는 모두 『한역대장경(漢訳大蔵経)』에 의존하고 있는 특성이 있다. 그것은 곧 한국과 일본에 불교가 들어올 당시 아직 고유 문자의 성립이 이루어지지 않은 것에서 그 원인을 찾을 수 있다. 한국과 일본은 각국의 토착화된 종교 및 사상을 바탕으로 하는 독자적인 불교를 형성하고, 교류의 역사를 이어 왔다. 고려시대에 부처님의 가호를 기원하며 조판된 『고려대장경(高麗大蔵経)』(현종, 1010-29)은 13세기 일본에 전해

---

45) 서연호, 『한국전승연희학 개론』, 연극과 인간, 2004, 65-66면 인용.
46) 죽은 사람을 위해, 이승에서 맺힌 한을 풀어 주고, 저승으로 가는 길을 안내하며 명복을 빌어 주는 굿.

졌고, 후대에도 많은 영향을 줄 만큼 탄탄한 것이었다.

고려시대의 기악공양은 사찰에서 하는 각종 연희이며, 이때 범패승의 등장은 필수였다. 무속을 기반으로 한 민간나(民間儺)의 지속과 더불어, 국가적인 위상을 과시하려는 궁중나(宮中儺)가 중국제도를 모방하여 새롭게 정비되어 있었다. 불교음악은 범패와 염불로 나뉜다. 범패(梵唄)는 어산(魚山)이라 하며, 범패승은 어장(魚丈)이라 부른다. 범패승이 부르는 소리는 겉차비소리47), 홑소리48), 짓소리49)가 있고, 백발가·왕생가와 같은 화청(和請)50)이 있다.

범패는 하나의 의식절차를 각본으로 한 가극(歌劇)의 성격을 지닌다. 이러한 가극의 성격은 범패가 의식을 행할 때의 음악인 〈영산회상(靈山会上)〉에 잘 나타난다. 〈영산회상〉은 석가모니 부처님의 설법장을 재현하는 기능을 갖고 있기 때문이다. 가장 이상적인 범패는 '영산소리'이며, 〈영산회상〉에 대한 신앙의 일단이라 할 수 있다.

영산회상곡에 대한 가장 오래된 문헌은 성종(1470-94) 때의 『악학궤범(楽学軌範)』이다. 이에 의하면 오늘날에 전하는 기악곡으로서의 영산회상곡은 본래는 관현반주의 불교음악이었고, '나무영산회상불보살'의 불명호(仏名号)를 노래하던 성악곡이었다. 이와 같은 성악곡으로서의 〈영산회상〉이 후대에 내려오면, 그 사설(辞説)을 잃고 순수한 기악곡으로 변한다. 영산회상불보살을 부르는 성악에 붙인 반주음악이 오늘날의 기악곡이 되었다. 성악곡의 반주음악이었던 당시에는 현재의 상영산만 존재하였으나, 기악곡화(器楽曲化)하면서 중영산·세령산 등이 첨가되어 오늘날의 악곡을 편성하기에 이른다.

염불은 병법(秉法)이나 법주(法主)가 요령(搖鈴)을 흔들며 낭송하는 축원문을 말한다. 병법이나 법주가 대개 절 안에 있는 차비라 하여 염불을 안

---

47) 다른 절에서 초청하여 온 전문적인 차비가 부르는 소리라는 뜻이다.
48) 갈향(喝香), 합장게(合掌偈).
49) 인성(引声), 거령산(挙靈山).
50) 불교의식 가요는 범패와 화청이 있고, 화청이 문학 장르로 완성된 것에 가사(歌辞)가 있다.

채비소리라고도 한다. 절 밖의 사가(私家)에서 탁발승(托鉢僧)이나 걸립승(乞粒僧)이 부르는 소리에는 고사염불[51]이 있다.

한국 불교에서 범패는 신라시대부터 있었으나, 특히 조선시대에 와서 범패의 중흥을 통해 의례의 정비를 기하려 하였다. 이것은 의례에 있어 예능적인 기능을 재인식하게 되고, 문화의 대중적 요청으로서의 감정적 호소가 잘 교류되어, 불교를 통한 민속예능의 발전이 있게 된 것을 의미한다.

『삼국유사』에는 집집마다 찾아다니며 염불을 하고 시주를 청하던 문승(門僧)과 재가승(在家僧)으로서 불법을 전파하던 거사(居士), 그리고 비파를 들고 다니며 노래와 풍류로 불법을 선양하던 비파거사(琵琶居士) 및 무리를 지어 불교적 행사에 몰려다니며 營壇作梵(영단작범)하던 향도(香徒) 등의 존재를 찾아볼 수 있다. 이와 같은 존재는 이들 외에도 개승, 동령승, 연화배, 염불승, 가무승 등의 기록이 나타나는 것으로 보아 상당한 세력과 폭을 가진 계층이 있었을 것으로 짐작이 된다.[52]

판소리와 불교의 밀접한 관계에 대해서, 인권환은 『옹고집전(타령)』, 『흥부전』, 『심청전』을 통해 구체적으로 논의한 바 있다. "판소리와 불교는 전자가 구비서사문학이요 후자가 외래의 토착화된 종교라는 점에서 각각 성격을 달리하는 영역이지만, 조선 후기 서민층에 일반화되었던 예술(芸術)과 신앙(信仰)이라는 점에서 상호 밀접한 연관성을 지니면서 공통적으로 서민문화의 기층을 이루고 있었다. 따라서 판소리의 담당이나 기원과 형성, 그리고 성격이나 사설 내용에 있어서 불교와 불가분의 관련을 맺고 있는 경우가 적지 않다."고 하고, 이능화와 김동욱, 정병욱의 논을 제시했다.[53] 장주근[54]

---

51) 걸립승이 걸립패를 데리고 가가호호에 다닐 때, 시주 집 주인네 마루에 고사 상을 차려 놓으면 상쇠 또는 고사소리꾼이 제상 앞에 서서 꽹과리를 치며 고사소리를 부르고, 북잽이는 옆에서 북장단으로 소리에 반주한다.
52) 인권환, 『한국불교문학연구』, 고려대학교출판부, 1999, 17-8면 인용.
53) 인권환, 위의 책. 362면 참조. 이능화(李能和)는 그 관련이 신라(新羅) 때 비롯되었다고 한 바 있으며(『조선무속고』, 啓明19호, 1927, 44면), 김동욱과 정병욱

은 판소리가 무속, 무가의 바탕 위에서 설화의 모티프를 받으면서 형성되었고, 거기에는 서사무가가 일찍이 화청(和請)을 수용했을 가능성을 시사했다. 그리고 한국의 화청과 일본의 화찬(和讚)55)을 대조하고, 일본의 화찬과 창도문예의 교섭과 발전과정을 지적한 바 있다.

일본에 정토교(浄土教)가 전해진 것은 7세기 중엽이고, 조정(朝廷)이나 씨족(氏族)을 중심으로 신앙으로서의 정토교가 자리잡았다. 일본은 국가적인 행사로 각지의 사원(寺院)에 정토경전(浄土経典)을 서사(書写)시키고, 아미타정토(阿弥陀浄土)의 화상(画像)을 만들게 했다. 정토교 신앙이 본격적으로 발전한 것은 헤이안(平安, 794-1192)시대에 들어와서이며, 정토교는 천태종(天台宗)56)을 모태로 전개해 간다. 천태종을 연 사이초(最澄, 767-822)는 실수방법(実修方法)으로 사종삼매(四種三昧)를 정했지만, 정토교는 사종삼매 중의 상행삼매(常行三昧)57)에 기인한다. 이 상행삼매는

도 판소리가 그 형성 발전과정을 통하여 불교와 밀접하게 관련되었다는 사실을 강조한 바 있다.(김동욱, 『한국가요의 연구』, 을유문화사, 1961, 251면)(정병욱, 『판소리와 불교』, 한국의 판소리, 집문당, 1981, 117면)

54) 장주근, 『한국의 신화』, 집문당, 1998. 355-364면 참조. 일본의 불교 가요는 범찬(梵讚), 한찬(漢讚), 화찬(和讚)을 들 수 있다. 인도 소리의 범찬을 받아서 한자화한 중국의 한찬이 일본에 유입된 것은 불교전래(서기 538년)의 초기이다. 그리고 순 일본말인 화찬이 일본의 문자가 만들어진 10세기 전후에 발생하는데, 그 이전까지는 한찬을 모방하여 사용했다고 한다.

55) 화찬(和讚)은 원래 범찬(梵讚)·한찬(漢讚)에 대해, 일본에서 만들어진 일본어(和文)에 의한 장편의 불교찬영가(仏教讚詠歌)이다. 가장 오래된 것으로는 엔닌(円仁)의 작(作)으로 전해지는 『舍利讚歎(사리찬탄)』이 있다. 그 형식은 일본 와카(和歌)의 7·5조 12자를 한 구(句)로 하여, 4구 이상으로 이어갈 수 있도록 되어 있다. 내용별로는 서사화찬과 종교화찬이 있다. 그중, 서사화찬은 일본의 창도문예와 교섭하며 발전하였는데, 12세기에는 세력 있는 사찰과 사원에서 이것을 받아들여 포교수단으로 이용하였다. 오토기조시(御伽草子, 귀족, 승려들에 의해 쓰인 이야기 책)나 에토키(絵解き, 그림풀이 책)로 발전하고, 기록문학으로 정착되었다. 그리고 이것은 근세에는 더 큰 문학적 가치를 산출한다.

56) 법화경(法華経)을 본경으로 하는 밀교(密教). 밀교는 헤이안시대 귀족들의 현세적(現世的)·향락적(享楽的)사상이나 생활에 받아들여지고, 전성기를 맞이한다.

57) 상행삼매(常行三昧)란 여름철 90일간 당내(堂内)에 두문불출하고, 입에는 항상 아미타불의 명(名)을 외우고, 마음에는 항상 아미타불을 새기고, 몸에는 항상 아미타불의 상을 그리며 행도(行道)하는 것이지만, 오대산의 염불삼매의 법은 5종류

사이초의 제자 자각대사(慈覚大使) 엔닌(円仁, 794-864)이 중국 오대산(五台山)의 염불삼매법(念仏三昧法)을 전하고, 일본에서는 시가현(滋賀県) 오즈시(大津市) 히에이잔(比叡山)의 엔랴쿠지(延曆寺)에서 처음 행해졌다.

헤이안시대의 정토교는 염불을 통해서 불교의 민중화를 도모하고, 많은 '화찬'(和讚)을 만들어 민중에게 염불의 가르침을 알기 쉽고 외우기 쉽게 작성하여, 정토교 신앙을 깊이 침투시켰다. '화찬'의 발달과 함께 점차 불교 가요도 정비된다. 그 곡절(曲節)은 덴다이쇼묘(天台声明)와 관계가 있다. 시대의 흐름에 따라, 곡절은 점차 본래의 쇼묘(声明)[58]에서 벗어나고, 화찬은 단지 불교의 교훈이 첨부된 정도의 사설에, 일반인들도 부르기 쉬운 선율, 방울을 흔들며 신도의 합창에 어울릴 수 있는 것으로 변용된다. 그 변용된 화찬은 장편의 스토리를 가진 우타이모노(謡物)[59]로서, 우타자이몬(歌祭文)[60]인지 구도키(口説)[61]인지 구별도 하기 어려운 것이 된다. 『와쿤노시오리(和訓栞)』는 '화찬'에 대해, "여러 가지 강식(講式)에서 발생하고, 변모하여 셋쿄(説経)로 되고, 또 조루리(浄瑠璃)가 되었다."[62]라고 언급하고 있다.

일본은 불교의 전래와 함께 창도(唱導)[63]를 둘러싼 의례에서 행하는 작

의 선율을 이용해 염불을 외우는 음악적인 것이었다.

58) 범패(梵唄), 어산(魚山)이라고도 한다. 산스크리트어로 말의 지혜라는 의미. 불교의 경문(経文)을 가송(歌誦)하는 것으로, 불교 양식에 의해 읊어진 곡조. 본래는 음성(音声)의 발음에 대해 연구하는 학(学)이었지만, 일본에서는 그 가송법(歌誦法)을 쇼묘라고 한다.

59) 우타이모노(謡い物)는 가구라(神楽)·사이바라(催馬楽)·로에이(朗詠)·이마요(今様)·소카(早歌)·고우타(小歌)·나가우타(長唄)·민요(民謡) 등과 같이 시쇼(詞章)에 곡절을 붙여 부르는 노래이다. 음악상으로 선율이 풍부하고 변화가 있으며, 운문문학의 모태이다.

60) 에도(江戸)시대의 속곡(俗曲)의 한 유형으로, 처음에는 수도승(修道僧)이 신불(神仏)의 영험을 노래한 것이 후에 세상사를 재미나는 곡조를 붙여 노래하게 되었다.

61) 속곡(俗曲)의 한 유형으로 요쿄쿠(謡曲)나 조루리(浄瑠璃)에서 가슴속의 생각을 차분하게 늘어놓는 사설을 말한다. 우타이모노(謡物)와 가타리모노(語り物)의 중간에 놓인 형태이며, '부르다(謡う)'라는 동사를 수반한다.

62) 谷川士清 著, 93巻 82冊으로 된 辞書. 前篇(1777-1830년)·中篇(1862년)·後篇(1887년)이 있다. 그리고 중국·한국 등의 사정을 고려한 넓은 시야에서의 발언이 많다. "諸の講式より起り, 変じて説経となり, また浄瑠璃となりし."

법이나 언설(言説) 등이 도입되고, 일본의 문화에 뿌리를 내렸다.[64] 창도
사(唱導師) 중에서 비파법사는 불교의 승려로 비파(琵琶)를 반주악기로 읊
으면서 가도즈케(門付け)[65]를 하고 다녔다. 가도즈케의 사설 양식은 10세
기 즈음에 불교의 음악에서 사용한 쇼묘(声明)와 강식(講式)이나 화찬(和
讚)에서 시작되고 공통적인 음악성을 가지고 있었다. 이 일본어의 쇼묘에
불교에서 사용된 비파가 반주용으로 포함되어 〈헤이쿄쿠(平曲)〉[66]가 나오

---

63) 창도란 법회불사라는 확실한 장소에서 실현되는 언설(言説)이다. 그 언설은 왕법
   에 의한 국가사회의 질서옹호를 향한 것이다. 속권(俗権)의 왕법을 유지, 갱신하
   기에 종교의 성력(聖力)이 필수가 되고, 안거원(安居院)의 창도는 왕법불법상의
   선전의 중추를 담당했다. 또한 인간 존재의 근본인 육친(肉親)이나 혈족에 관해
   서, 추선공양(追善供養) 등에도 깊이 관여하고, 현세안온(現世安穩)과 사후의 구
   제를 맡았다. 징헌(澄憲)은 그 규범이 될 만한 창도의 양식을 확립시켰다. 그 표
   현을 조탁(彫琢)해야 할 가나(仮名)의 문예에도 습숙(習熟)하고, 불법과 문예에
   새로운 시도를 했다. 창도의 장(場)은 또한 의례라는 이름의 예능이 혼재한 場이
   며, 사루가쿠(猿楽)와도 연관이 있다.
64) 고대의 창도의 실태를 전하는 자료로는 일본 최고(最古)의 설화집 『일본영이기(日
   本靈異記)』(810-824)가 있다. 이것은 승려 쿄카이(景戒)의 찬(撰)으로 불교를
   선전하기 위한 창도문예가 고유의 가타리(語り)를 기반으로 대본화한 것이며, 因
   果応報의 설화가 많다. 그리고 사도승(私度僧)이나 군사승(郡司僧), 호족(豪族)
   들을 중심으로 창도활동이 국가 차원에서 일반인에게로 침투해 간 것을 전하고 있
   다. 『東大寺諷誦文稿(동대사풍송문고)』는 단편적이지만 당시의 창도의 동태를 보
   여주고 있다. 11-12세기의 섭관기(摂関期)에서 원정기(院政期)에 걸친 창도활동
   도 융성했다. 법회에서 읽혀지는 텍스트는 원문(願文), 표백(表白), 풍송문(諷誦
   文), 주원문(呪願文), 불명(仏名), 교화(教化), 강식(講式) 등이며, 당시의 문인
   귀족이나 학승(学僧)이 한문학의 운치를 담아 저술했다. 화려한 한문의 대구(対
   句) 표현이 창도사(唱導師)들의 독특한 억양과 조화되어 청중의 심금을 울리고,
   감탄이나 희열 또는 비애의 눈물을 흘리게 했다.
65) 승려가 문 앞에서 염불 등을 하며 돈이나 곡물을 받고 돌아다니는 것.
66) '산가쿠(散楽)'라는 일본의 민중예능 속에 인형을 사용한 예능이 있고, 구구쓰마와
   시(傀儡まわし)라든가 구구쓰(傀儡子)라고 불렀다. 이 예능은 나라(奈良, 710-794),
   헤이안(平安, 794-1192)시대의 귀족이나 서민들로부터 큰 지지를 받고, 사원 법
   회의 여흥으로서 행해졌다. 그때의 음악 내용은 북과 같은 타악기를 치면서 노래
   를 불렀다고 한다. 헤이안(平安)시대 말, 산가쿠(散楽)는 사루가쿠(猿楽)라고 부
   르는 것이 일반화되고, 사루가쿠(猿楽)의 한 종목에 『비파법사의 이야기(琵琶法師
   之物語)』라는 것이 있었다. 이 이야기 중에서 겐지(源氏)와 헤이케(平氏)라는 두
   집안의 대립과 투쟁을 다룬 『헤이케모노가타리(平家物語)』가 인기를 얻고, 〈헤이
   쿄쿠(平曲)〉의 성립을 이루었다. 즉 〈헤이쿄쿠〉는 『헤이케모노가타리』를 비파(琵

게 된 것이다. 강식이나 화찬에서 시작된 민중음악의 하나인 셋쿄부시(説経節)도 중세의 활발한 음악이었다. 이 셋쿄부시는 불교에서 사용한 샤쿠조(錫杖)라는 체명(体鳴)악기를 흔들거나, 부채(扇拍子)로 박자를 맞추거나 해서, 신불(神仏)의 영험한 이야기 등을 읊었다.

〈헤이쿄쿠〉를 읊고 있던 비파법사의 일부는, 그 후 16세기 중엽에 전래한 샤미센(三味線)67)을 비파 대신에 사용한다. 『헤이케 모노가타리(平家物語)』만이 아니고, 사람들에게 친근한 제재(題材)를 다룬 『조루리고젠 모노가타리』 등을 샤미센 반주로 읊으며, 이 새로운 서사(叙事) 음악을 '조루리(浄瑠璃)'라고 부르게 되었다.

이와 같이, 한국과 일본에서는 불교의식에서 사용된 음악이 민간음악의 성장발전에 절대적인 영역을 차지하고 있다. 불교음악은 처음부터 상당히 발달된 상태에서 범패를 통해 전승되어 왔다. 불교계의 영향을 받은 민속전승은 두 가지 유형으로 구분하여 생각할 수 있다. 그 하나는 사설이 불교적인 것이며, 다른 하나는 음악의 선율 자체가 불교적인 것이다.

일본의 경우 '쇼묘'는 전통음악의 형성에 절대적인 영역을 차지하고 있는 것은 물론이거니와, 그 음악의 영향하에 만들어진 〈헤이쿄쿠〉는 가타리모노(語り物)의 곡절(曲節)을 낳고, 불교의 설법은 가타리모노의 사설을 형성하는 토대가 된다. 정토신앙(浄土信仰)의 행도(行道)는 중세 문학 속에서 게이고토(景事)68)와 같은 수사적 기법으로 묘사되지만, 근세의 극문학 속에서는 미치유키(道行)69)라는 새로운 취향으로 이어져 극 속에서 중요한 역

琶)의 반주에 맞춰 낭창(朗唱)하는 것을 말한다.

67) 샤미센(三味線, 須弥山, 沙弥仙, 三線)이 언제쯤 일본에 도래했는지는 판연하지 않다. 통설로서는 에이로쿠(永禄, 1558-1570)년 사이에 류큐(琉球, 지금의 규슈)에서 뱀가죽(蛇皮)으로 만든 삼현(三絃) 악기가 센슈 사카이(泉州堺)에 유입되었다고 한다. 그것을 비파법사가 개조하여 현재와 같은 형태의 것으로 만들고, 조루리의 반주악기로 받아들여, 신시대의 서민음악으로서 이윽고 일본 전국에 퍼진 것이다.

68) 본래 미치유키의 명소나 서경적(叙景的)인 풍경의 정(情)을 읊어 부르는 게이고토(芸事)를 말한다. 또한 노래에 맞추어 인형이 무용적인 동작을 하는 것을 가리킨다.

할을 하게 된다.

이 절에서는, 무속(巫俗)과 불교의 종교적 제의가, 무(巫)에서 연희(演戲)로 재창조된 판소리와 주능(呪能)에서 예능(芸能)으로 거듭난 조루리(浄瑠璃)에 어떠한 요소를 제공했는지에 대해 개괄적으로 살펴보았다.

2) 이야깃거리(語り物)의 생성과 구성방식

판소리와 조루리는 구비서사문학이다. 광대와 다유(太夫)가 '곡절(曲節)'에 실어 부르는 '이야깃거리'는 청중이 듣는 것에 의해 성립한다. 따라서 '이야깃거리'는 우선 무엇보다도 '이야기하다(語る)'라는 행위의 내실을 이야기와 곡절의 면에서 분석하고, 예능으로서의 측면에서 양식성이나 연희의 특질을 명확히 해 가는 것이 요구된다.

우선 이야깃거리의 생성을 파악할 수 있는 대표적인 작품은, 『춘향가』와 『조루리고젠 모노가타리(浄瑠璃御前物語)』를 들 수 있다. 『춘향가』는 판소리 열두 마당 중에서도 작품성이 뛰어나고, 제일 먼저 형성된 작품으로 알려져 있다. 『춘향가』는 서민 사회에 유포되고 있던 다양한 설화적 소재[70]를 바탕으로 만든 것이다. 『춘향가』는 민요를 삽입가요로 수용하기도 하고, 익살에 넘치는 속담이나 관용구를 풍부하게 동원하기도 하는 한편, 한시구(漢詩句)나 고사 같은 것을 빌려와 문장을 수식하기도 한다. 『조루리고젠 모노가타리』는 모노가타리(物語)의 원초적 형태나 가타리모노(語り物)의 형성기를 파악할 수 있는 중요한 자료이다. 조루리히메(浄瑠璃姫)와 우시와카마루(牛若丸)의 사랑을 다룬 가타리모노이며 전설을 기초로 하고 있다. 이

---

69) 한 장소에서 다른 장소로 여행하는 모습을 지명이나 풍경을 넣어서 표현하는 기법을 말한다.
70) 김동욱은 『춘향전』의 근원설화로서, 1) 열녀설화 2) 암행어사설화 3) 신원(伸寃)설화 4) 염정(艶情)설화 등을 제시하고 있다.

이야기는 『주니단조시(十二段草子)』라고도 한다. 그 서술의 체재로 보아 읽기 위한 '소시(草子)'[71]로 만들어졌을 것으로 추정하는 것이 일반적이다.[72]

판소리의 형성기는 유진한(柳振漢, 1711-1791)[73]의 『만화집(晩華集)』에 「가사 춘향가 이백구(歌詞春香歌二百句)」(만화본 춘향가)가 1754년에 실려 있기 때문에, 숙종(肅宗, 1674-1720)조에서 영조(英祖, 1724-1776)조에 형성되었다는 설이 일반적이다.

「만화본 춘향가」의 마지막 부분인 199구와 200구를 인용하면 다음과 같다.

> 기이한 이야기는 시로 읊을 만 하여
> 이상한 행적을 수틀에 수를 놓듯
> 문인이 타령사로 지어낸 바이니
> 좋은 일 서로 전해 수천 년에 이어지리.[74]

이 만화본의 '기이한 이야기'는 흔히 들어 온 이야기들과는 다른 평범하지 않은 이야깃거리를 말하며, '이상한 행적'이란 표현에서 다시 한번 중복되고 있는 것을 보면, 당시 들은 『춘향가』가 이전의 이야기에 비해 창작과 허구성이 뛰어난 것으로 짐작된다. 사대부가의 선비가 타령패들이 부르는 노래를

---

71) 많은 삽화를 실은 에도(江戸)시대의 대중소설. 가나(かな)로 쓴 이야기.
72) 角田一郎, 『人形劇の成立に関する研究』, 旭屋書店, 1963, 639면 참조.
73) 이수봉, 「晩華의 春香歌 試訳」, 『한국고소설연구회편』, 아세아문화사, 1991, 498면 참조. 『晩華集』의 저자인 유진한은 숙종 38년 忠清道 木川郡 二東面 万花洞에서 태어났다. 그의 先代는 지금은 전하지 않는 高麗시대 俗楽을 남긴 長生浦 曲의 작자인 柳濯(1311-1371)인데, 合浦万戸로 부임하여 高興(興陽)伯으로 封爵되고부터 世居하여 貫鄕이 고흥 유씨이다. 유진한이 호남 지방을 돌면서 춘향가를 접한 원인이 가끔 고흥을 방문한 것에 기인한다. 그는 충청도의 속리산 문장대를 유문장의 별호로 비유할 만큼 大儒이었으나, 16차례나 시도한 과거에도 급제하지 못한 원인은, 인조반정 때 역적으로 몰린 於于 柳夢寅(1559-1623)과 같은 문중으로 당시 連坐法의 영향이 컸을 것이라 한다.
74) 인권환, 「판소리의 失伝原因에 대한 考察」, 『한국학연구』, 고대 민족문화연구소, 245면 재인용.
奇談祇可詠於歌　異蹟堪將繡之梓　騷翁爲作打令辭　好事相傳後千祀.

지었다는 것은 다른 선비들의 조롱을 받을 수 있음에도 불구하고, 유진한이 남도가객의 소리를 통해 새로운 감흥을 받고 있는 것이 역력하다. 관극시와 같은 감이 없진 않지만, 한시(漢詩)의 형식으로 이야깃거리를 작품화하고 문자화한 것은 판소리의 사적 전개에 있어 중요한 자료가 되고 있다.

그 이후의 자료에는, 신위(申緯, 1769-1845)가 『춘향가』공연을 보고 읊은 「관극절구십이수(觀劇絶句十二首)」(1826), 송만재(宋晩載, 1788-1851)의 「관우희(觀優戱)」(1843), 윤달선(尹達善)이 108첩의 시구(詩句)에 담은 「광한루악부(広寒楼楽府)」(1852)가 있다.

이들 기록들은 『춘향가』가 소리판에서 연창되는 것을 듣고 시(詩)로서 형상화시켜 충실하게 이야기를 전달한다. 19세기에 판소리를 극으로서 인식하고 '관극(観劇)'이나 '연극'75)이란 용어로 표현하는 것에 주목할 필요가 있다. 한편 그 긴 이야기를 다 듣고 시로써 표현하는 것은 무리이며, 이미 문장으로 정착된 『춘향전』을 읽고 개작한 것이라고 주장하는 설도 제기되고 있지만, 당시 문장가들에게는 많은 이야기가 함축된 짧은 한시(漢詩)로써 표현할 수 있는 재능이 보편화되어 있었다는 것을 감안한다면, 지금의 감각으로만 해석해서도 안 될 것이다.

송만재는 「관우희」에서 "판소리가 줄타기·배희·광대소학지희·무가·괴뢰희 등의 속에 끼어 있었으나, 경제적인 이유로 독립하여 고도의 예술성과 문학성을 지닐 수 있는 계기가 되었다."76)고 한다. 판소리 광대들은 웃음과 익살과 조롱을 부리는 민속적인 저급 광대 계급에서 비롯되었으나, 그들은 양반 구미에 맞게 사설을 개조하면서 보다 높은 예술성을 지니게 된다. 판소리 광대들의 예술적 취향의 변화로 인해, 판소리는 서민에게서 멀어져 갔고, 양반이 청중에 포함되기도 하고, 양반 좌상객의 기호에 맞도록 점잖은 표현도 갖추어 문장체 소설의 흉내를 내면서, 하나의 장르로서 자립하게 되었다.

'조루리'라는 말이 문헌으로 처음 발견된 것은, 산조니시 사네타카(三条西

---

75) 송만재는 관우희에서 "연극어정축지장(演劇於浄丑之場)"이라는 표현을 쓰고 있다.
76) 윤광봉, 『한국연희시연구』, 박이정, 1997. 175면 참조.

実隆1455-1537)의 『사네타카코키(実隆公記)』77)1475년 7월의 일기(紙背の記事)이며, 그 뒷부분에 "이즈모의 조루리고젠〈시다도노(信田殿)〉같은 연목(演目)을 상연했으니 역시 참 잘하는구나."라고 적혀 있다. 이 모노가타리는 그 후 우루시오케 반리슈큐(漆桶万里集九)의 『바이카무진조(梅花無尽蔵)』1485년 9월 10일에 지은 「이코이 야하기 야도(憩矢作宿)」라는 시(詩) 속에서도 그 흔적을 찾을 수 있다. '야하기(矢作)의 부자가 귀공자 미나모토 요시쓰네(源義経)78)를 사위로 삼았다는 이야기를 전해 듣고'의 부분은 『조루리고젠 모노가타리』의 일부를 이룬 「야하기 모노가타리(矢作物語)」에 해당하는데, 여기에서 조루리히메의 아버지는 일찍 돌아가시고 등장하지 않는다. 우시와카마루를 제외하고, 등장인물은 모두 여자인 것도 하나의 특징이다.

> 가리야(刈屋) 성을 나와 삼 리 남짓 걸으니,
> 야하기(矢作)라는 여관(宿)이 처음 그곳에 적혀 있다.
> 부자가 겐지(源氏)를 사위로 삼았다는 말을 전해 듣고,
> 가을날 시냇물이 졸졸 흐르는 길을 당나귀를 타고 한가로이 지나갔다.79)

이것은 사이오쿠켄 소초(紫屋軒宗長)가 『소초수기(宗長手記)』1527년 4월 초순에 야하기(矢作)에서 '조루리고젠의 유적'을 방문했다는 것80)으로

---

77) (?-1536) 室町시대의 漢詩人. 63년간(1474-1536)의 한문일기. 158卷.
"いづものじょうるり御ぜん, したどのなども語られ候はばよく存じ候"
여기에서 'した'는 교쿠마이(曲舞)로 읊는 『信田』일 것으로 보는 설이 유력하다. 그리고 셋쿄부시(説経節)에도 같은 제목의 작품이 있다. 이미 『야하기 모노가타리(矢作物語)』는 한 지방의 모노가타리(物語)가 아니고 전국적으로 교양인들에게 퍼져 있었던 것을 의미한다.

78) 미나모토 요시쓰네(源義経, 1159-89)의 어렸을 때 이름은 우시와카마로(牛若丸)이다. 그는 후지와라 히데히라(藤原秀衡, ?-1189)의 원조를 얻어 성장한다. 頼朝挙兵에 참가하고, 義仲・平家討伐에 따른다. 후에 頼朝와의 不和로 관계가 나빠진다. 그리고 오슈(奥州)에 잠복하던 중, 藤原泰衡의 공격을 받고 자살한다.

79) 角田一郎, 『人形劇の成立に関する研究』, 旭屋書店, 1963, 640면 재인용.
出刈屋城三里余　宿伝矢作記其初　伝聞長者婿源氏　秋水痩邊閑渡驢.

80) それよりやはぎのわたりして, 妙大寺. むかしの浄瑠璃御前跡, 松のみ残て東海道の名残, 命こそながめ侍つれ, 今は岡崎といふ. 松平次郎三郎の家城也.

이어진다. 또한 『소초일기(宗長日記)』81)의 1531년 8월 15일의 조(条)에 스루가노쿠니 우즈(駿河国宇津)의 산동네 여관에 머물렀을 때, "맹인 비파법사가 있었는데, 조루리를 부르게 해서 흥겨웠고"라고 쓰고 있는 것에서 내용이 구체화된다. 이미 16세기에는 시골의 변두리에까지 조루리가 행해지고 있었다. 가타리모노로서의 조루리히메(浄瑠璃姫)와 우시와카마루(牛若丸)와의 사랑 이야기가 당시 존재하고 있었던 것을 알 수 있다.

아라키다 모리타케(荒木田守武)의 『모리타케센쿠(守武千句)』82)(1540년)에는 다음과 같은 구(句)가 있다.

때마침, 지팡이를 짚은 맹인 비파법사가,
조루리를 읊고 있다. 등불 아래에서,
오늘은 밤이 깊어 갈수록 슬픔도 더해진다.83)

이 시를 통해 무로마치(室町, 1394-1573) 중기에 이미 조루리가 성립해 있었고, 맹인 비파법사가 조루리히메와 우시와카마루의 연애전설을 부르고 다녔다는 내용이 담긴 조루리의 존재를 명확히 할 수 있다. 또한, 『소초일기』(1527년)에 '조루리를 말하게 하고(浄瑠璃を語らせ)'가 아니고 '부르게 하고(うたはせ)'라고 있는 것도 주목할 요소이다. 무겁고 답답한 격식(格式)을 가진 〈헤이쿄쿠〉라면 '가타루(語る)'가 아니면 안 된다. '부르게 하고'라고 되어 있는 것으로, 그 당시 조루리가 가볍고 친숙한 느낌으로 다가와 있었다는 것을 알 수 있다.

일본에 처음 삼현(三絃) 악기가 들어온 것이 16세기경인 것을 볼 때, 가

---

81) 柴屋軒宗長(?-1532), 連歌作者. "小座頭あるに浄るりをうたはせ". 八月十五日夜, 九月十三日夜は……一両輩人を遣はし, 小座頭あるに浄瑠璃をうたはせて興じて一盃に及ぶ.
82) 荒木田守武(1473-1549), 一冊. 俳諧書.
83) 角田一郎, 『人形劇の成立に関する研究』, 旭屋書店, 1963, 640면 재인용.
"いとゞだに座頭まがひの杖つきの / 浄るりかたれともし火のもと / 今宵はや時は丑若更けはてて".

타리모노의 음곡이 풍부해지기 시작한 시기였을 가능성은 충분하다고 본다. 일본의 가타리모노는 16세기 중엽에는 이미 형성되어 있었고, 이야깃거리는 샤미센의 유입과 서정성이 깃든 사랑 이야기로 인해서 가타리의 음악성이 표출되기 시작했다.

판소리와 조루리의 이야깃거리 생성에 관해 살펴보았다. 한국의 『춘향가』와 일본의 『조루리고젠 모노가타리』는 각각 구비서사시가 창(唱)의 예술로 성립하는 과정을 파악할 수 있는 작품이며, 가요나 문예적 요인이 작용하여 구성된 사랑 이야기라는 유사점을 가진다. 그러나 『조루리고젠 모노가타리』는 전설을 바탕으로 한 황당한 이야기들을 읽기 위한 소시(草子)로 문자화하였고, 16세기경에 유입된 샤미센의 영향으로 음곡화되어, 조루리라는 연창(演唱)예술로 발전하였다. 한편, 『춘향가』는 몇 개의 설화를 바탕으로 한 이야기를 창(唱)으로 부르고 있다. 가장 오래된 자료가 18세기에 한시(漢詩)의 형식으로 남겨져 있지만, 창본(唱本)이 남아 있지 않기 때문에 그 원형을 미루어 짐작하기는 어렵다.

일본에서는 가타리모노가 일찍부터 문자화되고 정착되었을 것으로 본다. 일본의 문자인 히라가나(ひらがな)와 가타카나(かたかな)가 10세기를 전후로 성립해 있었고, 조루리가 형성된 16세기에는 이미 일본의 고유 문자에 의한 이야기책들이 만들어져 있었다. 이야깃거리의 생성을 파악할 수 있는 텍스트로서의 『조루리고젠 모노가타리』는 가타리모노 특유의 수사법인 '야마토고토바(大和言葉)'라는 문체적 특징을 지니고 있다. 사본(写本) 『조루리고젠 모노가타리(しゃうるり御せん物語)』・에마키(絵卷) 『조루리(上瑠璃)』 등에서도 모두 일단(一段)은 '야마토고토바'로 시작된다.

　　귀공자께서는 거듭 말씀하신다. 아마도 그대는, 스쳐 지나가는 찰나의 풍경 같소, 들판의 샘솟는 맑은 물이라고 하면 좋을까, 배가 강을 저으며 지나가는 풍경이라 하면 좋을까,

御曹司は重ねて言葉をかけられける． いかにや君， つながぬ駒のふぜいかや，
野中の清水のたとへかや, 沖漕ぐ舟のふぜいかや, 84)

'야마토고토바'는 일본 고유의 언어로, 당시의 사람들에게는 우아하고 품위 있는 아름다운 말이었으며, 부드럽고 정감 있는 소리로 들렸다. 그 자체가 시적인 분위기를 연출하기 때문에 사랑을 주고받는 언어유희로 적절하다. 『조루리고젠 모노가타리』는 주로 셋쿄(説経)에서 사용되고 있는 '야마토고토바'를 이용하여, 사랑의 감정을 묘출해 내는 수사적 기법85)으로 이야기가 시작되고 있다.

수사적 기법과 전설의 유형이 조합하여 만들어진 것이 『조루리고젠 모노가타리』의 일단(一段)에 해당하는 「야하기 모노가타리(矢作物語)」의 문체 특색이다. 「야하기 모노가타리」는 '조루리'라고 불렀는데, 여기에서 '조루리'란 가타리모노의 의미보다는 주인공의 이름을 나타낸다. 조루리히메는 봉래사(鳳来寺) 본존 약사여래의 기자(祈子)였다. 약사여래란 조루리정토(浄瑠璃浄土) 혹은 조루리세계(浄瑠璃世界)를 의미한다. 조루리는 맑은 유리(瑠璃)를 뜻하고, 바로 히메를 상징하고 있다. 『조루리고젠 모노가타리』는 조루리히메와 귀공자(御曹司) 미나모토 요시쓰네(源義経)의 하룻밤의 만남을 유곽의 전형적인 사랑의 작법으로 엮은 것이다.

다음은 16세기경에 유입된 샤미센이 조루리의 음악을 음곡화하게 된 것을 살펴보기로 한다. 샤미센의 예능이었던 '모노조로에(物揃え)'를 들 수 있다. 우시와가마루(牛若丸)는 조루리히메가 살고 있는 저택(屋敷)을 보고, '모노조로에'를 통해 배경의 설명을 풍부하게 하고 분위기를 흥겹게 묘사하고 있다.

---

84) 邊恩田, 『語り物の比較研究－韓国のパンソリ・巫歌と日本の語り物』, 翰林書房, 2002, 재인용.
85) 수사적 기법이란, 작자가 그 의지나 감정을 유효하게 전달하기 위해 사용하는 말의 표현상의 기교로, 일본의 경우에는 헤이안(平安)시대에 만들어진 가나문(仮名文)에서도 抒情을 전하는 수사법이 존재했다. 예를 들면 反覆法, 縁装法(枕詞, 序詞, 縁語, 掛詞 등), 省略法, 曲言法이 있다.

주인이 누구인지는 모르지만, 일곱 칸이나 되는 집채가 사방을 둘러싸고 있는 중국풍 저택이로구나. 여덟 개나 되는 용마루에, 동서 양쪽을 다 장식하고, 수목이며, 화초며, 수를 셀 수가 없네. 처마의 흰 매화, 여덟 겹 홍매화, 외겹인 벚꽃, 울창한 버드나무에 실버들이 봄바람에 살랑거리고, 꽃의 향기도 물씬 풍기는구나.

あるじはたれと知らねども, 七間四面の唐の御所, 八つ棟造りに, 東西両間を飾らせて, 樹木, 前栽, 数知らず, 軒の白梅, 八重紅梅, 一重桜, しだり柳に糸柳, 吹く春風にうちなびき, 花も匂ひも盛りなり. 86)

계속해서 뜰의 연못, 연못 속의 늪, 다양한 꽃, 섬과 구릉(岡) 사이의 다리, 다리 밑을 지나는 홍서(弘誓)87)의 배에 대해 읊으며, "이 배가 바다 위에 떠 있는 모습을 무언가에 비유한다면 극락정토라 하더라도"88)라고 이어진다. 이것은 부쿄쿠(舞曲) 『야시마(八島)』와 오쿠조루리(奧浄瑠璃) 『아마기미 모노가타리(尼公物語)』에도 발견되는 표현기법으로, 저택을 예찬하는 것은 가타리의 일반화된 표현기법이라고 할 수 있다.

또 귀공자 우시와카마루(御曹司義経)가 조루리히메의 앞에 다시 나타났을 때 그는 최고의 성장(盛装)을 하고 온다.

"우선 등에 국화를 수놓은 것은, 미나모토(源) 집안의 조상신 마사하치만(正八幡)을 묘사해 놓았다. 왼쪽 어깨의 자수에 소나무가 서른세 그루, 미나모토 집안의 상징인 백기(白旗)를 아침 해의 모양을 본떠 수놓았다. 오른쪽 어깨의 자수에는 삼나무가 서른세 그루, 헤이케(平家)의 상징인 적기(赤旗)를 지는 해를 흉내내며 수놓았다."

"まづ後ろの菊綴じの縫い物は, 源氏の氏神正八幡を縫はれたり. 弓手の肩の縫い物に, 松の群立三十三本, 源氏の白旗を, 朝日をまねいて縫はれたり. 馬手

---

86) 邊恩田, 『語り物の比較研究－韓国のパンソリ・巫歌と日本の語り物』, 翰林書房, 2002, 176면 재인용.
87) 부처·보살이 널리 중생을 구제하려는 광대한 서원(誓願).
88) この舟の沖に漂ふ有様を, 物によくよくたとふれば, 極楽浄土と申すとも,

の方の縫い物に，杉の群立三十三本，平家の赤旗七流れ，夕日をまなびて縫は
れたり．"[89]

　이것은 전체 6분의 1정도로, '수놓은 것(縫い物)'이라는 이름이 붙어 있
다. 부쿄쿠(舞曲) 『에보시오리(烏帽子折)』에도 똑같은 부분이 발견되었으
며, 모두 요시쓰네(義経)가 도적을 상대로 싸울 때 입은 의상의 묘사이다.
특히 이 부분은 노래 부르듯이 했다고 한다.

　가타리모노의 음악적 요소에 대해 좀더 구체적으로 살펴보면, 『조루리고
젠 모노가타리』는 "이 이야기는 야하기 지방에서 세력을 가진 '레이제이(冷
泉)' 집안으로 이름난 여성 창도자(唱導者)들이 부르기 시작한 본지물(本地
物)이었다."[90]고 하는 것처럼, 본거지의 유녀에 의해 그 지방의 전설이 이
야기로 만들어졌을 것으로 보는 것이 일반적인 견해이다.

　이러한 본지물이 불렸을 때, 처음에는 오기뵤시(扇拍子)를 가지고 했다.
오기뵤시(扇拍子)는 펼친 부채를 왼손에 들고, 그 종이나 부챗살의 부분을
오른쪽 손가락으로 튕겨서 박자를 맞춘다. 에이로쿠(永禄, 1558-1570)시
대에 류큐(琉球)에서 센슈사카이(泉州堺)에 건너온 쟈비센(蛇皮線)[91]을
시작으로 샤미센(三味線)이 성립했고, 이것을 조루리(淨瑠璃)의 반주악기에
이용한 것이다. 이 당시 조루리는 아직 곡절이 있는 후시(節)가 개입하기
이전이고, 가타리 자체의 음악성은 시쇼(詞章)의 수사적인 표현 안에 담겨져
있었다. 따라서 당시 샤미센의 역할은 매우 크게 작용했다고 볼 수 있다.

　한편, 구두(口頭)의 가타리를 기본으로 한 서술체를 충실히 답습해서 문
자화하면, 같은 내용의 시쇼(詞章)가 거듭해서 사용되는 것을 흔히 확인할

---

89) 邊恩田, 『語り物の比較研究－韓国のパンソリ・巫歌と日本の語り物』, 翰林書房, 2002,
　　212-226면 참조.
90) 阪口弘之, 「人形浄瑠璃の成立」, 『日本文芸史』제4권, 河出書房, 1988, 88면 참
　　조. この物語は矢作地方に勢力をもった〈冷泉〉と名乗る女性唱導者たちの語りはじめ
　　た本地物である.
91) 뱀 가죽을 몸체에 댄 삼현(三絃)의 악기.

수 있다. 『조루리고젠 모노가타리』에서는 제9단에서 '야마토고토바(大和言葉)'를 사용하여 우시와카마루가 "이 사람도 나이 일곱 살부터 구라마(鞍馬)의 산에 오르고, 낮에는 학문을 하고, 밤에는 병법을 익혀서, 지금은 한창 정진하고 있는 중이오."[92]라는 것이 두 번 기록되어 있고, 제10단 역시 우시와카마루의 대사로, "동으로 내려가, 후지와라 히데히라(藤原秀衡)를 도와주고, 수도로 올라올 때에 그대를 아내로 정하여, 이세(二世)의 인연을 맺지요"[93]가 두 번 있으며, 이것은 또 제12단 「후키아게의 하단(吹上の下段)」에도 나온다.

이것은 현대의 사설로는 잘못된 구성으로 간주될 수도 있지만, 구두(口頭)의 언어행위가 반복을 효과적으로 이용하고 있는 것이다. 이러한 반복의 효과가 당시 세련된 문예 방법이었음을 인식할 필요가 있다. 이러한 수사적 기교가 음곡을 취하게 하고, 그것이 바로 조루리부시(浄瑠璃節)를 만들게 한 연유일 것이다.

즉, 『조루리고젠 모노가타리』는 모노가타리(物語)가 가타리모노(語り物)로 형성된 작품인 것에 의의가 있다. 이러한 생성과정을 통해 알 수 있는 것은, 당시 모노가타리의 수사적 기법에는 반복과 열거를 통해 이야기의 내용을 풍부하게 하고 흥미롭게 엮어가는 형식이 존재했다는 것이다. 『조루리고젠 모노가타리』에는 문체상으로는 특유의 수사법의 하나인 야마토고토바(大和言葉)를 많이 사용하고, 모노조로에(物揃え)·모노즈쿠시(物尽くし)의 취향(趣向)과 서술(叙述)이 있다. 모노가타리는 샤미센과 제휴하고 시쇼(詞章)라고 말하고 있지만, 그 이전까지 샤미센의 예능으로서의 '모노조로에'는 독자적으로 존립하고 있었다. 따라서 모노가타리에 속하게 된 모노조로에는 그 자체가 음곡을 불어넣는 요소를 이미 가지고 있다고 할 수 있다.

---

92) それがしも年七歳より鞍馬に登山し, 昼は学問, 夜は兵法きわむれは, 今は精進が最中なり.

93) 東へ下り, 秀衡を警策して都に上るほとならは, 御身を妻と定めつつ, 二世の契り結ぶべし.

2. 형성과정

1) 〈영산회상(靈山会上)〉의 의의와 판소리의 성립

　판소리는 긴 역사 속에서 토속적인 성향을 담고 발전·변용해 온 연희이다. 판소리는 임진왜란 이후 17세기경에 발생하여, 18세기 중엽에 완성단계에 이르렀다고 보는 것이 학계의 일반적인 추정이다. 판소리 창자는 17세기까지 천민의 지위에서 벗어나지 못했으나 18세기에는 궁중으로 진출하여 연행했을 만큼 그 사회적 위상은 높아졌다. 19세기에는 전문적인 예인으로서의 명창(名唱)이 등장하고, 음악적으로도 큰 변화를 가져온다.

　전승연희는 시대의 흐름에 따라 당시의 사회적 변화를 받아들이면서 변모하기도 하고 소멸하기도 한다. 판소리 역시 많은 호칭에서 볼 수 있는 것처럼 변화와 발전을 수반하고 있지만, 그 본질에는 변함이 없기 때문에 예술성이 높은 표현양식으로 인정받고 있고, 20세기 중반 판과 소리의 합성어인 '판소리'라는 용어와 함께 '판소리'가 본격적인 연구의 대상으로 떠오르게 되었다.

　판소리의 기원과 발생의 문제는 문헌이나 음악적 기록이 남아 있지 않아서 영원한 과제로 남을지도 모른다. 1960년대 판소리에 대한 연구가 본격적으로 시작되기까지는 그 명칭을 '소리'라 했고, 소리꾼은 광대라 불렀다. '소리'라는 용어는 '바람 소리'나 '물소리' 또는 '새소리'와 같이 자연계의 음향이나 음성이 다 포함되는 것으로, '노래'보다 넓은 범주에 속한다. '소리'라는 용어에는 '음곡(音曲)'만이 아니라, 의성어나 의태어를 표현하는 도구로 적절하며 이미 어떠한 움직임을 끌어들일 수 있는 극적 성격을 담고 있다.

　그 밖에도, 타령, 잡가, 창가(倡歌), 판놀음, 광대소리, 가곡, 창극조, 극가, 창조, 구극, 창사(唱詞), 창극가, 창악, 남도 소리, 본사가(本事歌) 등 다양한 명칭으로 불리던 용어가 해방 이후 판소리로 일원화되기에 이르렀다는 것은 "판소리에서 예술적 현장을 뜻하는 '판'의 의미에 공감하였다는 것, 즉 판소리가 '판의 예술'임을 공연을 통해서 자신을 드러내 보이는 예술임을 자각하였다는 증거이다."[94] 판소리는 상당히 완강한 틀로 짜여져 있기 때문에 쉽게 변화하지 않은 채 전승된다.[95] 판소리는 소리를 매체로 하며, 그 소리를 하기 위한 형식으로서의 판을 짜고, 판을 벌려 행하는 연희이다. 판소리는 극의 성향을 담고 있는 음악이며, 또한 소리 속에 극적인 요소를 잘 간직하고 있는 연희라고 할 수 있다.

본 절에서는 1870년대 이전까지 판소리 단가의 대표 명칭이었던 '영산'의 음악적 요소를 중심으로 논의를 전개하려고 한다. 위에서 언급한 바와 같이, 판소리는 17세기에 생성하고 18세기에 형성되었으며 19세기에는 음악적으로 변화가 뚜렷이 나타났다. 그러므로 19세기까지 단가의 대표 명칭이었던 '영산'은 판소리 음악을 연구하는 데 있어서 중요한 의미를 가진다.

창자는 판소리를 부르기에 앞서 짤막한 서정적인 노래를 부르는데, 이때 부르는 노래가 바로 단가(短歌)이다. 단가는 허두가, 초두가, 영산(靈山), 영산회상(靈山会上) 등으로도 불렀다. 단가를 부르면서 광대는 목의 상태를 점검하고, 고수와 호흡을 조절하며, 청중의 분위기나 수준을 살펴본다.

이혜구는 「영산과 단가」[96]라는 논문에서, "관우희와 광대가의 소위 영산회상은 기악의 영산회상과는 다르다."고 하였고, 백대웅은 판소리 발생의 「서사 무가기원설의 재검토」[97]라는 논문에서, 종래의 서사 무가의 자리에 '영산'이라는 판소리 단가를 설정한 바 있다. 여기에서 광대가의 '영산회상'과 백대웅이 말하는 '영산'은 단가를 의미한다.

이혜구는 위의 논문에서 송만재(1788-1851)의 「관우희(観優戱)」, 신위(1769-1845)의 「관극시(観劇詩)」, 신재효(1812-1884)의 「광대가(広大

---

94) 최동현, 『판소리연구사』, 판소리 전북애향운동본부, 1988, 400면.
95) 유영대, 「판소리의 이해」, 『한국구비문학의 이해』, 월인, 2000, 342면 참조.
96) 이혜구, 「영산과 단가」, 『한국음악서설』, 서울대출판부, 1967.
97) 백대웅, 「판소리 무가기원설의 재검토1」, 『한국음악사학보』, 한국음악사학회, 1993.

歌)」에 나오는 '영산'이라는 말을 현악에서의 다스름과 같이, 판소리를 부르기 전에 하는 단가를 의미한다고 해석하고 있다.

이혜구가 분석한 「송만재의 『관우희』」를 보면 다음과 같다.

靈山会相 第一套調腔
打令雑歌 千百般別体
鄭松江著 関東別曲 右靈山 98)

'영산회상 제일투조강(靈山会相 第一套調腔)'은 본시(本詩) 제3수에서 제5수까지의 내용을 제시한 것으로, 처음에 시작되는 '영산회상'은 가곡원류(歌曲源流)의 초중대엽(初中大葉) '黃河水 맑다더니'를 노래하고 있다. '제일투조강'은 가곡의 첫째 치를 가리킨다. 타령잡가 천백반별체(打令雑歌 千百般別体)는 제9수에서 제12수까지의 열두 마당을 의미하는 타령과, 그 밖의 가사(歌詞)에 해당하는 잡가를 불렀다는 내용이다.

정송강저 관동별곡 우영산(鄭松江著 関東別曲 右靈山)은 제6수에서 제8수까지로 송강 정철의 관동별곡을 노래한다는 의미인데, 특히 제8수에 대한 이혜구의 해설을 참조하면, "関東別曲의 끝에 '右靈山'이란 註가 있는 것을 보면, 靈山会相은 本来의 音律 靈山会相만을 制限意味하지 않고, 広義로 靈山会相 以外에 歌曲, 別曲까지도 包含한 것 같다. 이 詩는 靈山会相, 歌曲, 別曲이 끝나면, 구경꾼이 모두 조용하고 그다음 순서 本事歌(即 판소리)를 들으려고 귀를 기울이고 있다는 뜻을 노래한 것"99)이라고 한다.

본사가를 부르기 전에 〈영산회상〉으로 시작되고, 그것을 들으면 '太平聖

---

98) 이혜구, 「송만재의 관우희」, 『한국음악연구』, 국민음악연구회, 1957, 318-364면 참조.
99) 이혜구, 「宋万載의 観優戱」, 『판소리연구』(제1집), 판소리학회, 1989. 山祖崑崙 水祖黃－江의 祖宗은 黃河이라 이것을 처음에 부른다는 뜻으로, 牽强附會의 感을 주나, 如何間 그 辭說은 다음과 같다. "黃河水 맑다더니 聖人이 나시도다. 草野群賢이 다 이러나단 말가, 어즈버 江山風月을 누를 주고 이거니"

代에 살고 있는 듯하다.'는 내용을 담고 있는 송만재의 「관우희」는 많은 것을 시사해 준다. 이를 통해 1843년에는 '본사가'가 지금의 '판소리'를 대신하는 용어였고, '영산회상'이 '단가'를 의미하는 용어인 동시에 그 밖의 음악까지 포함하고 있었음을 알 수 있다. 「관우희」에서 본사가는 독립된 놀음이라기보다는 광대놀음의 여러 과정 가운데 하나였음을 보여준다. 그 과정은 가곡(歌曲), 본사가, 줄타기, 땅재주, 정재(呈才)노름, 배희(俳戲), 광대소학지희(広大笑謔之戲), 무가(巫歌), 괴뢰희(傀儡戲) 등 모두 아홉 가지가 있다.

신재효의 「광대가」의 일부를 옮겨 보면, 다음과 같다.

영산 초장 다스름이
은은한 청계수가 어름 밑에 흐르는 듯
끌어올려 내는 목이 순풍에 배 노는 듯
차차로 돌리는 목 봉희도전 기이하고
돋우어 올리는 목 만장봉이 솟구는 듯
툭툭 굴러 내리는 목 폭포수가 쏟치는 듯
장단 고저 변화무궁 이리 농락 저리 농락

서인화[100]는 「영산초장 다스름에 대한 연구」에서, 단가 3곡(진국명산, 소상팔경, 만고강산)의 조(調)와 비유적 표현에 대해 다음과 같이 논하고 있다. 우선, 조에 대해서 "단가는 판소리와 같이 극적인 사건을 노래하기보다는 경치의 묘사, 충효 등 교훈적인 내용, 혹은 인생무상함을 내용으로 하여 청중들을 감정적으로 몰아가지 않고 점잖은 분위기로 장내를 가다듬기 때문에, 단가는 슬픈 느낌을 주는 계면조의 사용을 피하고 웅장한 우조와 화평한 평조로 구성된다."고 한다.

---

100) 서인화, 「영산초장 다스름에 대한 연구」, 『판소리연구』(제1집), 판소리학회, 1989.

비유적 표현으로서 "단가는 '은은한 청계수가 어름 밑에 흐르는 듯' 음의 큰 변화 없이 무리한 고성으로 시작하지 않고, '끌어올려 내는 목이 순풍에 배 노는 듯' 천천히 음고를 올려 가다가, '차차로 돌리는 목 봉희도전 기이하고'와 같이 딴 목으로 돌아서 전조하는 등 곡의 진행에 변화를 준다. '돋우어 올리는 목 만장봉이 솟구는 듯' 상행하거나 상성을 반복하고, '툭툭 굴러 내리는 목 폭포수가 쏟치는 듯' 고음으로부터 굴러내리며 하행한다고 볼 수 있다."고 한다.

즉, 단가 3곡의 실제 음악구조는 중성에서 상성, 하성으로 고루 목을 풀어 가는 데 적합한 양상을 가지고 있음을 보여주고, 〈영산초장 다스름〉의 다섯 가지 비유와 일치하고 있다. 문헌 기록으로 미루어 영산과 단가가 동일한 음악적 개념으로 사용되고 있었음을 추정할 수 있다. 영산은 유람하는 밝은 분위기의 단가를 가장 많이 불렀으며, 별곡이나 가곡의 범주까지 그 안에 포함시킬 수 있었던 것으로 보인다. 기악의 영산회상에서 단가의 영산에 이르는 사이에 음악적으로 많은 변화가 있었을 것으로 추측되지만, 그것을 입증하기는 무리이다.

다음은 불교음악인 〈영산회상〉에서 고찰해 보기로 한다.

> 그러툿 世宗의 仏楽을 興함은 百王의 模典이 되니 首陽大君이 登極하야 世祖大王이 된 後에는 더욱 仏教音楽을 振作하니 其時에 発生한 靈山会相一曲은 一斑舞踏의 通用楽이 되고 此曲이 民間에 퍼져서는 朝鮮正楽이 되야 音楽이라 하면 靈山会相뿐인 줄로 알게 되니 이는 曲調는 小하나 其用은 大하야 実相 李朝楽은 全혀 仏楽化하얏다 해도 過言이 아니리라.[101]

안자산(安自山)은 「조선음악과 불교」에서 조선시대에 정악으로서의 영산회상이 확산되고, 토속적인 신앙(서사무가)이나 불교의 의식이 습합하여 서

---

101) 安自山, 「朝鮮音楽과 仏教」, 『불교』(통권 72호), 1930.

민의 생활 속에 침투해 있음을 보여주고 있다. 세조가 왕의 자리에 오른 것은 1455년부터 68년까지이다. 세조의 즉위 시절 발생한 영산회상은 그 후 조선의 정악이 되었으며, 조선 음악을 대표하는 곡조로 자리잡게 되었다는 것이다.

원래 영산회상(1455년 이후 성립)은 〈영산회상불보살〉이란 가사[102]로 되었으나, 중종조(中宗朝, 1506-44)에 이르러 원 가사는 수만년사(数万年詞)[103]로 개작되었고, 후에 성수만세(聖寿万歳)를 축원하는 내용으로 변한다. 남도속요 보시염불의 예로 보아 예전에는 판놀음을 하기 전에 먼저 성수만세를 축원하였다고 한다.

최초의 영산회상에 대한 기록은 『악학궤범』에 보이나, 그 실제 음악을 기록한 현전하는 최고(最古)의 고악보(古楽譜)는 1651년의 〈이수삼산제본금보(二水三山斉本琴譜)〉이다. 현악영산회상은 이 시기에 이미 민간음악으로 정착되었고, 이후 많은 변모와 발전을 거쳐 왔다. 평조회상과 관악영산회상이 『대악후보(大楽後譜)』에 의하여 적어도 영조조(英祖朝, 1724-76년)에는 파생된 것임이 밝혀졌다.[104]

한국전통음악의 특징은 장단이라고 할 수 있다. 장단은 "서양음악에서의 리듬과 달리 반주의 역할만을 담당하는 것이 아니라 때로는 악장의 역할을, 때로는 그 음악의 지휘자의 역할을 담당한다. 특히 성악곡에서는 노랫말과의 관계 속에서 리듬운용이 이루어졌고 기악곡에서는 그 음악이 가지고 있는 특성과의 연관 속에서 리듬이 운용되어 나타나고 있다."[105]고 한다.

백대웅[106]은 전통음악이 5음 음계(궁, 상, 각, 치, 우)로 "음율 체계는

---

102) 大楽後譜, 楽学軌範 처용무조 참조.

103) 碧海神人乗紫烟　分曹呈舞繍簾前　揷花頭重廻旋緩　共献君王寿万年.

104) 이혜구, 『井間譜의 井間・大綱 및 長短』, 세광출판사, 1987, 105면.
　　　황준연, 『영산회상 연구』, 서울대학교출판부, 1999, 168면.

105) 장수홍, 「전통음악에 쓰이는 10박 장단구조의 연구」, 『전통음악의 장단구조 연구』, 민속원, 2002, 329면.

106) 백대웅, 「전통음악에 나타난 노래 양식의 시대성 - 장단구조를 중심으로」, 『전통음악의 장단구조 연구』, 민속원, 2002.

변하지 않았지만, 리듬체계는 꾸준히 변해왔다."는 사실에 주목하고 있다. 전통음악의 커다란 흐름, 예컨대 조선조 초기에 기록된 음악들과 16-17세기의 민간 악보들, 그리고 18세기에 일어난 리듬구조의 혁명적 변화를 통해 음악적인 측면을 구체적으로 논하고 있다.

18세기 말엽의 판소리 『춘향가』에는 엇모리 양식의 노래가 없고 엇중모리 양식의 노래만 있다가, 『춘향가』 다음에 생겨난 다른 판소리에는 엇모리 양식의 노래가 있는 것으로 보아, 10박 구조를 아주 빠르게 노래하는 엇모리 양식은 18세기 말엽 이후에 유행했을 것으로 간주했다. 10박 구조의 노래 양식의 시대성은 편장단의 가곡→화청(느린 엇모리)→엇모리의 노래들로 전개되어 온 것으로 추정하고 있고, 이러한 변화는 18세기에 이루어진 것으로 보인다.

한편, 우리 음악사에서 말의 리듬을 바탕으로 한 최초의 일자일음식 노래가 단가이며, 옛날에는 단가를 '영산'이라 했고, 오래된 단가는 엇중모리 장단으로 노래한 점, 그리고 영산에 관한 최초의 기록이 1750년에 나타난다는 것을 근거로, 18세기 중엽에는 이러한 노래 양식이 정착되었다고 보았다.

백대웅은 판소리의 무가기원설에 대한 반론[107]을 통해 판소리의 실상과 그 근원에 대한 문제를 제기하면서, '영산'이 판소리보다 먼저 생성됐다는 것을 추론하고 있다. 영산회상과 화청에 나타나는 10박 장단구조를 제시하면서, 상영산·중영산·세령산의 〈영산회상〉이라는 곡이 우리나라 음악의 장단구조가 불규칙 장단에서 규칙 장단으로 변화한 커다란 흐름을 그대로 보여주는 모음곡이라고 한다. 민속악으로서의 화청과, 정악[108]으로서의 기악에 속하는 〈영산회상〉도 공통적으로 10박 장단구조를 가진다.[109] 이것은 불교음악으로서의 '영산회상'과 단가로서의 '영산'이 무관하지는 않다는 것을 보여주고 있다.[110]

---

107) 백대웅, 위의 책.
108) 한국의 중인계층사회에서 풍류방을 중심으로 발생한 음악.
109) 송방송, 『한국음악학 서설』, 세광음악출판사, 1989.

손태도는 음악적인 면에서 규칙 장단 중심의 판소리 음악은 무가의 불규칙 장단에서 나온 것이라기보다는, 판소리보다 먼저 있었던 영산의 6박 엇중모리 장단에서 나온 것이라고 한다.111) 손태도는 판소리의 주요 장단이 타령(중중모리, 자진모리)에서 중모리로 바뀐 것을 예로 들면서, "판소리는 광대소리의 하나이고 원래 타령이라 하였으므로 광대가 부른 서사적 타령에서 출발하여 오늘날의 판소리에 이르렀다."고 보고 있다. 판소리 장단으로 진양, 중모리 장단은 영산에서 나오고, 엇모리는 불교의 화청에서 사용되는 장단에서 비롯되었다고 본다. 즉, 판소리 단가에 대한 논의를 바탕으로 출발하여 판소리가 영산회상의 음악적 요소들을 발전적으로 수용하여 오늘날과 같은 고도의 성악이 된 것을 논하고 있다.

〈영산회상〉과 같이 불교 포교용 가요인 화청은 흔히 동냥 승에 의해 〈산염불〉이나 〈염불타령〉으로 불렸다. 그 곡은 〈석존일대가〉와 같은 장편서사시도 있고, 〈회심곡〉과 같이 불심을 유발하는 것, 〈살풀이〉〈성주풀이〉와 같은 무속적인 것 등이 있다. 불교의 범패나 화청은 불교의식에서 쓰인 것으로서 민간전파 과정에서 민요화하여 '영산'이나 '타령'으로 불렸다. 불교음악으로서의 〈영산회상〉은 안자산의 말처럼 '음악하면 영산회상뿐인 것'처럼 대부분의 음악에 영향을 미치고 있었고, 이러한 과정에서 단가의 '영산이 된 것'으로 볼 수 있다.

판소리의 생성 당시 불교는 이미 음악적으로 크게 발달되어 있었고, 〈영산회상〉은 다른 음악 양식에 영향을 주는 것이었다. 하지만 무불습합의 문화는 판소리 생성 이전부터 형성되어 있었고, 판소리는 무가에 그 기원을 두는 것이 정설로 되어 있다. 판소리 형성기에 음악적 측면에서 많은 변화가 있었다는 것은 무가의 음악과는 다른 신선한 자극이 영향을 주었던 것으로 본다. 그리고 19세기 초반인 전기8명창 시대부터 판소리의 유파 형성이 이루어지고, 유파에 따른 기법과 미의식에서 현저하게 다른 유형들이 판소

---

110) 김종진, 「불교가사의 口演과 주제 구현방식의 관련양상」, 『국어국문학』130호, 2002.
111) 손태도, 「판소리의 기원으로서의 '打令'」, 『판소리연구』제8집, 판소리학회, 1997.

리에 또 다른 변화를 가져온다.112)

  판소리의 본질이 사설과 음악의 조화로운 판짜기라는 전제하에서 보면, 판소리 연구는 사설이 어떻게 형성되고 어떻게 변화해 왔으며 음악은 어떠한 양식이 기반이 되고 어떻게 변화해 왔는지를 우선 파악해야 한다. 그리고 사설과 음악이 만난 판소리의 생성시점과 형성기에 그 사설과 음악에는 어떠한 현상이 보이는지를 검토해야 한다. 즉, 판소리는 어떤 하나의 장르에서 그 기원론을 정하기보다는 다각적으로 접근하여 종합적인 판단을 내려야 할 것이다.

  〈영산회상〉은 판소리 음악을 파악하기 위한 음악의 한 양식이다. 한국의 판소리와 일본의 조루리가 구비서사시라는 동일한 근원에 의해 생성하고 있지만, 조루리가 그 본질을 바꾸면서 변모해 온 것에 대해, 판소리는 극적인 음악으로 이어져 왔다. 판소리가 그 본질을 바꾸지 않고 이어져 온 것은, 청중의 감각과 호흡할 수 있는 음악의 발달과정이 있었기 때문이다. 판소리의 음악성을 하나의 기원설에서 멈추는 것은 무리가 있다. 판소리의 형성기에 활약했던 음악이면서, 판소리 단가와 동일한 명칭으로 사용된 〈영산회상〉은 판소리 음악의 발달과 상통하는 음악성을 가지고 있는 데 의의가 있다.

2) 〈헤이쿄쿠(平曲)〉의 의의와
기다유부시(義太夫節)의 성립

  '기다유부시'의 성립은 〈헤이쿄쿠〉부터 살펴볼 필요가 있다. 〈헤이쿄쿠〉의 사설 양식은 10세기 즈음에 불교에서 사용한 쇼묘(声明)에서 시작되고, 공통적인 음악성을 가지고 있다. 비파법사(琵琶法師)113)는 『호겐 모노가타리

---

112) 유영대, 「판소리의 유파와 기법적 특성」, 『판소리의 세계』, 문학과 지성사, 2000, 107-8면 참조.
113) 비파를 반주로 하여 집 앞에서 가요 등을 불러서 돈을 모으는 일을 하고 다니는

(保元物語)』114)나 『헤이지 모노가타리(平治物語)〉』115)등의 군담(軍談)을 부르고 있었는데, 아름다운 서사시(叙事詩)가 신곡(新曲) 『헤이케 모노가타리(平家物語)』로 만들어져 인기가 있었다. 비파법사라고 하면 『헤이케 모노가타리』를 생각할 만큼 유행하고 있었고, 그것을 〈헤이쿄쿠〉라고 불렀다.

〈헤이쿄쿠〉 중에는 가구라(神楽, 무악)·사이바라(催馬楽, 奈良시대의 속요)·로에이(朗詠, 詩歌에 가락을 붙여 소리 높여 읊는 것)·이마요(今樣, 平安시대의 7·5調의 노래) 등의 선행가요의 곡절도 섭취하고 있지만, 쇼묘 특히 덴다이쇼묘(天台声明)가 더 많이 받아들여졌다.116) 그래서 곡절(曲節)은 시라뵤시(白拍子)117)·구세마이(曲舞)118)·고와가(幸若)119)와도 교류가 있었다. 『헤이케 모노가타리』는 성립 연대나 작자가 명확하지는 않지만, 그 내용으로 보아 13세기 중반까지 원형적인 것이 만들어지고, 그 후 발전한 것으로 추정하고 있다. 〈헤이쿄쿠〉의 전수자들은 천민계급에 속하면서 서민들 사이에 감상(鑑賞)의 기회를 제공하는 한편 뛰어난 이야기꾼의 출현 등으로 점차 사회적 지위도 향상된다. 그래서 가두나 연회석에서 손으로 박자를 맞추는 연희로서 행해지기도 하고, 무가(武家)나 귀족으로부터 초대를 받기도 하였다.

서민예술이 귀족계급의 비호환영을 받게 되자, 〈헤이쿄쿠〉는 급격한 변화가 일어나기 시작한다. 헤이안(平安, 794-1192)시대의 『비파법사의 이야기(琵琶法師之物語)』는 저속한 연희에 지나지 않았지만, 가마쿠라(鎌倉, 1192-1333)시대 초기에 『헤이케 모노가타리』를 시쇼(詞章)로 하게 된 후 상당히 음악적으로 성숙했다. 무로마치(室町, 1394-1573)시대에도 비파법

승려들을 말한다.
114) 호겐의 난(保元の乱, 1051-1062)은 황위(皇位)를 둘러싼 내란을 말한다.
115) 헤이지의 난(平治の乱, 1159): 권력을 둘러싼 쿠데타.
116) 河竹繁俊, 『日本演劇全史』, 岩波書店, 1979. 218면 참조.
117) 平安 말기의 가무. 雅楽이나 범패의 박자.
118) 室町시대의 춤. 부채를 들고 노래를 읊으면서 허리에 찬 북을 치며 춘다.
119) 전국시대의 무사들에 관한 노래. 부채를 들고 한다.

사는 귀족과 상류층을 대상으로 그들의 기호에 맞게 개량하여 부르게 되고, 서민에게 있어서는 지나치게 세련되고 고전화한 음곡으로 느껴지게 되었다.

비파법사의 음악이 상류층에게 지지를 받게 되면서, 도리어 서민의 생활감정과는 멀어지기 시작하고 서민은 무언가 더욱 자신들에게 절실한 가타리나 가요를 요구하게 된다. 〈헤이쿄쿠〉를 읊고 있던 비파법사의 일부[120]는 그 후 16세기 중엽에 전래한 샤미센(三味線)을 비파(琵琶) 대신에 사용하게 된다. 샤미센은 비파보다 훨씬 세련된 음곡을 반주로 할 수 있었다. 비파법사는 『헤이케 모노가타리』만이 아니라, 당시 사람들에게 가장 친근한 제재(題材)를 다룬 『조루리고젠 모노가타리』를 샤미센 반주로 부르게 되고, 이 새로운 서사(叙事) 음악을 '조루리'(浄瑠璃)라고 불렀다.

샤미센에 대한 최초의 기록은 『오유도노노 우에노 일기(御湯殿の上の日記)』[121]의 1580년 2월 16일의 조(条)에 신뢰할 만한 내용이 있다.

> 오늘 궁중에 들어오자마자 춤 공연이 있었다. 아름다운 고와카 춤이라 한다. (중략) 춤이 끝나고, 궁에 계신 분이 야마시로라고 하고, <u>샤미센을 타게 했습니다.</u>[122]

그리고 분로쿠(文禄, 1592-1596)시대 고노에 노부타다(近衛信伊, 1565-1614)가 사쓰마(薩摩, 현 鹿児島県) 산천(山川)의 나루터에서, 주안을 벌려 놓은 자리에 샤미센을 타게 하고 옛 노래 등을 부르게 한 것이, 『산먀쿠인키(三藐院記)』에 기술되어 있다.[123] 1570년 즈음부터 유입해 온 감상적인 음색

---

120) 당시 이야기를 전하는 자들로 비파법사와 함께 메쿠라고제(盲瞽女)를 들 수 있다. 비파법사는 주로 귀족이나 무사를 상대로 하고, 메쿠라고제는 여자 장님으로 절이나 신사(神社)의 경내에서 주로 서민을 상대로 샤미센을 타거나 노래 부르며 이야기를 전하였다.

121) 女宮이 筆録한 350(1477-1826)년간의 宮廷日記(464冊).

122) 河竹茂俊, 『日本演劇全史』, 岩波書店, 1959, 222면 재인용.
けふ上らふより御用, まいあり, はなかう若といふ, ……まひののち宮の御かた御かはづの物山しろといふ, <u>しやみせんひかせらるゝ.</u>

123) 河竹茂俊, 위의 책, 222면 참조.

의 악기 샤미센이 모든 사람들에게 사랑받기 시작했음을 알 수 있다. 샤미센의 등장으로 점차 조루리의 연행에서 부채와 비파가 사라졌다. 그 결과 조루리는 에도(江戸, 1596-1868)시대의 향락적(享楽的)인 생활 태세에 호응하며, 새로운 음악으로 열렬한 환영을 받으며 발전했다.

조루리가 샤미센과 제휴하여 그것을 반주악기로 살려 사용함으로써, 가타리모노(語り物)는 곡절적인 발전뿐만 아니라 대본(詞章)의 내용에 있어서도 현격한 혁신을 이루었다. 시원시원하게 읊던 모노가타리 승(物語僧)의 가타리나, 사사라(簓)를 문질러 애절하게 읊던 셋쿄시(説経師)의 가타리나, 혹은 비파(琵琶)·북(鼓) 등을 반주로 한 헤이케 비파(平家琵琶)·고와카(幸若)·메쿠라 고제(盲瞽女) 등의 가타리에 비해서, 훨씬 곡절에 복잡한 요소가 가해지면서 음악적 발전을 거듭하였다. 이전의 가타리모노는 음곡적인 것에 중점을 두기보다는 그 내용인 서사적인 것에 중점이 놓여 있었다. 청중의 흥미는 읊어지는 이야기의 내용에 있었고, 사사라나 북이나 부채보다는 더 복잡한 곡조를 낼 수 있는 비파를 반주로 한다고 해서, 음곡적인 효과와 같은 것을 기대하지는 않았다. 반주악기의 곡조보다도 오히려 연주자 자신의 소리와 억양이 효과적이었다고 할 수 있다.

샤미센이라는 복잡 미묘한 음색을 가진 새로운 악기가 반주악기로 사용됨에 따라 청중의 흥미는 가타리의 내용과 동시에 곡절적인 것에도 귀를 기울이게 된다. 가타리는 내용과 곡절의 양 방면에 있어서 용맹스러운 것, 애절한 것, 조용한 것, 경쾌한 것 등 여러 가지를 들려줄 수 있는 가타리모노로서의 조루리가 되었다.

구비서사시에서 시작된 가타리는 〈헤이쿄쿠〉가 완성되고 모노가타리(物語)다운 대본을 얻게 되었다. 가타리가 샤미센과 합체하면서 관객층이 넓어지고 조루리의 곡절이 발달한다. 거기에 조루리가 인형과 결합하여 소위 아야쓰리 시바이(操り芝居)의 시쇼(詞章)가 된 것은, 가타리모노의 역사에 있어서 공전의 비약이었다. 청각적인 예능에서 시각적인 예능으로 큰 변혁을 이룬 것이다. 이것이 곧 인형을 조종하는 아야쓰리(操り)와 음악 양식의 조루리가 합해진 예능으로, 아야쓰리 조루리(操り浄瑠璃)의 성립이다.

다시 말하면, 이는 가타리모노의 희곡화라는 본질적인 변화를 의미한다. 17세기 말 조루리가 그 본질을 바꾸고 다케모토 기다유(竹本義太夫, 1651-1714)와 지카마쓰 몬자에몬의 합작으로 『슛세카게키요』를 상연한 1684년을 기점으로, '신조루리(新浄瑠璃)' 또는 '당류조루리(当流浄瑠璃)라는 '기다유부시'(義太夫節, 1684년)가 성립하게 된다. 현재는 17세기 말까지에 나타난 유파를 고조루리(古浄瑠璃)라고 하고, 기다유부시를 조루리라고 하고 있다.

'기다유부시'는 다케모토 기다유에 의해 만들어진 소리의 음악이다. 다케모토 기다유는 작곡가이며 연주가이다. 그는 당시 유행하던 여러 가지 조루리를 배우고 영향을 받았다. 그 다종다양한 영향을 타고난 재능으로 소화 흡수하고, 거기에서 '기다유부시'라는 독자적 음악 양식을 만들어 낸 것이다.

기다유부시의 보(譜)에는 유카혼(床本)124)의 오른쪽 상단에, 하리마(播磨)라든가 도사(土佐)라든가 하는 이름이 다른 기호와 함께 적혀 있는데, 이들 이름은 기다유부시의 음악 양식에 영향을 준 조루리계의 사람들이다. 그중 〈헤이쿄쿠〉의 비파법사였던 다키노겐코 스기야마(滝野検校杉山)와 사와토모겐코(沢住検校)125)는 교토에서 이름이 알려진 다유였다.

일본에서는 헤이안(平安)시대 말기부터 무로마치(室町)시대에 걸쳐 조정(朝廷)·공가(公家)·사사(寺社)를 본거지로 하면서, 그 보호를 받고 결성된 동일한 직업단체인 '좌'(座)가 만들어졌다. 좌(座)에는 상업·공업·예능·마차(馬借)·유녀(遊女) 등 다양한 종류의 것이 있다. 특히, 예능 방면에서는 예능자가 하나의 예능 단체를 조직하고, 그 조직을 권력자가 공인하고, 그 공인자의 세력 범위의 지역에서 연기의 독점권을 인정하며, 조직으로부터는 그 보상으로서 좌(座)의 인가자(認可者)에게 무보수(無報酬)의 연기를 제공했다.

덴가쿠(田楽)의 좌는 헤이안(平安)시대에, 사루가쿠(猿楽)의 좌는 가마

---

124) 조루리의 대본.
125) 뒤에 다음과 같은 계통을 잇는다. 薩摩浄雲－井上播磨掾－竹本義太夫.

쿠라(鎌倉)시대에 생겼다. 이들이 에도(江戸, 1603-1730)시대가 되면 본질을 바꾸어 단지 홍행권의 표상이 된다. 즉, 출원을 해서 허가를 받거나, 구선(口宣)을 주고 수령하고 조호(掾号)126)를 받거나 하면, 바로 연극을 할 수 있었다. 16세기에 이미 교토(京都)·오사카(大阪)·에도(江戸, 지금의 도쿄)에 닌교조루리의 '좌'가 속출했지만, 1684년 다케모토 기다유가 오사카 도톤보리(道頓堀)에 다케모토좌(竹本座, 築後芝居)를 세우고 이어서 도요타케좌(豊竹座)가 생겨남으로써, 닌교조루리의 좌(座)는 오사카(大阪)가 중심이 되었다.127)

조쿄(貞享, 1684-1687) 년간에 걸쳐 고조루리가 성행한 에도, 교토, 오사카의 홍행 상황을 살펴보면, 가장 성황을 이룬 것은 에도이고, 극장가인 오사카 사카이초(堺町)에서는 저명한 다유가 서로 경쟁하고 있었다. 그중에서도 전기(前期) 간몬기(寬文期, 1661-73년)에는 일세를 풍미하고 있던 긴피라조루리(金平浄瑠璃)의 단바노쇼조(丹波小掾) 이즈미다유좌(和泉太夫座)가 여세(余勢)를 유지하고, 사쓰마부시(薩摩節)의 도라야(虎屋) 겐다유좌(源太夫座), 도사부시(土佐節)의 도사노조좌(土佐掾座), 에도지로사부로우에몬좌(江戸次郎三郎右衛門座)와 나란히 있었다. 이들 강건한 곡조의 유파에 비해서 정서적인 성향을 띤 한다유부시(半太夫節)의 에도한다유좌(江戸半太夫座)도 새롭게 일어났다. 인형조종의 명수인 오야마지로사부로(小山次郎三郎)의 활약도 간과할 수 없다.

교토(京都)에서는 시조 가와라(四条河原)의 홍행가에서 가다유부시(嘉太夫節)의 우지카가노조좌(宇治加賀掾座)와 가쿠다유부시(角太夫節)의 야마모토 가쿠다유좌(山本角太夫座)가 홍성했고, 전기(前期)에 활발했던 긴피라부시(金平節)의 도라야 가즈사노조좌(虎屋上総掾座)를 대신하여, 왕조(王朝)취미·정서 본위의 곡풍(曲風)으로 교토의 사람들에게 인기를 얻었

---

126) 다케모토하리마조(竹本播磨掾)는 다케모토라는 다유(太夫)가 하리마라는 지방에 결성한 유파를 말한다.
127) 와세다대학 연극박물관 편저, 『演劇百科大事典』(제2권), 平凡社, 1960. 543-544면.

다. 가쿠다유(角太夫)는 1684년 당시는 수령호(受領号)의 사가미노조(相模掾)를 내세우고 있었지만, 다음해 9월 23일 교토 쇼시다이(所司代)[128] 쓰치야(土屋)가 사가미(相模)의 관료[129]가 되어 귀인(貴人)의 이름을 같이 쓸 수 없어서 도사노조(土佐掾)라고 개명했다. 가가노조(加賀掾)는 이 시기에 다케모토 기다유(竹本義太夫) 및 지카마쓰 몬자에몬(近松門左衛門)과 복잡한 관계를 가진 다유였지만, 교토의 흥행계에 막강한 세력을 확장하고 있었다.

오사카(大阪)는 오랜 역사를 가진 이토 데와노조좌(伊藤出羽掾座)가 분야부시(文弥節)의 오카모토 분야(岡本文弥)를 다유로 택하고 성행하였다. 수년 전까지 서로 견주었던 이노우에 하리마노조좌(井上播磨掾座)를 계승하여 갈 강력한 다유가 나오지 않았으므로, 다케모토 기다유가 새롭게 진출하기에는 좋은 조건이었다.[130]

다케모토 기다유(竹本義太夫, 1651-1714년)는 오사카 남쪽 외관에 있는 덴노지(天王寺) 마을의 농가에서 출생하고, 이름은 고로베(五郎兵衛)였다. 이노우에 하리마노조(井上播磨掾)의 곡풍(曲風)을 즐겨 배우고, 1676년경 하리마노조(播磨掾)의 수제자 기요미즈 리헤(清水理兵衛)가 상연한 『조도몬인(上東門院)』의 와키(ワキ)[131]로 들어갔다. 1677년 정월에는 교토의 가가노조(加賀掾)의 와키로 옮겼다. 가다유부시(嘉太夫節)는 섬세우미(繊細優美)한 곡풍이면서 하리마부시(播磨節)에 기초하고 있어서, 그것이 인연이 되어 기용된 것이다. 예명(芸名)은 시미즈 고로베(清水五郎兵衛)로 3월의 『사이교 모노가타리(西行物語)』에서는 두 번째 단(二段目)의 「밤도둑의 수라(修羅)」를 부르고, 큰 목소리와 함께 높고 낮은 음을 잘 갖추고 있어서 좋은 평을 얻었다. 1680년 정월에는 기다유(義太夫)라는 이름으로 개

---

128) 쇼시다이(所司代)는 가마쿠라막부(鎌倉幕府)의 중요한 정치기관에서 차관 대리인으로 사무를 보는 사람이다.
129) 사가미노 가미(相模の守), 현재의 가나가와현(神奈川県)의 우두머리.
130) 角田一郎, 「貞享二年の道頓堀」, 『近松の時代』, 岩波書店, 1998, 3-17면 참조.
131) 노가쿠(能楽)의 주연 배우인 시테(シテ)의 상대역.

명(改名)하고 두 번째로 교토 흥행을 한다.

그 후 3년 남짓 행방불명이었던 기다유는 1684년 오사카 도톤보리(道頓堀)의 극장가에서 대흥행을 하고, 이 성공을 계기로 다케모토하리마노조(竹本播磨掾)의 강건한 가타리와 가다유부시(嘉太夫節)의 우미(優美)한 가타리의 경연(硬軟)을 겸비하여 새로운 곡풍을 수립하게 된다. 특히 지카마쓰 몬자에몬과 제휴한 첫 번째 작품 『숫세카게키요(出世景淸)』(1686년)는 다른 유파의 작품에 의존하지 않은 기다유부시 최초의 작품으로 유명하다.

1686년 11월 하순 기다유의 첫 번째 단모노슈(段物集)인 『치히로슈(千尋集)』가 간행되었다.132) 그 권두(卷頭) 여수(如水)의 서문(序文)에는 다케모토 기다유를 유파의 시조(始祖)로서 소개하고 있다. 다음해에도 단모노슈를 내고, 기다유의 자서(自序)와 자필 예론(芸論) 「조루리대개(淨瑠璃大概)」를 권두에 게재했다.

다시 묻기를, 조루리는 우타이를 부모로 한다고 할 수 있다. 그렇다면, 먼저 우타이를 배우고 난 후, 조루리를 연습해야 할 것이다. 이에 답하기를, 그것은 각각의 습득 방법이 있을 수 있다. 우리들의 유파는 옛 명인의 조루리를 부모로 하고, 우타이・마이 등은 길러준 부모로 해야 한다.

又とふていはく, 淨るりは謡を父母とするといへり. しからば先謡をならひて後, 淨るりを稽古すべきかと. こたへていはく, それは面々の得かた有べし. われらが一流は, むかしの名人の淨るりを父母として, 謡舞等はやしなひ親と定め侍る.133)

우타이(謡)를 부모로 하는 것은 가가노조(加賀掾)의 설이다. 가가노조는 1678년 간행된 『다케노코슈(竹子集)』의 자서(自序)에, "조루리에는 스승이 없고, 또한 우타이를 부모로 생각한다."134)라고 주창하고 있다. 기다유는

---

132) 단모노(段物)는 一曲중의 특별히 들을 만한 명곡.(一曲中の特別の聞かせ場)
133) 「다케모토 기다유는 처음 후시(節)를 이룬 조상이다. (竹本義太夫とて一ふしの祖あり)」

조루리가 노(能)의 영향을 받았지만, '노'와 조루리를 확실히 구분하여 자신의 기본이념을 선언한 것이다.

「조루리대개(浄瑠璃大概)」는 각 단의 취지를 구체적으로 서술하고 있다. 목차를 살펴보면, 「첫 번째 단은 사랑 이야기(初段之事 付り 恋)」「두 번째 단은 수라(二段目の事 付り 修羅)」「세 번째 단은 수탄(三段目の事 付り 愁嘆)」「네 번째 단은 미치유키(四段目の事 付り 道行)」를 주요 내용으로 하고 있다. 세 번째 단에서는 "부르는 법과 인형연기는 세 번째 단(三段目)을 요점으로 한다."[135]고 했으며, 이것은 작가 지카마쓰의 각색 이념과도 잘 맞는 것이었다.[136]

현존하는 고조루리의 정본에는 후시즈케(節付け)[137]의 흔적이 없고, 1637년(寛永14) 4월의 사나이(左内)의 『도모나카(ともなか)』에 이르러 '기리(キリ)'[138]만이 있고, 같은 해 6월 『지독한 판관(あくちの判官)』에 '산주(三重)·산주가미(三重上)·후시(節)·후나우타(舟歌)'[139]가 기록되어 있을 뿐이다. 하지만 1659년 9월의 야마토노쇼조(大和少掾)의 『후미아라히(文あらひ)』부터 후시고토(節事)[140]에 비교적 많은 작품에서 후시즈케(節付け)가 보인다. 1662년의 4월 『대직관마왕합전(大織冠魔王合戦)』에는 16종류[141]의 문자보(文字譜)가 '후시고토'를 중심으로 기보(記譜)되어 있으나, 아직 일반적인 현상은 아니었다.[142]

기다유의 특색은 가가노조보다도 '지(地)'나 '고토바(詞)'의 분량이 많은

---

134) 浄るりに師匠なし, 又謡を親と心得べし.
135) 上るりのこなしあやつり立, 三段目をまなことして,
136) 角田一郎, 위의 책, 참조.
137) 歌詞에 가락을 붙임.
138) 기리(キリ)는 마지막이란 뜻으로, 단(段)이 상중하로 나뉠 때 하(下)에 속한다.
139) 三ちう·三ちう上·ふし·ふなうた.
140) 조루리에서 가요를 중심으로 부르는 부분이 많은 곳이며, 주로 미치유키(道行)나 케이고토(景事)를 말한다.
141) おとしふし·三重·ことば·ふし·上·地·おくり·なきふしおろしふし.
142) 秋本鈴史, 「浄瑠璃の上演形態と興行-人形遣いの登場」, 『浄瑠璃の世界』, 世界思想社, 1996.

것을 들 수 있다. 특히 말(言葉)을 포함하지 않는 지문(地文)에 '고토바(詞)'를 사용하는 예는 기다유의 특징이다. 조쿄(貞亨, 1684년) 이후 주로 스에테(スエテ)는 수탄(愁嘆), 오쿠리(オクリ)는 등장과 퇴장의 이동, 산주(三重)는 투쟁 등의 동작이라는 식으로, 시쇼(詞章)와 곡절(曲節)의 사이에 긴밀한 관련이 보인다. 각 작품마다 유파의 차이도 드러나기 시작했다. 기다유는 문장을 짧게 끊고, 체언으로 마무리하며, 연용중지나 조사 '는(は)' '을(を)'이 적고, 조사 '이고(て)' '도(も)'를 많이 사용하기 때문에, 문장이 강하고 긴박감이나 언어 외의 여정(余情)이 생긴다. 거기에 중음(中音)이 많고, 박자에 맞는 '지(地)'의 가타리가 많아서, 강한 힘을 내는 분위기에 적절하다. 흔들리는 마음의 심리묘사가 상세하고, 구체적인 동작표현이 많고, 곡절의 변화가 풍부한 것은 희곡성에 중점을 두고 있다고 볼 수 있다.143)

이노우에 하리마노조(井上播磨掾)와 도라야 기다유(虎屋喜太夫)라는 견인자(牽引者)들에 이어, 조루리에 새바람을 일으킨 것이 우지 카가노조(宇治加賀掾)이다. 가가노조(加賀掾)는 같은 시기에 활약한 야마모토 가쿠다유(山本角太夫)와 교토의 인기를 함께 누리고 있었다. 가쿠다유(角太夫)는 긴피라조루리(金平淨瑠璃)의 문예에 기초하여 신작(新作)으로의 전환을 도모하고, 당류(当流) 조루리로의 다리 역할을 한다. 가가노조는 요쿄쿠(謡曲)를 중시하지만, 마이(舞)・헤이케(平家)・고우타(小唄)・셋쿄(説経)・사이몬(祭文) 등의 다양한 음곡을 사용하고, 새로운 음곡을 만들어 내고 있다. 가미오로시(神降し), 명소즈쿠시(名所尽し), 모노즈쿠시(物尽し) 등의 후시고토(節事), 게이고토(景事)에는 특히 풍부한 후시즈케(節付)가 시도되었다. 그리고 미치유키(道行)와 같이 표제(表題)를 달고 독립시켜 들려주기도 했다.144)

---

143) 角田一郎, 「貞亨二年の道頓堀」, 『近松の時代』, 岩波書店, 1998.
144) 林久美子, 「古淨瑠璃の新風－加賀掾」, 『淨瑠璃の誕生と古淨瑠璃』第7巻, 岩波書店, 1995, 157면 참조.

태어날 때부터 조루리를 좋아하고, 게다가 목소리도 화통하며 청결하고 높고 낮은 자연스러운 소리를 겸비하고 있는 큰 인물이 될 근성이 있다.

『다케토요고지』145)

여기에 제시한 『다케토요고지(竹豊故事)』(1756年)의 기록에 의하면, 그의 소리는 크고(大声), 청결하고, 성역(声域)이 넓고, 묘미가 있는 개성 있는 소리(妙音)임을 알 수 있다.

기다유에서는 예로부터 첫째는 소리, 둘째는 가락, 셋째는 기교(一声, 二節, 三技巧)라고 일컬어지고 있으며, 가부키(歌舞伎)에서는 첫째는 소리, 둘째는 인물, 셋째는 모양새(一声, 二顔, 三姿)라고 하였다. 일본 근세의 예능을 대표하는 이 두 양식은 모두 소리(声)를 첫째로 친다. 소리는 목 아래에 있는 성대의 울림에 의해서 발하고, 그 울림이 호흡과 함께 소리가 되고 구강 내의 움직임으로 목소리가 되어 발음된다.

구강 내의 울림의 진도 수가 많으면 고음, 적으면 저음이 나온다. 또 호흡의 강약에 의해 가늘어지기도 하고 굵어지기도 한다. 더욱이 호흡에는 복식(腹式)과 흉식(胸式)이 있고, 복식은 소리가 굵고 낮으며 흉식은 소리가 가늘고 높다. 기다유부시는 소리가 모든 음악의 기초가 되는 것으로, 아무리 가락이나 기교가 뛰어나도 소리가 거기에 따르지 못하면, 듣는 사람에게 감동을 줄 수 없다. 본래 음악에서는 미성(美声)을 가진 자가 좋다고 하지만, 탁성이나 악성이라도 사용법에 따라서 충분히 효과를 낼 수가 있다. 오히려 미성을 가진 자가 본래의 소리가 지닌 맛을 내기가 힘들다. 어느 쪽이든지 연마하는 것에 의해 음악적 가치가 생기기 때문에, 자신이 가지고 태어난 목소리를 살리도록 노력하는 것이 바람직하다.

일본의 조루리는 10세기 즈음에 불교에서 사용한 쇼묘(声明)에 의한 〈헤

---

145) 茂手木潔子, 『文楽 声と音と響き』, 音楽之友社, 1988, 53면 재인용.
生得浄瑠璃を好み, 然も声柄大音にして清潔(きはや)かに甲乙地合自然と兼美せし大丈夫の生質(うまれつき)也. 『竹豊故事』(1756年刊).

이쿄쿠)의 사설 양식과 공통적인 음악성을 가지고 있다. 서사적인 가타리모노(語り物)의 맥락 속에서 형성되어 조루리(浄瑠璃)라는 명칭을 가지게 되었지만, 샤미센의 유입으로 곡절에 변화가 생기기 시작한다. 아야쓰리 닌교 조루리(操り人形浄瑠璃)가 부각되기 시작할 즈음, 조루리는 다케모토 기다유와 지카마쓰 몬자에몬에 의해 『슛세카게키요』를 상연한 1684년을 기점으로 기다유부시(義太夫節)가 성립하게 된다.

Ⅲ. 『춘향가』와 『曾根崎心中』의 구성방식

1. 주제와 등장인물

『춘향가』와 『소네자키신주(曾根崎心中)』의 표면적인 주제는 남녀의 사랑 이야기이다. 이런 유형의 이야기는 오랜 역사에 걸쳐 흔히 접하는 것이지만, 두 작품은 강력한 자력을 가지고 있고, 각각 한국과 일본에서 사랑 이야기를 다룬 대표적인 고전으로 흥미와 감동을 전해 준다. 그 강력한 자력이란, 곧 표면적인 주제 이외에 그 작품의 이면에 숨겨진 주제와 예술적인 전략이 주도면밀하게 짜여져 있는 것에 있다고 본다.

『춘향가』의 표면적인 주제는 무엇보다도 춘향의 이 도령에 대한 숭고한 사랑이다. 이것은 유교사회였던 조선시대의 여성으로서 지켜야 할 당연한 덕목이지만, 기생으로 살아가야만 하는 춘향에게는 선택의 여지가 없는 일이다. 그리고 이 도령 또한 양반집 자제임에도 불구하고 기생 춘향에게 끝까지 마음을 저버리지 않는 것 또한 흔한 이야기가 아니다. 『소네자키신주』의 표면적인 주제는 오하쓰(お初)와 도쿠베(德兵衛)의 순수한 사랑이다. 덴마야(天満屋)의 유녀 오하쓰는 진정한 사랑 앞에서 자신의 신분을 잃고 있고, 간장가게 히라노야(平野屋)의 지배인 도쿠베는 정직하고 성실한 일꾼으로의 삶을 포기하며, 결국 두 사람은 사랑을 성취하기 위해 신주(心中)146)를 결행한다.

　물론, 『춘향가』나 『소네자키신주』와 같이 순수하고 열정적인 남녀의 사랑 이야기는 그 자체로도 사람들에게 감동을 줄 수 있다. 하지만 각각의 작품이 두 나라를 대표하는 고전적인 사랑 이야기로 대두하게 된 것은, 단지 순수한 사랑만이 아니라 좀더 깊은 의미를 이면에 담고 있기 때문이라고 본다. 그런 의미를 모색하기 위해 이면적인 주제를 살펴보기로 한다.

　『춘향가』의 이면적인 주제는 잘 알려져 있는 것처럼 조선 후기 사회의 신분차별로 인한 모순을 문제삼고, 그것을 세상에 알리는 것에 있다. 즉, 신분이 서로 다른 성춘향과 이몽룡의 사랑으로 사회의 모순을 극복해 가는 작품이다. 양반인 아버지와 기생인 어머니 사이에서 태어난 춘향은 어정쩡한 신분이지만, 당찬 성품과 지조가 있는 여성이다. 그리고 이 도령은 당시 사회의 모순을 야기한 양반의 자제이면서도, 깨어 있는 의식을 가지고 남성다운 성품으로 문제를 해결한다. 즉, 해학이라는 유용한 양식을 통해 양반층의 억압과 착취를 지적하는 것이다. 또한, 이 도령이 어사가 되어 출두하고, 변학도를 숙청하여 춘향을 구출하는 대단원을 장식하는데, 이는 곧 변학도를 통하여 당대의 부도덕하고 탐욕스러운 지배층과 이에 맞서 싸우는 서민의 현실을 사실적으로 보여주고 있다.

　『소네자키신주』의 이면적 주제는 지배계층을 중심으로 한 질서유지를 위해, 의리147)만이 강조되고 인정을 용납하지 않은 겐로쿠(元禄, 1688-1704)시

---

146) 신주(心中)는 '정사(情死)'나 '동반자살'을 의미한다. '신주'는 다른 한자권 문화에서는 사용하지 않는 일본의 독자적인 표현이다. '신주'는 본래 타인에게 의리(義理)를 지키는 일, 서로 사랑하는 남녀가 그 진실을 상대방에게 표시하는 증거로 행하는 문신(文身), 단발(斷髮) 등을 뜻한다. 본 논문에서는 '신주(心中)'라고 원음(原音)을 그대로 사용하고, 정사(情死)를 다룬 작품으로는 '신주모노(心中物)'라는 용어를 쓰고자 한다.

147) 의리란 말은 일본에서도 원래 '사람의 도리'로 해석되어, '의리가 없다', '의리에 어긋나다' 등의 용법으로 사용되었다. 그러나 에도시대부터는 상인계급의 대두와 더불어 차차 '교제상 어쩔 수 없이 해야 하는 일', '싫어도 꼭 해야 하는 일' 등의 뜻으로 쓰이게 되었다.

대의 사회적 문제를 들 수 있다. 한편, 에도(江戸)시대에 확립된 사농공상(士農工商)이라는 사민(四民) 제도의 가장 하층에 속하는 초닌(町人)148) 들의 세계에서는 의리(義理)와 인정(人情)이 공존했다. 그래서 서민들은 의리와 인정이 대립되는 봉건적인 모순을 지닌 사회에 살아야만 하고, 삶과 죽음의 선택을 갈등할 수밖에 없었다. 즉, 서로 사랑하는 남녀가 의리와 인정의 틈바구니에 끼어 고민하고 비극적인 생을 마무리하는 작품을 통해, 작가는 따뜻한 마음을 가지고 억울한 삶을 살아야 하는 서민들을 동정하고, 세상 모순에 분노하는 심정을 표출한다.

『춘향가』와『소네자키신주』의 이면적인 주제는 넓은 의미로는 서민이 살아가는 사회의 신분적 모순을 다루고 있지만, 그 사회를 형성하고 있는 환경과 조건에서 야기되는 문제는 각기 다르다.

다음에는 두 작품의 남녀 주인공과, 그 사회의 모순을 상징적으로 보여주고 있는 변학도와 구헤지(九平次)를 중심으로 등장인물을 대비해 보기로 한다.

먼저, 기생 춘향과 유녀 오하쓰는 두 작품에서 가장 핵심적인 인물이다. 춘향의 어머니 월매는 퇴기이지만, 아버지는 성 참판이라는 소위 양반이었다. 춘향은 강인한 의지와 고집이 있는 열여섯 살의 이지적인 소녀다. 춘향은 유교의 영향이 지배적이었던 조선시대의 여성인 것은 분명하지만, 그저 나약하게 유교적 논리에 따르기만 한 것이 아니다. 춘향은 유교적 논리를 악용하는 양반들의 특권의식에 대항함으로 해서, 강인한 한국 여성의 기질을 보여준다.

오하쓰는 드라마 속에서는 한 남자를 사랑하는 평범한 열여덟 살의 유녀일 뿐이다. 그녀는 유녀로서 꽃다운 아름다움과 청초함을 가지고 있다. 비록 하급 유녀이지만, 도쿠베를 진정으로 사랑하는 순수한 여성이다. 그래서 오하쓰는 사랑에 애타서 죽는 것이라면, 정말로 이 몸은 어떻게 되든 상관이 없다고 할 만큼 한창 사랑에 빠져 있다. 그리고 극작가는 그녀가 죽음을

---

148) 에도시대의 서민 계층에 속하며, 성곽의 주변에서 주로 상업을 하며 생활했다.

선택한 현실까지도 아름답게 느끼도록 묘사한다.

남원 부사의 자제 이몽룡과 간장가게의 지배인 도쿠베는 여성이 주인공인 작품 속에 등장하는 남성들이다. 이몽룡은 작품에서 비판의 대상이 되고 있는 양반의 자제다. 그것도 세도가 쟁쟁한 연안이씨의 아버지와 청풍김씨의 어머니 사이에 태어난 귀공자다. 그는 재기 활발한 미소년이고, 풍부한 감정을 가지고 있지만, 기존의 남성다움을 표상하는 이미지를 소유한 것은 아니다. 이 도령이 여주인공 춘향이의 상대역이고, 의지가 강한 춘향이에 대해 호쾌한 성격과 해학적인 여유를 가지고 있는 것은, 마치 음양의 조화와 같다. 하지만 분명한 것은 이 도령이 진보적인 새로운 의식을 가지고 사회를 개혁해 가는 인물이라는 것이다.

도쿠베는 간장가게의 주인인 숙부(叔父)에게 인정받고 양자가 될 정도로, 정직하고 성실한 종업원이다. 한편, 도쿠베는 봉건사회의 구조적 관계에서 성립된 사회규범이라고 할 수 있는 '의리'의 문제를 고민하는 젊은이이다. 이 의리를 지키는 것이야말로 그 사회에 적응하며 살아갈 수 있는 방법이다. 그런데 도쿠베는 착실하게 고용살이를 하여 돈을 많이 벌고, 오하쓰를 유곽에서 자유의 몸이 되도록 해야겠다는 결심을 하고 있다. 그래서 간장가게의 주인인 숙부로부터 들은 혼담을 일언지하에 단호히 거절한 것은 당시의 '의리'를 무너뜨리는 경거망동(輕擧妄動)한 행동일 수밖에 없다.

이몽룡과 도쿠베는 사뭇 대조적이다. 두 사람 모두 마음 자세가 인간적이며, 부드러운 남성상을 가지고 있다. 그러나 현실에 닥친 어려움을 해결하는 방법에 있어서, 이몽룡은 세상의 모순을 밝게 풀어가지만, 도쿠베는 세상으로부터의 도피라는 선택을 한다. 또한, 이몽룡과 도쿠베는 작품의 복선과 같은 존재이다. 판소리가 지향하는 골계의 성향을 사설 속에서 이 도령을 통해 접할 기회는 많이 있다. 사대부의 남자라면, 위엄 있고 근엄한 것이 일반적인 모습일지도 모르지만, 이 도령은 판소리가 지향하는 '비장과 골계'를 여실히 보여준다. 그리고 도쿠베는 모든 사건의 주체가 된다. 여주인공 오하쓰를 사랑하고 있는데, 숙모의 중매로 결혼지참금의 사건이 불거지고,

친구 구헤지의 배신에 고뇌해야만 한다. 하지만 그때마다 도쿠베는 어떤 해결책도 찾지 못하고 '인정'을 소중하게 생각하며, 결국 오하쓰와 신주(心中)를 결심한다.

다음은 사회적 모순을 상징하는 변학도와 구헤지를 대조해 본다.

변학도는 조선시대의 전형적인 양반이다. 나름대로 풍채와 문필과 풍류를 갖춘 인물로 드라마 속의 악인일 뿐이지, 그 시대의 현실 속에서는 별다른 악인도 아니다. 변학도는 조선시대의 양반들이 자기의 권력과 세도로써 개인의 욕망만을 채우며 살아가고 있었던 것을 보여주는 전형적인 인물이다. 하지만 춘향처럼 신분이 낮은 여자에게 무시당하고, 신흥 진보세력의 이 도령에게 참패당한다. 구헤지는 초닌(町人)들이 화폐와 더불어 새로운 계급으로 대두되어 활약하던 시대를 대변하는 인물이다. 초닌인 이상 돈과 인연을 끊을 수 없고 돈을 모으는 것은 자랑거리였다. 그 시대가 추구하는 것이 돈이면서, 그 돈이 사회의 모순을 만들기에 드라마가 성립된다. 구헤지의 등장은 오하쓰와 도쿠베의 사랑을 더 간절하게 한다. 즉, 구헤지로 인해 드라마는 사랑과 의리와 인정, 그리고 돈이라는 복잡한 구조의 갈등이 전개되고 흥미롭게 진행된다.

변학도와 구헤지는 그 시대의 모순된 실태를 반영한 인물들이다. 이들로 인해 작품 속에서 비장미를 이끌어 낼 수 있고, 플롯이 짜여질 수 있다. 한국은 신분제도에서 서민들의 삶이 자유롭지 못하고, 일본은 상업도시로의 급속한 발전 속에서 감당하기 어려웠던 18세기의 초닌의 사회상황을 읽을 수 있다. 즉, 변학도는 아직 근대화 이전의 순수한 인간들 속에서 악역을 담당하고 있지만, 구헤지는 돈에 얽힌 복잡한 시대 상황 속에서 악역을 담당하고 있다.

동양의 전통연희가 서사성(叙事性)을 가지는 것은 공통적인 현상이다. 『춘향가』는 설화를 바탕으로 하며, 몇 개의 토막으로 구성된 구비설화문학의 전형이라 할 수 있다. 이러한 서사성을 가진 문학에서는 등장인물의 개성이 두드러지지 않은 것이 특징이다. 그리고 한 사람의 창자에 의해 여러 등장인물의 개성을 나타내야 하는 연창의 원리는 등장인물의 개성보다 사건을 강조한다. 하지만 춘향과 이 도령, 그리고 변학도는 나름대로의 개성을 가지고 사건을 전개해 가는 면모를 보인다. 한편, 『소네자키신주』는 극작가에 의해 처음부터 대립물(対立物)로 짜여졌고, 오하쓰와 도쿠베, 그리고 구혜지의 성격도 뚜렷하게 나타난다. 하지만 조루리가 본래부터 가지고 있는 서사적인 성격이 완전히 사라진 것은 아니며, 한 인물의 대사가 길어서 대화에 의한 극 갈등이 이루어지지는 않는다. 또한, 다유가 한 명의 인물을 담당하는 것이 아니기 때문에, 극작가는 인물의 성격을 지나치게 부각시켜도 안 된다.

즉, 『춘향가』와 『소네자키신주』는 창의 연희의 주체가 되는 연창자에 의해, 인물의 성격보다는 사건을 중심으로 전개된다. 그래서 『춘향가』와 『소네자키신주』의 등장인물은 개성 있는 성격으로 극적인 구성을 지향하지만, 구비서사문학이라는 틀 안에서 이면적인 주제를 가지고 이어져 온 구비전승 문예라 할 수 있다.

2. 서사적 구조와 극적 플롯

동양 전통연희의 서사적 성격은 이야기의 바탕이 되는 소재(素材)의 성질부터 살펴볼 필요가 있다. 판소리는 운문과 산문이 혼합된 서사문학인데다, 서사 무가, 한시(漢詩), 가요, 익살과 재담, 욕설과 속어까지 망라하는 매우 다채로운 문체와 수사적 기법을 가지고 만들어졌다. 소리 부분은 음률을 동반한 운문체 문장으로, 대부분은 한국 시가의 기본적 율격인 4음보로 이루어져 있다. 소리 부분이 언어의 미를 추구하는 데 대해, 아니리 부분은 구어체이며 대화체이고 문장이 평이한 서술문으로 이루어져 있다.

판소리는 서사적 이야기를 담은 사설을 광대가 창과 아니리를 교체하면서 부르는 연희이다. 판소리의 사설은 희곡은 아니지만, 극적 전환이 되는 정점(클라이맥스)을 가진다. 희곡이나 연극처럼 궁극의 정점을 향한 집약성, 극적인 행위의 개연성이나 필연성이 부족한 반면에 극적인 긴장과 흥미, 극적인 감동과 조화를 위한 기승전결(起承転結)의 구조를 망각하지는 않는다.149)

그리고 조루리는 고조루리(古浄瑠璃)의 서사시(叙事詩)적인 성향을 기반으로 하면서 그 위에 극시성(劇詩性)을 전개하고, 그 사이에는 서정시(叙情詩)를 넣은 종합적인 운문(韻文)에 있다. 주체는 극시성에 있지만, 시쇼(詞章)150)는 희곡적 형식을 취하지 않고 서사문학적(叙事文学的) 외형을 취하고 있으며, 대화체를 많이 사용하고 있다. 특히, 닌교조루리(人形浄瑠璃)에서는 인물의 대사에 의한 극적 진행을 주체로 하고, 서술문(叙述文)에도 인형 연출과의 관계가 약속되어 있다. 그래서 서술문·회화문이 현저하게 서정시화하는 곳이 있고, 또한 특수한 수사적 기법이라고 할 수 있는 게이고토(景事)·미치유키(道行) 등의 미문(美文)도 있다.151)

조루리는 서사적 이야기로 구성한 시쇼(詞章)를 다유(太夫)가 고토바(詞)와 지(地)를 교체하면서 부르는 가타리모노(語り物)이다. 시쇼는 역사·전설 등을 바탕으로 한 것이 보통이며, 이것을 시대물(時代物)152)이라

---

149) 서연호, 위의 책, 194면 참조.
150) 시쇼(詞章)는 시가(詩歌)나 문장의 총칭이며, 이 논문에서 조루리 사설을 말한다.
151) 早稲田大学 演劇博物館編, 『演劇百科大事典』, 平凡社, 1960, 220면.
　　게이고토(景事)와 미치유키(道行)는 일종의 무용이다. 이것은 가요적인 문장에 곡절을 붙인 것으로, 특히 조루리의 이로(色)를 붙인 가타리의 장소로서 유명한 취향이다. 또한 인형의 자태를 보여주는 미세바(見せ場)이고, 전체적으로 연극적인 요소는 적고, 시적(詩的)이고 무용적인 맛이 깊다.
152) 시대물(時代物)은 에도(江戸, 1603)시대 이전의 역사상의 사건을 다룬 교겐(狂言)을 가리키고, 귀족(公卿)이나 무사(武士)의 세계에서 일어난 집안 소동이나 사건을 다루고 있다. 특히, 에도시대의 무사의 세계에서 일어난 사건에 대해서도 취급하고 있지만, 이 시대의 사건을 각색하고 무대화하는 것이 금지되었기 때문에 무로마치(室町, 1394-1573)시대나 가마쿠라(鎌倉, 1192-1333)시대로 바꾸어 놓고 있다. 후대에 조루리의 대작으로 명성이 높은 『가나데혼 주신구라(仮名手本忠臣蔵)』도 14세기 후반에 성립한 『다이헤이키(太平記)』의 '세카이'(世

고 한다. 겐로쿠(元禄, 1688-1704)시대부터는 당시의 사회현상을 다루게 되었는데, 이것을 세태물(世話物)153)이라고 한다. 양자를 병행한 시대세태물(時代世話物)이라고 하는 것도 있다. 이 세 종류 모두 주제는 당대 사회의 문제를 다루며, 비극성을 강조한다. 일본의 가타리모노의 악극화(楽劇化)는 먼저 음악적으로는 성악(声楽)의 원류인 쇼묘(声明)에 의존하고 있고, 극적으로는 전대(前代)의 대표적인 예능인 노(能)의 구성방식에 기초하고 있다.

　이와 같이, 판소리와 조루리는 서사적 구조를 바탕으로 하면서도 극적 플롯을 지향한다. 『춘향가』와 『소네자키신주』는 바로 서사적 구조와 극적 플롯의 사이에 있는 작품이다. 엄밀히 말하면, 『춘향가』는 애초부터 서사적 구조에 의해서 구성되었고, 『소네자키신주』는 서사적 구조의 틀에서 벗어나려는 시도가 역력하게 보이는 구성이다.

　『춘향가』가 근원설화를 바탕으로 형성되었다는 견해는 거의 정설로 굳어져 있다. 김동욱154)은 근원설화로 열녀(烈女)설화, 암행어사설화, 신원(伸寃)설화, 염정(艶情)설화, 옥지환(玉指環)·명경(明鏡)설화, 몽상(夢想)설화 등을 거론하였다. 그리고 『춘향전』의 다른 갈래의 교섭 가요는 시조(時調)·12가사(歌詞)·잡가(雜歌)·다른 판소리·가면극(仮面劇)·민요(民謡)·무가(巫歌) 등이 있으며, 전경욱은 판소리와 다른 갈래의 교섭양상에 대해 관용적으로 수용되는 경향을 지적하였다. 또한, 기존 문학의 차용과 동일한 서술방식과 운율의 반복이 두드러지게 나타나는 것은 『춘향가』가 창으로 전달되는 일회적인 예술양식이기 때문이라고 한다. 특히, 기존연구에서는 판소리의 가요155)는 대부분 기존가요의 차용이라고 보고, 판소리의 가요를 모

界)를 빌려 각색한 것이다.

153) 세태물(世話物)은 당대의 세태·풍속·인정을 배경으로 하고, 당대의 사건을 취재한 것을 다루고 있다. 특히 에도시대의 초닌 사회를 취재로 한 것이 많다. 세와모노라고 한다.

154) 김동욱, 「춘향전 근원설화고」, 『춘향전연구』, 연세대학교출판부, 1965.

155) 가요는 일반적으로 "民衆 가운데 널리 불리는 俗謡, 音節을 붙여서 불리는 노래의 총칭"을 말한다. 그러나 춘향가를 비롯한 판소리에는 문맥적인 의미를 지니고 있는 類型化된 사설덩어리와 일반사설도 율문이면서 가창되는 경우가 많다. 전경욱은 "문맥적으로 독립적인 성격을 지니고 있으며 歌唱되는 辞説群"을 판소리의

두 삽입가요(挿入歌謠)로 분리하였다.[156] 그러나, 판소리에는 광대에 의해 개작되거나 창작된 것도 많이 포함되어 있다.[157]

즉, 판소리 사설의 구성원리는 이야기가 처음부터 플롯에 의해 구성된 것이 아니라, 몇 가지 이야기의 조합에 의존하거나 다른 갈래의 교섭 가요로 만들어진 서사적 성격을 전제로 한다. 그리고 거기에서 나타나는 현상은 그 당시의 의도적인 문학적 기법이며, 특히 구연의 성향을 가진 이야깃거리의 생성원리에 의한 것이라고 볼 수 있다.

『춘향가』는 많은 이본이 있으므로, 그것을 하나하나 구체적으로 논의하기는 어렵다. 즉, 이 말은 전체적인 줄거리는 공통적이지만, 세부적인 내용은 창자가 부를 때마다 달라질 수 있다는 것이다. 『춘향가』는 몇 가지 설화를 바탕으로 하고 있고, 전체를 형성하는 한 대목 한 대목의 설화는 나름대로의 독자성을 가지는 것이 특징이다. 그래서 각 대목이 서로 어긋나는 당착이 생기기도 하고 표현의 불균형도 지적될 수 있다. 바로 "춘향이 기생이면서 기생이 아닌 것도 이러한 문제이다. 춘향은 기생이기 때문에 신분적 제약을 지니고 있으나, 기생이 아닌 춘향이가 이를 깨뜨리고 인간적 해방을 성취하는 것을 통해, 작품의 갈등 구조를 만들고 해결한다."[158]

이와 같은 판소리 사설의 서사적 구성은 앞뒤 내용이 모순인 경우도 있고, 필요 이상으로 장황하거나 이질적인 분위기를 나타내기도 한다. 이러한 현상은 판소리 사설이 처음부터 한 대목 한 대목이 합해져 한 마당으로 만

가요로 정의하고 있다.

156) 김동욱, 「판소리 挿入歌謠研究」, 『韓国歌謠의 研究』, 을유문화사, 1961.

157) 전경욱, 『춘향전의 사설 형성원리』, 고대민족문화연구소 출판부, 1990. 전경욱은 김동욱이 판소리 삽입가요의 본질을 고정성(固定性)으로 삼는 것에 대해, 기존가요가 판소리에 삽입될 때에는, 기존가요의 이행만이 아니라 개작의 과정, 즉 판소리적인 변용을 거치고 있다는 것을 지적했다. 그리고 판소리 『춘향가』에 수용된 가요의 유래, 변이양상, 서술방식과 음률의 운용원리, 교섭양상, 문맥적 기능 등을 구체적으로 구명하며, 춘향가 사설의 형성원리와 춘향가의 작품구조에 대한 논의를 심화시키고자 했다.

158) 조동일, 「판소리의 전반적 성격」, 『판소리의 이해』, 창작과 비평사, 1993, 24면.

들어지고, 또한 어떤 한 사람에 의해 이루어진 것이 아니라 오랜 세월을 거쳐 다수의 창자들에 의해 개작·윤색·첨삭이 가해졌기 때문이다. 게다가 판소리는 현장에서 청중들의 반응을 고려하는 현장 예술적 유동성을 가지기 때문에, 오히려 소설이나 희곡과 같은 긴밀한 구성의 사설은 바람직하지 않다. 따라서 판소리는 이야기 가운데 특히 흥미로운 부분을 더늠159)을 통해서 확장시키고 부연하는 방식으로 사설과 음악을 발전시켰다.

　『춘향가』는 위에서 제시한 것처럼, 서정적인 장르와의 교섭에 의해 이루어졌고, 이는 대개 창으로 표현되는 경향이 있다. 한편, 판소리는 사건 구조의 통일성이라는 구성원리 대신, '정서적 긴장과 이완의 구조'를 가진다. 김흥규는 판소리의 기본적 특징인 창과 아니리, 비장과 골계의 교체적 반복을 해석하여 '긴장과 이완', '몰입과 해방'에 판소리의 서사적 구조가 지닌 독자적 원리가 있다고 보았다.160) 판소리 창은 음악적 가락을 가진 소리 부분과 일상적 어조의 말로 하는 아니리 부분의 반복과정을 통해 성립한다. 소리 부분은 사건의 주요 장면 또는 등장인물의 절실한 대사가 제시되는 부분으로서 정서적으로 강한 효과를 가진다. 반면에 아니리는 소리 대목으로 처리하기에 적합하지 않은 중간과정의 설명·재담 등을 담은 부분으로서 평이하고 가벼운 느낌을 준다.

　창과 아니리의 반복이라는 가창 형식에서 발견되는 긴장과 이완의 구조는, 사설과 보조를 맞추며 이어진다. 그것은 '비장과 골계의 교체' 현상이다. 비장 부분은 청중을 작중 현실에 몰입시키는 방향으로 정서적 관련을 유도한다. 정서적 몰입이란 청중이 작중 인물이나 사태에 이끌려 들어감으로 해서 이야기 속의 사건이 마치 눈앞에서 벌어지고 있거나 자신이 겪는 것처럼 느끼는 현상을 말한다. 비장은 요구하는 것과 불가능한 것 사이의 갈등에서 생겨나는 심리적 경험이다. 이러한 긴장된 정서는 골계적인 대목에서 해소

---

159) 더늠이란 판소리에 있어서 부분적 개작·첨가를 말하는 것으로서, 사설과 음악 또는 그중 어느 하나에서 기존의 전승에 새로운 변화·확장을 이룩한 것을 말한다.
160) 김흥규, 「판소리의 서사적 구조」, 『창작과 비평』 35, 1975 봄.

된다. 골계는 비장한 또는 숭고·우아한 대목에서 청중이 가지게 된 극적 환상을 차단하여 작중 현실에 대해 일정한 거리를 유지하게 하는 것이다. 이것은 바로 정서적 몰입에 대한 해방의 구조라 할 수 있다.161)

즉, 판소리 『춘향가』는 작자는 알 수 없지만, 현전하는 판소리 다섯마당에서도 음악적으로나 문학적으로 가장 빼어난 작품으로 꼽힌다. 『춘향가』는 이야기의 흐름에서 전개되는 플롯보다는 이야기꾼이 청중 앞에서 어떤 사건에 대해 이야기를 하는 서사적 구조에 바탕을 두고 있지만, 창과 아니리의 교체를 통해 장면의 극대화를 지향한다. 음악적 구성도 사설의 분위기에 따른 보편성을 지닌다. 그렇지만 더늠의 첨가 등을 통해 독특한 무늬와 빛깔을 지닌 개성적인 『춘향가』가 창조되면서, 세부적인 면에서도 짜임새가 다른 바디들이 등장하게 되었다.

지카마쓰 몬자에몬(近松門左衛門, 1653-1724)은 기다유부시(義太夫節)의 대성공을 이루어 낸 뛰어난 조루리(浄瑠璃) 작가이다. 그는 17세기 후반에서 18세기 초까지 조루리만이 아니라 가부키(歌舞伎)의 작가로서도 활약했으며, 스스로의 입장을 '작자(作者)'라는 칭호로 처음 사용하여 큰 화제를 불러일으켰다. 지카마쓰의 대본을 다케모토 기다유(竹本義太夫)가 부른 작품으로는 『슛세카게키요(出世景清)』(1686) 와 『소네자키신주』(1703) 등 71편이 있다. 그리고 1714년 다케모토가 죽은 후, 2대를 위해서 27편을 남기고, 우지카가노조(宇治加賀掾)에는 5편을 남기고 있다.

1686년 다케모토가 지카마쓰의 『슛세카게키요』를 가창했을 당시에는 '신조루리'(新浄瑠璃) 혹은 '당류조루리'(当流浄瑠璃)라고 불렀다. 이는 형식이나 표현 등이 이전과 다르고, 내용이 현실화되고 연극화되었다는 것을 의미한다. 그때까지 '조루리'라고 하던 것은 '고조루리'라고 명명하고, 지금은 '신조루리'가 '조루리'의 대명사가 될 만큼 확실한 자리매김을 했다. 당시 조루리 작가로서 활약한 지카마쓰는 언제나 흥행방침과 다유의 소질을 감안하여

---

161) 김홍규, 「판소리의 서사적 구조」, 『판소리의 이해』, 창작과비평사, 1978. 103-27면.

다양한 작품을 제공하고, 인형에 정신을 주입시킨 천재 극작가이며, 현재는 일본의 셰익스피어라 평가받고 있다. 지카마쓰 이전에도 단(段)을 마련하여 극적 효과를 나타내었지만, 지카마쓰에 이르러 비로소 희곡적인 성향을 갖추며, 서정성이 풍부해진다.

특히 지카마쓰 이후 연극성이 급속히 증대한 하리마노조(筑摩掾)의 기다유부시에서는 극과 이야깃거리(語り物)와의 아슬아슬한 접점에 있는 조루리의 희곡작법이 요구되었다. 즉, 등장인물의 성격·심리 등은 그다지 개성적이지 않았고, 오히려 한 전형(典型)으로서 조형(造形)되는 것이 바람직하였다. 각 단을 받아 든 다유는 여러 가지 상황에 있는 전형적 성격의 인물을 희곡의 장면을 벗어나지 않는 범위 내에서 기다유부시의 곡절, 연출상의 유형을 구사하면서, 그날 그 장소의 관객과 교류하며, 일회성(一回性)의 성격 표현을 하는 것이다. 따라서 조루리에서 작자의 일은 개성적 성격의 인물을 조형하는 것이 아니고, 이야기할 만한 내용을 찾아내서 복선을 그리는 것에 있다. 다유의 임무는 그 줄거리나 주제를 달성할 만한 등장인물의 성격·심리, 그 밖의 정경 묘사 등에 신선한 생명을 불어넣는 것, 즉 이야기를 살리는 데 있다.[162]

조루리의 구성방식은 위에서도 언급한 것과 같이 노(能)의 영향을 받고 있는데, 시대물은 「고반다테(五番立)」[163]의 영향으로 전체를 5단(段)으로 구성하는 경우가 많다. 이 형식은, 이노우에하리마노조(井上播磨掾), 우지가가노조(宇治加賀掾)가 활약했던 17세기 후반에 확립되었다. 그리고 각 단은 장면에 의해 셋으로 구분되는 일이 많고, 구치(口), 나카(中), 기리(切)라고 부른다. 기리바(切場)가 희곡구성상, 또 음악구조상 중요한 장면

---

162) 内山美樹子, 「淨瑠璃の戲曲作法」, 『浄瑠璃―語りと操り』, 平凡社, 1970. 191-221면 참조.

163) 각 단의 내용은 다음과 같이 구성되어 있다.
初段 사건의 발단(절과 신사의 장면이 많다) / 二段 사건의 전개(싸움의 장면) / 三段 비극의 정점(죽음, 할복의 장면) 미치유키(道行) / 四段 사건의 새로운 전개(二段과의 관련성) / 五段 사건의 해결(대단원)

이며, 구치(口), 나카(中)를 하바(端場)라고 한다. 한편, 세태물(世話物)은 에도시대의 초닌(町人)의 세계를 취급한 교겐(狂言)이며, 연애를 다룬 작품과 씨름이나 협객의 사건을 다룬 작품의 두 계통이 있다. 세태물에서는 대체적으로 전체를 상권, 중권, 하권의 3권(卷)164)으로 나눈다.

시대물(時代物)과 세태물(世話物)은 등장하는 인물의 신분이 다르고, 입장의 차이, 발생한 사건에 대한 정치적 레벨의 차이가 있다. 하지만 모두 일본인의 '의리와 인정의 세계'를 취급하고 있고, 의리와 인정의 사이에 끼어 고민하는 인간의 마음을 묘사한 점에서는 공통점을 가진다.

도쿠가와(德川, 1603-1867)시대는 유교가 유행하고 불교를 비판했음에도 불구하고, 이미 정치논리를 넘어 불교는 대중의 마음속 깊이 확고하게 뿌리를 내리고 그 가지를 뻗어간 시대였다. 지카마쓰 몬자에몬은 이러한 서민의 생활 속에 잠입한 종교적 심정을 극(劇)의 수법으로 『소네자키신주』, 『신주텐노아미지마(心中天網島)』 등의 신주극(心中劇)을 3막(幕)으로 구성했다. 제1막은 색(色)과 욕(欲)이 전개하는 장(場)으로 신불(神仏)의 현세 이익의 세계를 표현하고, 제2막은 등장인물을 '의리와 인정'을 내세워 관객에게 애상(哀想)을 느끼게 하는 장으로 유교의 세계를 나타내며, 제3막은 사후(死後)의 장으로 불교의 세계를 그리고 있다. 특히 제3막의 불교의 세계는 '신주(心中)의 장'으로 두 주인공은 동반자살하고, 그 고통을 부처님 나라에서 구제받는다는 것을 제시하며 막을 내린다. 신도(神道)와 유교(儒教)와 불교(仏教)는 나름대로 역할분담을 하고 있다. 결국, 신도(神道)는 유교와 결합하여 현세 이익을 주고, 유교는 인간의 사회생활에 의리와 인정을 가르치며, 불교는 사후의 문제를 맡는다.

한때 가부키(歌舞伎)에 주력하고 있던 지카마쓰 몬자에몬은 1703년(元禄16)에 최초의 세태조루리(世話浄瑠璃) 『소네자키신주』(一段物)를 지쿠고

---

164) 각 권(卷)의 내용은 다음과 같다.
　　　상권 사건의 발단(금전 문제의 분쟁, 옥신각신 등) / 중권 사건의 전개(일단의 해결과 새로운 국면) / 하권 사건의 비극적 해결('신주'의 결심)

노조(筑後掾)에서 받아, 5월에 다케모토좌(竹本座)에서 『일본왕대기(日本王代記)』(時代物)의 기리조루리(切浄瑠璃)로서 초연한다. 여기에서 고조루리 이후의 누레바(濡場)165)와 가가노조(加賀掾) 이후의 유곽의 장(場)이 융합한다. 사랑과 금전이 얽힌 드라마로 '시대물(時代物) 5단구성의 원칙'166)을 파기하며, 자유로운 근세화와 서민화로 변모한다. 그리고 조루리는 비약하며, 문학적이고 희곡적 작극법(作劇法)으로 전환한다. 당시 조루리의 형식에서 볼 때는 아직 미숙한 점도 존재하고 있었을 것으로 보인다. 그러나 이 작품이 압도적인 인기를 부른 것은 세태물이기 때문이다. 특히 지카마쓰가 다케모토좌(竹本座)의 전속 작가가 되고 오사카로 이주한 이후, 즉 1627년부터 1629년까지의 3년간의 그의 상연 곡목은 13편이나 되지만, 그중 세태물이 8편이나 차지하고 있을 정도라는 『이마무카시 아야쓰리 연대기(今昔操年代記)』(1727)의 기사167)로도, 그 유행을 상상하고 짐작할 수 있다.

　이와 같이, 겐로쿠(元禄)시대는 일본에서 처음 본질적인 의미에서의 연극이 성립한 시대이다.168) 이를 입증해 주는 대표적인 작품이 바로 당시의 사회생활의 모순과 사회적 갈등을 비극으로서 표현하고 있는 지카마쓰의 세태조루리(世話浄瑠璃)이다. 노(能)의 5단 구성을 이어 온 시대물과 가부키에 익숙해져 가던 근세의 서민들에게 지카마쓰는 『소네자키신주』를 통해 새로운 정신을 불어넣었다. 즉, 미치유키(道行)의 제의성과 당대의 사회문제를 주제로 하여 '의리와 인정'의 갈등 구조로 만든 드라마인 '대립물(対立物)'을

---

165) 연극에서 정사(情事)를 연기하는 장면.

166) 초단 恋, 2단 修羅, 3단 愁嘆, 4단 道行, 5단 問答.

167) 屋九左衛門(西沢一風) 저, 조루리의 역사를 알 수 있는 최초의 것으로의 가치가 있지만, 그 내용을 절대적으로 믿을 수는 없다. 상권은 해박한 노인이 자신의 견문을 이야기하는 것에서 시작한다. 하권은 다케모토 기다유의 사후, 지카마쓰 몬자에몬에 관한 기술과, 당시 각 좌의 다유를 소개하고 있다.

168) 물론 연극적 맹아는 고대부터 여러 형태로 나타났지만, 대부분은 연극으로 성장하지 못했다. 노가쿠(能楽)는 많은 경우 연극 장르의 하나로 생각되고 있지만, 그것은 본질적으로는 시테(シテ) 일인주의이며, 대립물(対立物)의 갈등을 표현하는 연극으로서의 성격은 가지고 있지 않다. 노가쿠는 어디까지나 무대예술로서는 무용적이고, 문학적으로는 서정시적인 것이다.

3권 구성으로 편성하여, 조루리를 새롭게 탄생시킨다. 『소네자키신주』는 처음부터 희곡의 형식에 맞춰 극적 구성을 전제로 만들어진 것으로 갈등 구조가 심화되어 있다. 또한, 세태물 중에서도 독특한 방식인 「관음순례(観音廻り)」라는 미치유키(道行)로 시작되며, 사건의 발단·사건의 전개·비극적 해결로 구성되어 있다.

이 절에서는 『춘향가』가 처음부터 서사적 구조에 의한 구성방식으로 짜여져 있고, 창과 아니리의 판짜기 방식을 통해 극적 플롯에 접근하고 있는 것을 고찰해 보았다. 그리고 『소네자키신주』는 작가가 이미 대립물로서 의도하고 작품을 쓰고 있으므로, 그 구성은 완전한 드라마의 형식을 이루고 있다. 그러나 최초의 세태물인 『소네자키신주』에는 전형적 성격의 인물을 묘사하는 다유의 방식과 전대(前代)의 극 구성방식에 의존하고 있기 때문에, 서사적 구조에 의한 구성을 완전히 배제할 수 없었던 것을 알 수 있다.

3. 수사적 기법과 문학적 취향(趣向)

판소리의 문학적 요소는 판소리 사설의 서사적 구조, 문체·수사, 그리고 미의식 등에서 확인해 볼 수 있다. 판소리의 수사적 기법은 관용적 표현이 풍부하다는 점이다. 또한 판소리 문체의 특징은 언어 층위의 분리[169]라는 경향성을 지적할 수 있다. 판소리는 인물의 모습이나 행위의 묘사에서, 풍경·기후 등의 서술에서, 특정한 상황과 사건을 이야기하는 부분에서 유형성을 띤 표현들이 자주 등장한다. 또한 무가나 삽입가요가 많이 채용되어

---

169) 서연호, 『한국전승연희학 개론』, 연극과 인간, 2004, 189면 참조.
   등장인물의 신분, 성격, 분위기와 서술자의 태도에 따라 말의 종류가 판이하게 바뀌는 현상.

있다.

『춘향가』의 전반적인 사설의 구성에서 수사적 기법은 ～사설, ～치레, ～풀이 등의 표현양식으로 이루어져 있고, 이 양식은 내용이나 형식이 비슷한 단어와 문장을 나열하거나 반복하여 이야기를 전개해 간다. 나열과 반복은 그 자체로 리듬감을 형성하여 음곡성(吟曲性)을 풍부하게 해 준다. 구성에 있어서는 '공식적 표현 단위'의 반복이 두드러지게 나타나며, '공식적 표현 단위'는 일정한 통사체계 안에서 동일한 서술방식과 운율을 지니고 있고, 그 자체로도 의미가 성립된다.

공식적 표현 단위의 내용은 가요의 주제와 어울리며, 이러한 공식적 표현 단위가 두 개 이상 열거하거나 반복되어 하나의 가요를 이룬다. 이에 대해 서대석은 "구비서사 시인이 서사(敍事)의 빈틈 속에 자신들이 보유한 단위 사설들을 운용함으로써, 청중들에게 호응받는 대목들을 최대한 장황하게 짜고자 하는 일종의 작시전략에 기인한다."[170]고 밝히고 있다. 이와 같은 '하나의 주어진 핵심적 생각을 표현하기 위하여 동일한 율격 조건 아래서 규칙적으로 채용되는 단어군'을 포뮬라(formula)[171]라고 한다. 이 유형은 당시의 여러 연행 장르에서 일어났던 수사적 기법이 판소리에서는 판의 원리에 입각하여 개방적이고 포용적인 성향에 의해 더욱 많이 나타나는 현상이 되었다.

판소리의 반복 유형은 구비문학의 일반적 특징과 맥을 같이하고 매우 다양하게 나타난다. 단어와 구절의 반복은 곳곳에서 볼 수 있으며, 리듬감을 조성한다. 그리고 문장과 이야기의 단순반복을 통해 소리판의 청중에게 흥

---

170) 서대석, 「구비서사시인의 작시전략」, 『한국학연구』8집, 고려대한국학연구소, 1996.
171) 김병국, 「구비서사시로서 본 판소리 사설의 구성방식」, 『한국학보』27, 일지사, 1982, 참조.
　　　김병국은 '구전공식구 이론'(口傳公式句理論, oral-formulaic theory)을 한국의 판소리 사설 분석에 적용함으로서, 판소리 사설의 서사시적 구성 및 조직 원리와 판소리 서사체의 특징을 밝혀, 판소리의 많은 텍스트는 판소리 가객들 사이나 그 가객들이 속하고 있는 공동사회 안에서 전통적으로 공유하던 언어자원으로 보이는 공식적 표현구들이 있음을 밝혔다.

겨움을 주고, 소리꾼에게 기억의 편의를 제공하고 있다. 판소리의 이러한 단어와 구절, 문장의 반복을 통한 수사적 기법은 더늠이란 양식으로 이어져 전승되고 확산되었다. 이 양식은 한 작품 안에서도 여러 번 사용되고, 다른 작품으로도 그 영향력을 확장시켰다.

일본의 '가타리모노'를 형태 면에서 보면, 비파를 치면서 맹인 비파법사가 부르는 헤이쿄쿠(平曲), 통상적으로 두 명씩 북이나 부채 등을 가지고 부르는 고제(瞽女)172)의 가타리(語り), 두세 명에 의해 마이(舞)를 동반하고 부르는 고와카부쿄쿠(幸若舞曲), 사사라(簓)를 스치면서 하는 셋쿄(説経), 샤미센을 반주악기로 하여 '의리와 인정'을 주로 하여 대중적으로 부른 나니와부시(浪花節), 비파나 부채의 뒤를 이어 샤미센의 음곡에 실어 부른 고조루리(古浄瑠璃), 인형과 합체한 아야쓰리 조루리(操り浄瑠璃) 등 한마디로 가타리모노(語り物)라고 해도, 그 형태나 양식은 여러 가지가 있다. 악기의 반주를 동반하지 않는 가타리모노인 『다이헤이키(太平記)』(1371년 이후 성립) 등은 오로지 '읽기'라는 방식으로 행해지는 작품이며, 강석(講釈)의 형태를 취한다.

이러한 다양한 가타리모노가 있지만, 그 문학적 요소인 서술표현의 면에서 보면, 공통적으로 표출되는 방법인 '모노조로에'(物揃え) '모노즈쿠시'(物尽し), 그리고 거기에서 파생한 '미치유키'(道行)의 유형이 있으며, 이들은 가타리모노의 본질을 해석할 수 있는 실마리가 된다. 즉, 일본의 가타리모노의 문학에 있어서 '모노조로에'와 '모노즈쿠시'는 특히 주목되는 표현양식의 하나이다.173)

이 양식은 그 명칭으로 알 수 있듯이, 사물이나 인물 등을 열거하여 표현하는 것으로 『고지키(古事記)』(712년)를 비롯하여 헤이안(平安)시대

---

172) 샤미센을 타거나 노래를 하며 동냥을 다니던 맹인 여자.

173) 일본에서 개별 장르로서의 모노조로에(物揃え)에 대한 연구는 계속되어 왔다. 도쿠다 가즈오(德田和夫)는 『조루리고젠 모노가타리』를 들어, 이 작품에 둘러싼 모노조로에(物揃え)가 많은 것을 지적하고 상세하게 논하고 있으며, 그 연원으로서 무녀(巫女)의 주문(呪文) 등을 들고 있다. '모노조로에의 주술적인 기능'에 대해서도 논하고 있다.

가요집 『화한랑영집(和漢朗詠集)』(1011-12년)이나 이마요(今様)를 모아 놓은 『료진히쇼(梁塵秘抄)』(1169)에 그 형식이 명백하게 나타나 있다. 그리고 우타이모노(謡物)의 시쇼(詞章)에도 풍부하게 보여주고 있다. 그 밖에 수필에는 '산은(山は)' '새는(鳥は)'과 같이 '모노즈쿠시'의 열거 형식이 많이 사용되고 있고, 『신사루가쿠키(新猿楽記)』(1286년 이전에 성립)의 경우에는, 처음 부분에 예(芸)의 종류가 열거되어 있다. 『소가 모노가타리(曾我物語)』에는 모노조로에분(物揃え文)으로 스모(相撲) 기술(技) 등의 표현이 두드러지고, 셋쿄(説経)의 『산쇼다유(さんしょう太夫)』에는 불경 즈쿠시(経尽し)와 신명 즈쿠시(神名つくし)를 볼 수 있다. 고와카부쿄쿠(幸若舞曲)에도 말 즈쿠시(馬揃), 구경꾼 조로에(見物人揃え), 집치레 즈쿠시(屋形尽し), 막문즈쿠시(幕紋尽し) 등 셀 수가 없을 정도다.

요쿄쿠(謡曲)나 가부키(歌舞伎)는 물론이거니와, 고조루리(古浄瑠璃)『조루리고젠 모노가타리』와 근세로 이어지는 지카마쓰 몬자에몬(近松門左衛門)의 닌교조루리(人形浄瑠璃)의 작품에까지 모노조로에의 양상은 끊임없이 이어져 왔다. 지카마쓰의 출세작으로 잘 알려진 『요쓰기소가(世継曾我)』의 일단(一段)에 「사냥감 조로에(獲物揃え)」라는 것이 있고, 후시고토(節事)의 기카세바(聞かせば, 들려줄 만한 名曲)로 되어 있다. 이 장은 또한 소박하면서도 인형의 무용이나 실로 조종하는 무대장치 등에 의한 미세바(見せ場, 보여줄 만한 장면)로도 잘 알려져 있으며, 아야쓰리 닌교시바이(操り人形芝居)의 연극적 구성에 맞는 변화라고 볼 수 있다. 이 시점에서 장면화·영상화의 기능을 가진 양식으로 발전하여, 희곡과 연출이 크게 부상한다.

쓰노다 이치로(角田一郎)에 의하면, 미치유키분(道行文)이 "가장 많이 나타난 것은 군기모노가타리(軍記物語)와 요쿄쿠(謡曲), 조루리(浄瑠璃)이며, 특히 요쿄쿠와 조루리에는 거의 매 편마다 한 군데의 미치유키분이 보일"174) 정도라고 한다. 미치유키라는 말은 이미 『만요슈(万葉集)』(759년

---

174) 角田一郎, 『道行文研究序論1』 広島女子大学紀要 1号, 1966,
　　　"もっとも多く現れるのは, 軍記物語と謡曲と浄瑠璃とであって, 特に謡曲と浄瑠璃とにはたいて

경) 제5권 나가우타(長歌)에서 볼 수 있을 정도로 오래되었고, 『신사루가쿠키(新猿楽記)』(1058-65년) 등에서도 알 수 있지만, 작품 속에 문예화되어 빛을 본 것은 『헤이케 모노가타리(平家物語)』 제10권 「가이도구다리(海道下り)」(1652년)에 쓰인 '시게히라 아즈마구다리(重衡東下り)'가 그 효시라 할 수 있다. 미치유키분(道行文)의 문체는 가케고토바(掛詞)·엔고(縁語) 등을 교묘하게 배치하고, 간결하고 유려(流麗)한 문체 속에 주인공의 애상을 포함하며, 지명(地名)을 읊으면서 목적지로 진행해 가는 서술이 뛰어나다. 특히, 문학에 있어서 미치유키분의 특징은 이른바 죽음을 향해 길을 떠나는 인물의 묘사이다. 이 문학적 취향은 근세 지카마쓰 몬자에몬의 『소네자키신주』 주인공 오하쓰(お初)와 도쿠베(德兵衛)의 미치유키(道行)에 이르면 하나의 정점에 도달하게 된다.

한국의 전통예술에서도 이러한 취향을 찾을 수 있다. 타령은 음악사적 견지에서 판소리보다 선행하는 것으로, 판소리 음악에 직접적인 맥락을 가진 노래들로 간주할 수 있다. 타령의 문학적 특징은 〈새타령〉이나 〈돈타령〉과 같이 대체로 제목과 관련된 내용의 단어를 나열하며 부르는 것에 있다. 또한, 음악적인 면으로는 무가(巫歌)를 비롯하여, 판소리, 탈춤, 농악 등 민속 음악에서 가장 많이 사용되는 장단으로 쓰이고 있다. 판소리는 그 명칭이 자리잡기 전까지는 소리나 타령 등으로 불려 왔고, 그 서술표현에 주목하면, 판소리에도 ~치레, ~풀이, ~타령이라는 것이 있다.

노정기(路程記)는 무격이 부르는 무가에서 비롯하고, 민속예능에서는 빠지지 않고 행해지며, 판소리에서도 현저하게 나타나는 양식이다. 그 사설상의 기능은 서술량 확장에 의한 장면 구체화라고 볼 수 있다. 단어의 반복은 광대와 청자에게 리듬감과 흥겨움을 안겨 주고 있으며, 특히 노정기를 통해 광대는 자신이 다녀 본 길과 자신이 알고 있는 온갖 지식을 알리는 구실을 하고 있다. 판소리에서의 노정기는 인물이 이동하면서 작품의 극적 전환을

い每篇に一カ所の道行文を見る"

마련한다. 그래서 타령은 일본의 고전문학 속에 정립된 수사적 기법과 비교해 볼 흥미로운 요소를 가진다. 즉, 일본의 '모노조로에(物揃え)'와 '모노즈쿠시(物尽くし)', '미치유키분(道行文)'은 한국의 전통적인 가요와 연희 속에서 빠질 수 없는 요소로 타령과 별곡, 노정기와 비교의 관점에서 잘 들어맞는 양식이라 할 수 있다.

구비서사시가 창의 연희로 변모하는 과정에서, 그 사설을 형성하고 거기에 음악성을 부여하는 데 있어서, 이와 같은 양식은 중요한 의미를 가진다. 이 양식의 공통점은 같은 종류의 사물이나 이름 등을 나열하여 내용을 풍부하게 하고, 장면을 극대화시키는 것이다. 그 나열의 방법은 단순히 명사를 나열하거나, 그 사물이나 이름을 설명하며 열거하여 그 분위기를 고조시킨다. 그중에서 판소리와 조루리에서는 특히 지명과 관계되는 것을 분리하여, 각각 노정기와 미치유키(道行)로 독립시키고 있다.

『춘향가』에서 「기생점고(妓生点考)」는 이름을 열거하는 대표적인 양식이다. 이 대목은 전라도 남원 땅에 신관 사또 변학도가 부임하여, 춘향이 천하일색이라고 들은 바 있어서 서둘러 기생점고부터 하는 장면이다.

〔아니리〕
　사처 들어 개복(改服)헌 후 객사(客舍)에 하례(賀礼)허고 동헌에 좌정허니, (중략) 춘향 먼저 보실 량으로, "호방 들거라! 육방점고(六房点考)는 끝났으니 이제 빨리 기생점고부터 하도록 허여라!" 호장이 안책을 펴놓고 차례로 부르난디,
〔진양조〕
　"행수기생(行首妓生) 월선(月仙)이!" 월선이가 들어온다. 월선이라 허는 기생은 기생중에는 일행수(一行首)라. 아장아장 이긋거리며, "예, 등대(等対)나오!" 점고를 맞더니만 우부진퇴(右部進退)로 물러난다. "우후동산(雨後東山)어 명월(明月)이!" 명월이가 들어온다. 명월이라 허는 기생은 점고를 맞치라고 홍상자락을 거드렁 걷어서 채류흉당(彩柳胸膛)어 우익 안고 아장아장 이긋거려서, "예, 등대나오!" 점고를 맞더니만 좌보진퇴로 물러난다.
〔아니리〕

사또 듣가 조바심이 나서, "예, 여봐라! 그 수많은 기생을 그대로 부르다가
는 한달 안으로 끝내지 못하겠다. 자주자주 불러라!"

〔중중모리〕
"조운모우(朝雲暮雨) 양대선(陽台仙), 우선옥(遇仙玉)이 춘홍(春紅)이, 사
군불견(思君不見) 홍도(紅桃)가 왔느냐?" "예, 등대허였소!" "사창(紗窓)어비
췄다. 섬섬연약 초월(初月)이 왔느냐?" "예, 등대허였소!" "만경대(万鏡台) 구
름 속 높이 놀던 학선(鶴仙)이 왔느냐?" "예, 등대허였소!" "바람아 둥텅 부지
마라, 낙락장송(落落長松)의 취향(翠香)이 왔느냐?" "예, 등대허였소!" "단산
오풍(丹山梧楓) 그늘 밑에 문왕(文王) 어루든 채봉(彩鳳)이 왔느냐?" "예, 등
대허였소!" "장삼(長衫) 소매를 떨쳐입고 지정거리든 무선(舞仙)이 왔느냐?"
"예, 등대허였소!" "진로명월(眞路明月)으 옥수섬으 허선허든 농옥(弄玉)이 왔
느냐?" "예, 등대허였소!" "만화방창의 봄바람 부귀할 손 모란(牧丹)이 왔느
냐?" "예, 등대허였소!" "오동복판의 거문고 서리렁 둥덩 탄금(彈琴)이 왔느
냐?" "예, 등대허였소!" "뒷동산에 대를 심었더니 매디매디 죽심(竹心)이 왔느
냐?" "예, 등대허였소!" "아들을 날까 바라고 바랬더니 딸을 났다고 섭섭이 왔
느냐?" "예, 등대허였소!"

『晩汀唱 春香歌』

행수(行首)기생 월선이부터 시작하여, 명월이, 양대선이, 우선옥이, 춘홍이,
반월이, 금선이, 홍도, 초월이, 탄금이, 학선이, 취향이, 채봉이, 무선이,
농옥이, 모란이, 탄금이, 죽심이, 섭섭이까지, 그 이름마다 하나하나 가지고
있는 이름의 내력이 그림처럼 다채롭게 묘사되어 있다. 설명이 붙은 이름을
나열하는 것만으로도 기생들의 찬란한 복식치레와 아름답게 보이려는 태도,
때로는 방자하게 치마를 걷어올리고 걷는 모습이 연상된다. 이름에 담긴 의
미가 골계적인 요소를 보여주기도 한다. 창본마다 기생의 이름이 달리 호명
되는 것은 전형적인 기생의 이름과 더불어 그 지방에 알려진 기생이 거론되
어 더 친근감을 주기 위한 것이다. 그리고 더 많은 기생의 이름을 설명과
더불어 호명하기도 하고, 간략하게 이름만을 부르기도 하는데, 이는 창자의

판단에 따라 그 현장성을 감안하여 조절할 수 있는 장면이다.

　기생의 이름에 의한 사설의 길이가 변화하면서 장단도 변화한다. 사설이 길면 진양조, 넉자화두의 중간부분은 중중모리, 이름만 있는 곳은 자진모리로 바뀌는 것이 일반적이다. 즉, 가장 느리고 완만한 진양조로 시작하여, 점점 빠른 장단으로 명랑한 분위기를 묘출해 내는 것이 「기생점고」의 판짜기이다. 기세를 몰아 등장하는 기생들의 이름이 마지막에는 동명이인(同名異人)의 양(兩) 명옥이로 끝나거나, 우스꽝스러운 이름으로 마무리하거나 하는 것은, 일단 그 분위기를 골계적으로 잠재우고 다음에 이어질 춘향의 이야기에 기대감을 주기 위한 것이다. 변 사또는 춘향에게 수청 들기를 청하나, 춘향은 "충신은 불사이군(不事二君)이요 열녀 불경이부절을 어이 모르시오." 하고 아뢴다. 이에 사또는 오장이 발칵 뒤집혀 "춘향을 큰칼 씌워 하옥하라"고 명을 내리는 극적 상황으로 옮겨진다.

　『소네자키신주』의 「관음순례」[175]는 여주인공 오하쓰(お初)가 오사카 33곳 관음영장을 순례하는 미치유키(道行)를 통해 무대 위에 소생하는 것으로부터 극이 시작된다. 이 미치유키는 이미 중세의 유랑하는 예능인에 의해 길(道)[176]의 관념과 결합되어 있고, 문예적으로도 많은 작품 속에서 전승

---

175) 篠田正浩, 「心中のドラマツルギー」, 『解釈と鑑賞』, 至文堂, 1974.
　　닌교조루리(人形浄瑠璃)가 성립하기까지 일본의 예능은 고료(御靈)신앙에 지탱해 왔다. 전대(前代)의 대표적인 전통극 노(能)에 출현하는 인물은 모두 죽은 자이며, 죽은 자의 혼이 다시 살아남으로 해서, 극적인 세계를 만날 수 있다. 죽은 자들은 모두 이 세상에 원념(怨念)을 남기고 있었다. 지카마쓰(近松)의 작품 속에서 신주(心中)를 하는 사람은 이미 죽은 자로 사람들에게 알려져 있었다. 그래서 지카마쓰는 그 작품의 모두(冒頭)에서부터 죽음의 제시로 시작한다.

176) 芸能史研究会編, 日本芸能史1, 法政大学出版局刊, 1988.
　　백제의 미마지에 의해 612년 일본에 전해진 기악(伎楽)에서, 연행자의 행렬행진에 연주하는 악곡(楽曲)을 미치유키 온죠(道行音声)·미치유키 뵤시(道行拍子)라고 칭한다. 헤이안(平安, 794~1192)시대의 舞楽에서는 舞人이 가구야(楽屋, 무대 뒤)에서 무대로 걸어가는 과정에서 연주하는 楽曲의 일종을 '미치유키(道行)'라고 한다. 그리고 무로마치(室町)시대의 교겐(狂言)에는 독백이나 대화를 하면서 길을 가는 연기가 많이 이용되고, 그것을 '미치유키'라고 부르고 있다. 또한, 에도(江戸) 開幕 당초인 1604(慶長9년) 8월의 『豊国大明神臨時祭日記』에 「道行之躍歌」가 있고, 제례행사에 노래하고 춤추면서 길을 가는 형식을 '미치유키'라고 칭한 習俗

되어 온 수사적 기법이다.

『소네자키신주』의 「미치유키(道行)」는 세태물(世話物) 3단 구성의 마지막에 이루어진다. 하지만 이 신주극은 공간과 시간의 전이를 활용하여 처음에 「관음순례」를 독립된 형식으로 자리잡게 하고, 죽은 자의 미래를 현실로 앞당기는 수법을 쓰고 있다. 물론, 33곳의 관음순례를 통해, 오사카 사람들에게 익숙해 있는 영장(靈場)을 하나하나 말하여 관객에게 친밀감을 안겨 주려는 의도도 있었다. 즉, 「관음순례」에서는 오사카(大阪) 33곳의 절 이름을 나열하며, 이미 저세상 사람이 된 오하쓰를 무대로 다시 불러오고, 그 장면에 익숙해 있는 관중과 함께 순례하기도 한다.

〔순례(巡礼)〕

제일 먼저 덴마(天満)의 태융사를 참배한다. 이 절은 유서(由緒) 깊고, 옛 선인 중에 기품 있는 도오루(融)대신이라는 분과 연고가 있는 절이다. 그 대신이 오슈(奧州) 시오가마(塩竈) 해변의 경치를 교토(京都)에 옮겨놓으려고 바닷물을 길어서 배로 왕래한 호리에(堀江)에는, 지금도 많은 배가 떠 있고, 서국정토(西国浄土)로 이끄는 홍서(弘誓, 뭇 사람을 구하여 仏果를 얻게 하려는 仏菩薩의 큰 서원)의 배 노 젓는 가락처럼, 경쾌한 소리를 내면서 '어이 어이' 하고 저어 간다. (중략) (이후 설명 생략) 장복사, 신명궁, 법주사, 법계사, 대경사, 초천사, 선도사, 율동사, 이나리(稲荷)의 궁(宮), 홍덕사, 경전사, 편명원, 장안사, 서안사, 화승원, 중원사, 본서사, 보제사, 천왕사, 육시당, 경당, 강당, 만등원, 신청수, 심광사, 대각사, 금대사, 대연사, 삼진사, 대복원, 이나리(稲荷)의 신사(神社), 부처님과 신이 물과 파도처럼 한 몸이 된 표시를 담아 기와를 나란히 장식한 신고료신사(新御靈神社)에 가서, 간절히 기도한다. 이처럼 수많은 관세음보살은 중생의 덧없는 세상에 오셔서, 서른세 가지의 모

이 적혀 있다. '미치유키'는 길을 가는 과정의 특수한 형식을 의미하고, 각 시대·각 분야에 의해 적용을 달리한다. 미치유키라는 말은 上古의 기록시대 이전에는 '다비(たび)'라는 말과 나란히 여행의 의미로 성립했을 것으로 보인다. '다비(たび)'는 야나기타 구니오(柳田国男)의 설에 따르면 물물교환의 목적에 입각한 말이고, 그것에 대해서 '미치유키(みちゆき)'는 여행과정에 입각한 말이다. 나라(奈良, 710-794) 시대에는 일상어로서는 사용이 뜸해졌다.

습으로 변하시고, 색(色)으로써 이끌어주시고, 자비로 가르치시고, 사랑을 깨
닫게 하는 가교로서, 피안으로 건너가게 구원해 주신다. 그 관세음의 맹세는
말할 것도 없이 고맙다.

　一番に天満の，人融寺，この御寺の，名も古りし，昔の人も，気のとほるの，
大臣の君が，塩竈の浦を，都にほり江漕ぐ，潮汲舟の跡絶えず，今も弘誓の艪拍
子に，のりの玉鉾えいえい，（中略）長福寺，新明宮，法住寺，法界寺，大鏡寺，
超泉寺，善導寺，栗東寺，稲荷の宮，興徳寺，慶伝寺，遍明院，，長安寺，和勝
院，重願寺，本誓寺，菩提寺，天王寺，六時堂，経堂，講堂，万灯院，新清水，
心光寺，大覚寺，金台寺，大蓮寺，三津寺，大福院，稲荷の神社，仏神水波の
しるしとて，甍並べし新御霊に，拝み納める．さしも草，草のはす葉な世に交り，
三十三に御身を変え，色で，導き，情けで教へ，恋を菩提の橋となし，渡して，
救ふ観世音，誓ひは，妙に有難し．

『曾根崎心中』

「관음순례」는 33곳 절의 이름을 열거하는 모노조로에(物揃え)의 취향이
다. 이러한 지명 열거를 포함한 사물 열거는 이후의 조루리 작품에서도 공
통적으로 보이는 수사적 기법이다. 『소네자키 신주』의 「관음순례」는 절을
순례하는 미치유키이며, 이것은 전대(前代)의 조루리인 시대물(時代物)의
기분전환을 위한 것이고, 인형의 모습을 부각시킬 수 있는 장면이다. 무용
적인 요소와 음곡이 주된 요소이며, 내용적으로는 진혼가의 성격을 담고 있
다. 청중에게는 자신들의 생활 속에 깊이 젖어 있는 관음사상을 떠올리며,
극 속으로 들어가 관음순례를 하게 한다.
　우타이(謠)로 시작하여 33곳 관음영장을 하나하나 설명하는 「관음순례」
는, 제일 먼저 여주인공 오하쓰가 몸을 담고 있는 유곽 덴마야(天満屋)가
있는 덴마(天満) 태융사(太融寺)의 참배에서 비롯된다. 이 절은 유서(由
緒) 깊고, 옛 선인 중에 기품 있는 도오루(融)대신[177]이라는 분과 연고가

---

177) 도오루대신(融大臣)의 이야기는 『이세모노가타리(伊勢物語)』제81단, 『고킨슈(古

있는 절이다. 그 대신이 오슈(奧州) 시오가마(塩竈) 해변의 경치를 교토(京都)에 옮겨놓으려고 바닷물을 길어서 배로 왕래한 호리에(堀江)에는 지금도 많은 배가 떠 있고, 서국정토(西国浄土)로 이끄는 홍서(弘誓)178)로 배를 타고 가며 노 젓는 가락처럼, 경쾌한 소리를 내면서 '어이 어이' 하고 저어가는 모습이 눈앞에 아름다운 영상을 만든다. 사람들은 하나의 절을 설명할 때마다 전대(前代)의 노(能)에 익숙해져 있는 장면들을 연상하면서 영상화하고, 조루리를 듣게 된다. 마지막의 신고료신사(新御靈神社)는 당시 일본의 예능이 지탱해 온 고료신앙(御靈信仰)을 통해 이 세상에 원념을 남기고 죽은 자를 다시 살아나게 하는 극적 세계를 제시한다. 이미 죽은 오하쓰가 무대에 등장할 수 있게 한 독특한 방식이다.

『춘향가』의 노정기는 변학도의 「신관노정기」와 이몽룡의 「어사노정기」가 있다. 「신관노정기」는 한양에서 남원까지 길안내를 하고, 청중에게 동경심을 불러일으키고 있으며, 신관 사또의 복색치레를 통해 이후의 장면을 예시하는 역할을 한다. 그리고 「어사노정기」는 역시 한양에서 남원까지의 길안내로 「신관노정기」와 중복되지만, 결코 중복되는 지명(地名)의 열거가 지루하거나 실망스럽지는 않다. 그것은 앞으로 전개될 춘향과의 상봉을 가슴에 품고 있는 이 도령의 심경을 흥겨운 가락으로 짜고 있기 때문이다. 다음에 「어사노정기」를 옮겨 본다.

〔자진모리〕

   남대문 밖 썩 내달아 칠패 팔패 청패 배다리 동작(銅雀) 월강(越江) 과천(果川)들어 중화(中火)허고 수원(水原)들어 숙소(宿所)허고, 천안삼거리 지내어 도리치(道里峙) 등기(灯基) 영미(永未) 원터고개를 넘은 후 팔풍정(八風亭)을 당도허니 퉁소소리 들리거날, 퉁소소리 잠깐 듣고 궁원(弓院) 환원 광정(広亭) 공주(公州) 금강(錦江) 월강 장기(長岐)대 높은 행길 소사(素沙)

      今集)』제16권에 실린 기노쓰라유키(紀貫行)의 강변의 좌대신(左大臣) 노래에 기인하며, 노(能)의 곡명(曲名)으로 유명하다.
178) 뭇사람을 구하여 仏果를 얻게 하려는 불보살(仏菩薩)의 큰 서원.

무너미 수유리(水踰里) 지낸 후, 경천(敬天)들어 중화허고 노성(魯城) 앞을 막 지내여, 풋개 사다리(砂多里) 지낸 후, 사율읍(思律邑) 얼른 지내 황화정(皇華亭)을 당도허니 전라도 초입이라. 양재(良才) 역마 갈아타고 여산읍(礪山邑)을 들어가니 서리 역졸 문안 커날 각처로 분발헐 제,

"중방 역졸 너회등 오날 일찍 발행하야, 익산(益山), 고산(高山), 진산(珍山), 금산(錦山), 무주(茂朱), 용담(龍潭), 진안(鎮安), 장수(長水), 운봉(雲峯), 구례(求礼), 동복(同福), 악안(楽安) 낱낱이 염문하여 부모불효 허는 놈, 형제 윤리 모르난 놈, 각골 관장 억지 공사, 각면 풍원 녹진 죄, 세세히 염문하야 금월 십사일 남원 북문안으로 대령하라!"

"예이!"

"중방 역졸 너희등 오날 일찍 발행하여 용안(龍安), 함열(咸悦), 임피(臨陂), 옥구(沃溝), 김제(金堤), 만경(万頃), 고부(古阜), 홍덕(興徳), 순창(淳昌), 담양(潭陽), 광나주(光羅州)로 세세히 염문하여 그 날 그 시로 대령하라!"

"예이!"

『晩汀唱 春香歌』

「어사 노정기」는 어서 춘향이를 구해야겠다는 비장함이 감추어져 있다. 자진모리로 서두르는 심정은 드러나지만, 이 도령의 거지 복색은 한시가 급한 춘향에게는 참으로 한가롭기 그지없다. 이것이 정형화된 이야기를 전하는 판소리의 '비장과 골계'의 판짜기이며, 창자나 청중이 그 이야기의 스토리는 이미 알고 있는 만큼, 노정기에 나열되는 지명을 떠올리면서 장면을 그리기도 하고, 그 박자에 맞추어 흥겹게 길을 떠날 수 있다.

『소네자키 신주』의 '미치유키(道行)'는 「관음순례」와 함께 신주(心中)의 「미치유키」를 들 수 있다. 그리고 신주의 미치유키는 이 세상에서 저세상으로 가는 다리이며, 신주모노(心中物)의 정점이고, 이 미치유키의 과정으로 죽음이 미화되어 비극179)을 완성시킨다.

---

179) 비극이란 말은 순수한 일본어의 개념은 아니지만, 일본의 근세연극을 거론할 때 빼놓을 수 없는 용어인 것을 인식하지 않을 수 없다. 비극은 신이 아닌 인간이, 인간으로서의 가능성을 최대한 갈 수 있는 데까지 파고들어서 존재의 의미를 추

〔미치유키(道行)〕

　이 세상과도 이별하고 이 밤과도 이별하고 나면, 죽음으로 가야 하는 이 몸을 생각하니, 묘지로 가는 길가의 서리가 한 발 한 발 디딜 때마다 사라져 가는 그러한 꿈속의 꿈처럼 덧없고 가련하다. 그것을 세고 있으니 새벽을 알리는 일곱 개의 종소리 중에 여섯 개가 울리고, 나머지 하나가 이 세상에서 듣는 마지막 종소리라 생각하니 "죽으면 편안해" 하고 들리는 것 같고, 숙연하게 죽음을 맞이하게 된다. 종소리뿐인가, 풀도 나무도 하늘과도 이별을 고하려고 바라보니, 구름은 무심히 떠 있고, 물도 유유히 흐르고 있다. 북두칠성은 선명하게 수면에 그림자를 떨어뜨리고, 견우직녀가 부부를 맺는다는 은하수(天の川)가 흐르고 있다. 우메다(梅田)의 다리를 오작교로 해서 서로 부부의 연을 맺고, 언제까지나 나와 당신은 부부의 별(星), 반드시 그렇게 될 것이라며 흐느껴 울자, 두 사람 사이에 떨어지는 눈물에 강물이 넘칠 것 같다.

　　フシこの世のなごり，夜もなごり，死にに行く身をたとふれば，スエテあだしが原の道の霜，一足づゝに消えて行く，夢の夢こそフシあはれなれ，ワキ中あれ数ふれば，曉の，七つの時が六つ鳴りて，残る一つが今生の，鐘の響の納め，太夫寂滅為楽二人ハルと響くなり，フシ鐘ばかりかは，草も木も，空もなごりと見上ぐれば，雲心なき水の音，北斗は冴えて影映る，星の妹背の天の川，梅田の橋を鵲の橋と契りて，いつまでも，我とそなたは夫婦星，地かならずさうと縋り寄り，二人がなかに降る涙，中フシ川の水嵩も増るべし，

『曾根崎心中』

　꿈속의 꿈같은 현실을 생생히 느끼고 있는 오하쓰(お初). 오하쓰는 이 세상과 이별하고, 죽음으로 가야 하는 몸이 길가의 서리처럼 덧없고 가련하다. 새벽을 알리는 일곱 개의 종소리 중에 마지막 종소리라 생각하며 숙연하게 죽음을 맞이하게 된다. 이 세상 모든 것에 이별을 고하려고 보니, 구

구하려는 것이다. 이러한 비극적 정신의 발생은 공통적으로 희생이 따르게 된다. 성스러운 세계와 속된 세계의 두 개의 존재를 상정하고, 그 양쪽 세계의 교류를 위해서는 희생이 필요하며, 그 희생을 매개로서 속된 세계는 성스러운 세계의 영적(靈的) 힘을 받아서 쇠약한 생명의 갱신을 기도하게 되는 것이다.

름은 무심히 떠 있고 물도 유유히 흐르고 있다. 북두칠성은 선명하게 수면에 그림자를 떨어뜨리고, 견우직녀가 부부를 맺는다는 은하수가 흐르고 있다. 언제까지나 부부별, 반드시 그렇게 될 것이라며 흐느껴 울자, 오하쓰와 도쿠베 사이에 떨어지는 눈물로 강물이 넘칠 것 같다.

　『소네자키신주』의 「미치유키」는 세련된 문장으로 유명하고, 대표적인 미세바(見せ場)이다. 주인공 오하쓰와 도쿠베의 죽음은 죽음 그 자체를 아름다운 극 양식으로 승화시킨다. 기존의 모노조로에・모노즈쿠시의 반복이나 열거의 차원과는 다른 '미치유키'가 전개된다. 극작가 지카마쓰의 감성어린 필치가 작용하고, 수사적 기법이 총동원되어 '문학의 정수(精髓)'를 보여주는 성과를 이룬다.

Ⅳ. 『춘향가』와 『曾根崎心中』의 서술방식

1. 삶과 죽음의 표상

『춘향가』와 『소네자키신주』는 주제를 통해 살펴본 바와 같이, 사랑 이야기라는 표면적인 주제에 당시의 사회문제를 고발하는 이면적인 주제를 가진 작품이다. 『춘향가』가 현재의 스토리와 같이 구성된 시점은 언제부터인지 명확하지 않지만, 어떤 한 작가의 의도적인 결단이 있었음에 틀림없다. 서민의 생활 속에서, 부조리한 신분의 문제가 작가의 마음에 깊이 스며들었기에 이면적 주제를 가진 이야기로 성립한다. 『소네자키신주』는 세태물의 첫 작품이다. 이전의 예능이 신격화된 인물이나 죽은 사람을 중심으로 전개되어 왔지만, 에도시대의 세태조루리(世話淨瑠璃)에서는 그 관심의 대상이 당시의 생활공간에서 가장 활약하던 초닌(町人)이었다. 지카마쓰 몬자에몬은 이들의 삶 속에서 인간성을 존중하는 작가의식을 발휘한다. 하지만 『춘향가』와 『소네자키신주』의 작품 속에 그려져 있는 당시의 한국인과 일본인이 처한 현실과 환경은 극히 다르며, 그들이 추구하는 이상(理想)도 달리 표현된다.

『춘향가』가 묘출해 내는 것은 '조화(調和)를 통해 얻어지는 지혜의 문화'이다. 물론, 동양의 여러 나라는 혹은 서양의 여러 나라는 각각 독자적인 문화를 가지고 있지만, 동양과 서양으로 이분화했을 때, 『춘향가』는 동양이 추구하는 '삶의 지혜'가 담긴 사람들의 집합체이다. 즉, 고달픈 현실 속에서 '삶'을 지향하기 위해서는 관용과 해학이 감초의 역할을 하는 것이다. 『소네자키신주』는 '죽음을 통해서만 얻을 수 있는 희망'의 산실이다. 이미 문명의 이기(利己)가 자리잡기 시작한 현실에서, '의리와 인정'이라는 이데올로기를 받아들여야 하는 운명론자들의 집합체이다. 즉, 이들이 죽음을 선택하기까지 대립과 비극의 순간을 거쳐야 하는 것은 통과의례와 같다.

이 도령과 춘향이가 영웅열사(英雄烈士)와 절대가인(絶代佳人)이라는 운명을 타고난 것은 서사적인 이야기의 주인공으로서 적절하고, 그 삶은 보통 사람들과 다르게 선개될 것을 예시한다. 그래서 춘향과 이 도령이 이별을 하든지, 춘향이가 관가에 끌려가 고초를 당하든지, 그것은 행복한 삶을 얻기 위한 대가일 뿐이다. 대부분의 창본이 「영웅열사와 절대가인」으로 시작하는 것은, 행복한 결말을 지향하면서 그 행복을 극대화하기 위해 비극적 요소를 첨가하는 작가의 서술방식이 작용하고 있음을 시사한다.

이것은 판소리가 창과 아니리, 비장과 골계의 반복을 통하여, '긴장과 이완'. '몰입과 해방'이라는 양식적 원리를 가지게 한 요인이기도 하다. 판소리의 양식적 원리는 완창의 구도 속에서도 적용되고, 부분창의 구도 속에서도 적용된다. 그리고 대체적으로 이러한 양식적 원리에 맞게 사설과 음악이 조화를 이루며 판이 짜여진다.

『소네자키신주』의 「관음순례」에는 죽음에 이르는 순간의 갈등을 새삼 관객의 앞에 드러내고, 연극으로서의 주인공 오하쓰(お初)를 불러낸 것이다. 여기에 지카마쓰의 독자적인 작법이 담겨 있다. 결국, 주인공들은 결말에서 구상된 그 발단(発端)에서도 다시 한번 현재진행형으로 살아나서, 그럼으로 인해 죽음이 그대로 완성이라는 비극적 인식을 구체적으로 실현한다. 주인공의 혼(魂)도 동시에 해방되며, 성불(成仏)하는 것이다.

지카마쓰의 작품이 드라마로 보이는 것은, 그 작품이 갈등 구조 속에서 전개되는 것이다. 『소네자키신주』에서의 갈등을 보면, 그것은 기본적으로 「

관음순례」의 '미치유키'(道行)에 응축되어 있고, 오하쓰는 이미 죽음을 예시하고 있다. 사랑하는 두 남녀가 불행하게도 함께 액년(厄年)을 맞이하게 되어, 숙명적인 죽음이 기다리고 있기 때문이다. 하지만 극은 '극적이다'라는 말이 있는 것처럼, 이미 청중들이 살아가는 세상보다는 더 많이 얽혀 있고 복잡한 구조일 때, 청중은 더 많은 호기심이 발동하게 된다. 그래서 지카마쓰는 「이쿠다마(生玉)의 장」과 「덴마야(天満屋)의 장」을 구성하여, 그 시대 상황이 만들어 낸 계략으로 '의리와 인정'을 고뇌하게 하고, 결국 사랑하는 두 사람이 죽음에 이르는 상황을 설정하고 있다.

2. 관용과 대립의 전개방식

판소리는 예외 없이 행복한 결말로 되어 있고, 화해와 관용의 서술방식에 입각해 있다. 반면, 조루리에서 특히 세태물(世話物)은 비극을 전제로 극이 전개되고, 그 서술방식은 대립과 갈등의 원리에 입각해 있다.

『춘향가』의 극 구성은 기녀의 딸 춘향과 양반인 변학도의 대립관계에 의해 극적인 갈등의 전개가 이루어질 수 있다. 하지만 같은 양반으로 춘향을 사랑하는 이 도령이 암행어사가 되어 등장함으로 갈등은 해소되어 버리고 행복한 결말을 맞이한다.

이 도령이 춘향이의 그네 뛰는 모습을 보고 방자에게 누구인지를 물었을 때, "춘향이는 기생의 딸이오"라고 답하니, 이 도령은 "그거 잘되었구나"라고 한다. 거기에는 '기생쯤이야, 양반인 내가 쉽게 만날 수 있지' 하는 생각이 담겨 있다. "임자가 각각 있는 법이니 잔말 말고 불러 오너라"라고 단호히 방자를 재촉하지만, 춘향은 "안수해 접수화 해수혈(雁隨海蝶隨花蟹隨穴)"180)이라 전하고 끝내 가지 않는다. 양반인 이 도령으로서는 더 엄중하게 재촉할

수도 있겠지만 '춘향을 지조가 있는 여인'으로 받아들이고, 직접 집으로 찾아
간다. 첫 만남부터 이 도령은 춘향이의 모든 행동을 사랑스럽게 받아들인다.
이토록 서로 사랑하는 사람을 통해 시련을 겪어야 한다면 원망은 더 깊을 것
이다.

〔진양조〕

　　만첩청산 늙은 범이 살찐 암캐를 물어다 놓고(중략) "내 사랑 내 알뜰 내 간
간이지야. 오호 둥둥 늬가 내 사랑이지야. (중략) 생전 사랑이 이러허니 사후
기약이 없을소냐! 너는 죽어 꽃이 되되 벽도 홍삼춘화가 되고, 나는 죽어 범나
비 되야 춘삼월 호시절에 네 꽃송이를 내가 감쑥 안고 너울너울 춤추게 되면
늬가 나인 줄만 알려무나." "화로(花老)하면 접불래(蝶不来)라. 나비 새 꽃 찾
아가니 꽃 되기는 내는 싫소." (중략) "좋을 호(好)자로만 놀아보자."〔아니리〕
"도련님이 어찌 불길하게 사후(死後) 말씀만 하시나이까?" "그러면 너와 나와
업고도 놀고, 정담(情談)도 허여보자."

〔아니리〕

　　그 때으 춘양모는 초저녁잠 실큰 자고 한밤중으 일어나서 살림살이 궁리허느
라고 비몽자몽허는 판에 춘향방으서 '아이고 지고' 울음소리가 나니 사랑싸움
난 줄 알고 쌈 말리러 나오것다.

〔중중모리〕

　　춘향모친이 나온다, 춘향어머니 나와. 건넌방 춘향모 허던 일 밀떠리고 상추
머리 행자치마 모냥이 없이 나온다. ……(중략)

〔중모리〕

　　춘향이 여짜오되, "아이고 엄마, 우지 말고 건넌방으로 가시오. 도련님 내일
은 부득불 가실테니 밤새도록 말이나 허고 울음이나 실컷 울고 보낼라요." 춘
향어모 기가 맥혀, ……(중략)

『晚汀唱 春香歌』

이 도령의 「사랑가」 속에 어찌 사후 이야기가 길어지더니, 머지않아 「이

---

180) "기러기는 바다를 찾고, 나비는 꽃을 찾고, 게는 구멍을 찾는다."는 뜻.

별가」가 뒤를 잇는다. 「이별가」는 '판소리의 눈'[181]으로 지목되는 부분이다. 이별을 앞둔 춘향과 이 도령이 옥신각신 서로의 입장을 내세우는 극적 상황에서도, 관용의 마음은 극단으로 향하는 것을 막는다. 이 도령이 울기도 하고 의기소침하기도 하다가, 결국에는 춘향에게 이별을 해야만 하는 사정을 말한다. 춘향이가 이를 듣더니 사생결단(死生決斷)을 허기로 대들지만, 홀어머니에 대한 효(孝)의 사상이 끼어들어 춘향이의 죽음을 막는다.

한편, 춘향이의 어머니 월매가 이별의 사정을 듣고 기가 막히고 말문이 막히다가 그 원망이 고조에 이르니, 이번에는 춘향이가 궁지에 몰린 이 도령에게 관용을 베푼다. 춘향이는 어머니에게 이 도령과 함께할 수 있는 시간이 얼마 남지 않았으니 실컷 울고 보낼 거라며 월매를 내보내는 행동에는 관용이 이면에 숨겨져 있다.

〔중모리〕

일야(一夜)는 꿈을 비니 장자가 호접되고 호접이 장자되야 실같이 가는 혼백 바람인지 구름인지 한 곳을 당도허니 천공지활허고 산명수려헌디 은은한 헌 죽림 사이로 일층화각이 밤비여 잠겼도다. 대체 귀신 다니는 법은 배풍어기하고 승천입지(昇天入地)허노니 춘향의 꿈 혼백이 침상편시 만리소상강가로 갔던 것이었다 춘향이는 아무런 줄을 모르고서 사면으로 방황할 적으 안으로 단정히 소복한 차환이 춘향앞을 당도허여 공손히 읍을 허고 우리 낭랑께서 낭자를 청하시니 이리오 오사이다 쌍 등을 돋우 들어 앞길을 인도커늘 춘향이 뒤를 따라 중계에 당도허니 백옥현판에다 황금대자로 새겼는디 만고정렬황릉지묘라 둥두렷이 붙었거늘 심신이 황홀하여 이리저리 방황할 적으 당상 어귀 백의한 두 부인 옥패를 느짓들어 좌석으로 오르라고 청하는디 춘향이 무식치 아니허고 예절을 아는 사람이라 사양허여 여짜오되 몸이 진세 천인으로 어찌 감히 존엄한 좌석을 오르리까 부인이 그 말 듣고 기특허고 음전허다 조선이 자고로 예의 동방 군자지국으로 청누 출신 소생이라 저런 절행이 생겼구나. (중략) 네 말이 천상에 낭자허여 네 얼굴 보고싶은 마음이 참을 길이 바이 없어 너를 만리 소

---

181) 백대웅, 「판소리 다섯 판의 '눈'」, 『죄었다, 풀었다 하는 계산된 연출행위』, 여기에서 눈은 음악적 짜임새가 뛰어난 부분을 의미한다.

상강가로 청하여 왔으나 착하고 어진 사람을 수고시키어 불안허다.” 춘향이 계하에 국중재배허고 여짜오되 첩이 비록 무식허나 일쯕이 고서를 보니 부인의 높은 사적 오매불망 소원되야 어찌허며는 속히 죽어 부인의 존안을 앙대헐거나 주야축수로 바랬더니마는 오늘알 황릉묘에서 제가 부인을 뫼셨사오니 이 자리에 죽사온들 무슨 한이 있으리까 부이이 그 말을 듣고 니가 나를 안다허니 이리로 올라오너라 시녀로 인도허여 한 편에다 앉혀노니 여봐라 춘향아 니가 나를 이 두 몸이 소상강 대술푤으 피눈물을 뿌렸으니 가지가지 아롱져 잎잎이 원혼이라 창오산붕상수절(蒼梧山崩湘水絶)이 되야 죽상지루내가멸(竹上之淚乃可滅)이라 천추의 깊은 한을 호소할 곳 바이 없어 너를 보고 말이로구나”(중략) 문득 상군부인(湘君夫人)께서 춘향을 부르더니만 이 곳이라 허는 곳은 유명(幽明)이 노수(路殊)허고 현해(玄海)가 자별(自別)허니 오래 유치 못할 것이라 여동 불러 하직허고 급히 가라고 재촉허니 춘향이 하직허고 일보 이보 나올 적으 동방에 계명성이 일어나고 일쌍 호접에 펄펄허여 깜짝 놀래여 잠을 깨니 원촌에 닭이 울고 종각에 바루는 뎅뎅 치고 유한에 참배허고 정신이 새롭구나 옥문 틈으로 내다보니 그 때는 이경삼추라 청천에 뜬 기러기는 월하에 높이 떠 두루룩 낄룩 울고 가니 춘향이 반겨라고 오느냐 오느냐 저 기러기야 소중랑 북해상에 편지 전턴 기러기냐 수벽사명 양안태으 나의 말을 들어다가 우리님께 전하여라 말을 맞들 못하여 기러기 간 곳 없고 창망한 구름밖에 별과 달이 밝었구나 무고하기 짝이 없어 소리를 나즉 내여 방성통곡 울음을 운다.

『晩汀唱 春香歌』

춘향이가 옥중 고초는 다 겪고 더이상 살아남을 희망도 없이 마지막 잠을 자는데, 꿈인지 생시인지 모를 상황들이 펼쳐진다. 꿈속에서 ‘이제 죽어 저 세상으로 왔구나’ 하고 주변을 둘러보니, 그나마 다다른 곳이 황릉묘 앞이다. 흰옷을 입은 두 부인이 옥패를 넌지시 보여주고, 상군부인께서는 춘향이의 서글픈 마음을 이런저런 이야기로 위로하신다. 그리고 그곳이 오래 있을 곳이 아니라고 재촉하여 춘향이 한 발 한 발 물러 나오는데, 한 쌍의 나비가 훨훨 나는 것을 보고 깜짝 놀라 잠을 깬다. 황릉묘는 온데간데없다. 춘향은 다시 현실로 돌아와 있는 것을 깨닫고 방성통곡 울음을 울기 시작한다.

하지만 춘향이의 꿈은 앞날을 예시해 주는 희망이 섞여 있다. 아득한 현실의 모습이 혼백 바람 같고 소복으로 나타나지만, 한편으로 옥패가 보이기도 하고 구원의 손길이 나타나기도 하고, 잠이 깰 즈음에는 한 쌍의 나비가 훨훨 나는 아름다운 모습이 나타난다. 그리고 춘향은 죽음을 앞둔 와중에서도 희망을 버리지 못하기에 아직 눈물이 마르지 않고 소리를 질러 울어 볼 수 있다. 그것은 누군가에 대한 원망과 한을 품는다기보다는 화해와 관용의 마음이 남아 있고, 그 눈물과 호소로 비참한 현실을 극복할 수 있는 지혜를 가지고 있다는 것이다.

〔아니리〕
"오냐, 내가 너더러 헐 말이 있어 왔다. 이만끔 좀 나오너라."
〔중모리〕
춘향이가 나오난디 형문(刑問) 맞인 다리 장독(杖毒)이 나서 걸음 걸을 수가 전혀 없네. (중략) "오냐, 할 말이 있거든 해봐라." "내일 본관사또 생신 잔치 끝에 나를 올려 죽인다니 부디 멀리 가시지 말고 옥문 밖에가 서셨다가 날 올리라고 영 나리거든 칼머리나 들어주오. 나를 죽여 내치거든 다른 사람 손대기 전에 삯군인 체허고 달려들어 나를 업고 물러나와 우리 둘이 인연 맺든 부용당(芙蓉堂) 날 뉘이고 내 속적삼 벳겨내여 세 번 둘러 초혼(招魂) 허고 치상여를 곱게 꾸미여 나를 업고 나갈 적으, 심산 고산(深山高山) 다 버리고 서울로 올라가서, 선대감 제절하으 은근히 묻어주고, 무덤 앞에 비를 세워 글을 지어 새겨쓰되, '수절원사춘향지묘(守節寃死 春香之墓)'라 여덟 자만 새겨주고, 정초 한식 단오 추석 선대감 시제 잡순 후어 내 무덤을 찾어와기여 술 한 잔만 부어들고 발 툭툭 세 번굴러 '춘향아, 청초는 우거진디 앉었느냐 누었느냐? 내가 와서 주는 술이니 퇴치 말고 많이 먹어라.' 한두 말로 위로 허면 아무 여한이 없것내다."
어사또 기가 맥혀,
"오냐 춘향아 우지마라. 오늘 밤이 새고 보면 상여를 탈른 지 가마를 탈른 지 그 속이야 누가 알랴마는, 천붕우출(天崩牛出)이라 하날이 무너져도 솟아날 궁기가 있넌 법이니, 오늘 밤만 죽지 말고 내일 날로 상봉허자."

〔아니리〕

"춘향아 내가 너더러 꼭 할 말이 있다마는 지금은 말 못하겠고(중략) 기맥힌다."(중략)

〔중모리〕

"어머니 그리마오. 잘 되어도 내 낭군, 못 되어도 나으 낭군. 고관대작 나사 싫고, 만종녹도 내 다 싫소. 어머님이 정한 배필, 좋고 글코 웬말이요? 나를 찾어오신 낭군 어찌 그리 괄세하오."

『晩汀唱 春香歌』

이 도령의 얼굴을 한번만이라도 보고 싶었던 춘향이의 실낱같은 희망은 이루어졌다. 이제 현실에 닥친 애석함도 다 접고, 죽음에 직면한 이 순간을 받아들여야 한다. 그나마 춘향이의 마지막 소원이 있다면, 본관사또 생신잔치가 끝나고 죽게 되었을 때, 이 도령이 나타나서 지켜봐 주고, 죽은 후의 몸이지만 둘이서 인연을 맺었던 부용당에서 혼례를 하는 것이다. 그리고 무덤 앞에 '수절원사 춘향지묘(守節寃死 春香之墓)'라 비석을 세우고 무덤을 찾아와 주는 이 도령을 기대할 뿐이다. 춘향이는 이렇게 이 도령을 다시 만난 것만으로도 현세에서 한을 다 풀고, 기약이 없는 먼 길을 떠나려는 낙천적인 면모를 보이고 있다. 춘향은 자신의 죽음 앞에서도 베풀 수 있는 관용(寬容)으로 현실에서 그 한을 다 풀 수 있고 행복한 결말을 맞이할 수 있게 된다.

『소네자키 신주』는 1703년(元禄16) 5월 7일부터 『일본왕대기(日本王代記)』의 기리(切)로서 다케모토좌(竹本座)에서 상연된 최초의 세태조루리(世話浄瑠璃)이다. 공전의 대히트를 친 다케모토좌는 그때까지 진 부채(負債)를 한 번에 다 갚을 수 있을 정도였다고 한다. 지카마쓰의 시대물(時代物)에도 세태물(世話物)적 요소가 없었던 것은 아니지만, 『소네자키신주』는 민중의 경험적 생활을 주제로 취하고 있고, 그들의 생활감정에 직접 울려 퍼지는 것이었기 때문에 커다란 공감대를 가질 수 있었다.

『소네자키신주』는 「관음순례」에 이미 드러나 있는 것처럼 오하쓰의 진혼의식으로부터 시작한다. 작가는 처음부터 서로 사랑하는 오하쓰와 도쿠베가 봉건적인 구속이나 돈에 얽혀서 신주(心中)를 하는 비극적인 극의 전개를 염두에 두고 있다. 한편, 서로 사랑하는 두 사람을 죽게 한 사회에 대한 분노와 함께, 신주를 한 남녀의 동정을 불러일으키는 의미도 담겨 있다. 지카마쓰의 비극의 방법은 극이라는 장르에서 성립된다. 세태물에서는 일관하여 대립물(対立物)로 비극적인 방법을 쓰고, 그것을 발전시켜 왔다.

『소네자키신주』의 구성을 보면, 다음과 같다.

서(序)	미치유키(道行) – 관음순례(觀音廻り)
상권(上の巻)	사건의 발단(生玉の場)
중권(中の巻)	사건의 전개(天滿屋の場)
하권(下の巻)	비극적 해결 – 미치유키(道行: 心中)

그리고 「이쿠다마의 장(生玉の場)」은 1) 오하쓰와 도쿠베의 해후(邂逅)(出茶屋), 2) 도쿠베의 고민, 3) 오하쓰의 격려, 4) 구헤지의 역모(逆謀), 5) 도쿠베와 구헤지의 싸움의 장면으로 구성된다. 그리고 「덴마야의 장(天滿屋の場)」은 1) 툇마루에 숨은 도쿠베, 2) 신주 결의(足問答), 3) 신주(心中)하는 장면으로 구성되어 있다.

〔이쿠다마의 장(生玉の場)〕
 나의 업주는 주인이면서, 조카와 숙부 사이라 잘 해주신다. 또 나도 고용살이에는 조금도 방심하지 않고, 매상고도 일전일푼도 틀린 적이 없다. 일전에, 겹옷을 맞추려고 사카이스지(堺筋)에서 가가(加賀)의 비단 한 필을 숙부의 명의로 샀다. 이것이 일생의 단 한 번 있는 일로, 이 돈도 만일의 경우가 생기면 입던 옷을 팔아서라도 손해는 끼치지 않을 것이다. 이 정직함을 인정해 주고, 숙모의 조카에게 지참금 이관목(二貫目)를 내주고 혼인을 시켜서, 업을 이어가도록 하겠다는 말이 있었다.

おれが旦那は主ながら, 現在の叔父甥なれば, ねんごろにもあづかる, また身
ドモも奉公にこれほども油断せず, 商い物も文字ひらなか違へたことのあらばこ
そ, この頃裕をせうと思ひ堺筋で加賀一疋, 旦那の名代で買ひががる. これが一
期にたった一度, この銀もすはといへば, 着替え売りても損かけぬ, この正直を
見てとつて, 内儀の姪に二貫目付けて, 婦夫ににし, 商ひさせうといふ談合.

〔덴마야의 장(天満屋の場)〕

　(도쿠베) "아니다 내가 그렇게 경솔하지는 않다. 지난달 28일에 돈 이관목
(二貫目)를 임시로 빌려달라고 해서, 3일 기한으로 빌려준 돈을 돌려달라는
것이다."라는 말이 끝나기도 전에 구헤지는 허허하고 웃는다. (구헤지) "정신이
나갔구나. 도쿠베, 너하고 수년간 사귀고 있지만, 한푼도 빌린 적이 없다. 느
닷없는 소리를 해서 후회나 하지마라"라고 뿌리친다. (중략) (구헤지) "25일에
잃어버린 도장을 28일에 찍어주었겠느냐? 그러고 보니 네가 주워서, 서류를
만들어, 도장을 찍고, 나를 빌려 주었다고 하고 돈을 빼앗으려고 하는 거냐?
그건 가짜 도장보다도 대역죄이다. 이런 짓을 하려거든 도둑질을 해라."

　イヤこの徳兵衛は粗相はせぬ, 後の月の二十八日, 銀子二貫目時貸に, この
三日限に貸したる銀, それを返せといふことと, 言はせもはてず, 九平次かつら
かつらと笑ひ, 気が違うたか徳兵衛, 汝と数年語れども, 一銭借つた覚えもな
し, 聊爾なことを言ひかけ, 後悔するなと, 振放せば, (中略) 二十五日に落し
た判を, 八日に押されうか, さてはそちが拾うて, 手形を書いて, 判を据ゑ, お
れをねだつて, 銀取らうとは, 謀判より大罪人, こんな事をせうよりも, 盗みを
せい,

『曾根崎心中』

　드라마의 발단으로서 우선 최초의 정황이 설정된다. 『소네자키신주』의 「이
쿠다마의 장」에서 도쿠베의 숙모는 도쿠베를 처조카와 결혼시키려고 하고,
숙부인 히라노야(平野屋)의 주인은 도쿠베에게 업(業)을 이어가게 하려고
한다. 도쿠베 몰래 고향에 있는 계모와 숙부가 의논하고, 계모는 미리 이관
목(二貫目)182)의 결혼지참금을 받아 버렸다. 그러나 오하쓰를 사랑하는 도

쿠베는 숙부에게 처조카와 결혼할 수 없다고 말한다. 도쿠베가 숙부와 숙모
가 경영하는 히라노야(平野屋)의 종업원으로 있으면서, 숙부의 뜻을 받들지
않는 것은 당시로서는 의리에 크게 어긋나는 행위였다.

도쿠베는 오하쓰와 헤어질 수밖에 없는 상황에 놓인다. 이것이 오하쓰와
의 사랑을 비극으로 구성하기 위한 기초적인 경우 설정이다. 물론 이것만으
로는 비극이 되지 않는다. 숙부에게 오사카 추방의 말을 듣고, 그것을 오하
쓰에게 말한다. 그러자 오하쓰는 함께 울어주고 격려해 주며, 두 사람의 사
랑은 더 깊어진다. 그리고 그 경우와 싸우면 싸울수록 사태는 악화하는 것
에 비극이 성립한다. 여기에 계모나 혼인할 여성이 직접 등장하는 것은 아
니지만, 그 설정의 방법을 설명적으로 잘 처리하면서 이야기를 전개하는 대
립물이다.

그런데 이 문제는 다행히도 계모가 돈을 돌려주어 해결되었는데, 도쿠베
가 여기에서 안도의 한숨을 쉬는 것은 다음으로 이어지는 갈등을 고조시키
기 위한 작가의 의도일 뿐이다. 그 비극의 상황을 파국으로 이끌기 위해 친
구 구헤지가 등장하게 된다. 그 등장 자체는 돌연이지만, 계모로부터 돈을
돌려받은 시기와 맞물려, 갈등이 보다 심각하게 전개된다. 그 새로운 갈등
은 친구 구헤지의 계략과 모함으로 치명적인 사태에 빠지는 것이다.

도쿠베는 고용살이를 하면서도 일전 일 푼도 틀림이 없이 매상고를 정리
하는 성실한 청년이다. 구헤지가 3일 후에 돈을 갚겠다고 해서, 그동안의
친구로서의 인정도 베풀 생각으로 임시로 돈을 빌려 주었다. 그런데 구헤지
는 이제 와서 지금까지 한번도 돈거래를 한 적이 없다고 억측을 부린다. 게
다가 잃어버린 도장을 주워서 서류를 조작하여 돈을 빼앗아 가려고 한다면
서, 오히려 도쿠베를 죄인으로 만들고 있다.

의리(義理)와 인정(人情)을 중요시하는 사회라면 그 모함도 의리와 인정
으로 풀 수 있어야 하는데, 도쿠베로서는 그 무엇으로도 진실을 증명할 수

---

182) 一貫目는 千匁으로 약 180만 엔(円)이다.

가 없다. 도쿠베는 이 상황에서 벗어나지 못하고, '의리와 인정'의 틈바구니
에 끼어 고민하다가 결국, 오하쓰와 신주를 결행하기로 한다.

〔미치유키(道行)〕
　저쪽 이 층은 무슨 집일까 의아해하지만, 사랑의 밀회가 한창이라 아직 잠들
지 않았는지 불빛이 새어 나오고 사람 소리가 크게 들려오는 것은, 금년에 있
었던 정사(心中) 사건이 좋았느니 어쩌니 소문으로 들떠 있는 것이다. 그것을
듣고 있으려니 마음도 암울해지고, 아무것도 모르는 채 어제 오늘까지 정사(心
中)를 남의 일로만 생각했지만, 내일부터는 우리 몸도 그 소문 속에 들어가고,
세상 사람들이 노래로 옮길 것이다. 노래하려면 해라 하고 노래를 들어보니,
　(노래) 〈어차피 인연을 맺지는 못하겠지요. 낭신을 한순간도 잊을 수 없어
요. 저를 버리고 가시진 마세요. 손을 꼭 붙잡고 함께 죽으러 가요. 절대 손을
놓고 가지는 말아요〉라고 부른다.
　(初) 〈노래도 많은데 하필 그 노래를, 그렇지 않아도 심난한데, 이 밤중에〉
　(德) 〈노래하는 건 누굴까, 듣는 것은 우리들, 옛 사람이나 우리들이나 다를
게 없어〉라고 말하며, 서로 꼭 껴안고 소리도 가냘프게 울고 있었다. 평소야
어떻든, 오늘 밤은 애써 잠시만이라도 하고 생각하지만, 밤이 길지도 않고, 일
찍 밝아져버리는 무심한 여름밤 같아서, 목숨을 쫓듯이 새벽닭 우는 소리가 들
린다.
　(德) 〈날이 새면 곤란하니까, 덴진(天神)의 숲에서 죽자〉 하고 손을 끌고,
우메다(梅田) 제방을 찾아간다. 제방의 밤까마귀가 내일은 우리의 몸을 먹이로
삼겠지.

　　向ふの二階は，何屋とも，おぼつかなさけ最中にて，まだ寢ぬ灯影,声高く，
今年の心中よしあしの，言の葉草や，繁るらん，聞くに心もくれはどり，あやな
や，昨日今日までも，余所に言ひしが，明日よりは我も噂の数に入り，世に謡
はれん．謡はゞ謡へ，謡ふを聞けば，どうで女房にや持ちやさんすまい，いらぬ
ものぢやと思へども，げに思へども，嘆けども，身も世も思ふまゝならず，いつ
を今日とて今日が日まで，心の伸びし夜半もなく，思はぬ色に，苦しみに，どう
したことの縁ぢややら，忘るる暇はないわいな，それに振捨て行かうとは，やり

やしませぬぞ．手にかけて，殺しておいて行かんせな，放ちはやらじと泣きけれ
ば，歌も多きにあの歌を，時こそあれ今宵しも，謡ふは誰そや，聞くは我，過ぎ
にし人も我々も，一つ思ひと縋り付き，声も惜まず泣きゐたり，いつはさもあれ，
この夜半は，せめてしばしば長からで,心もなつの夜の習ひ，命を追うはゆる鶏の
声，明けなばうしや天神の，森で死なんと手を引きて，梅田堤の小夜烏，明日は
我が身を，餌食ぞや，

『曾根崎心中』

도쿠베와 오하쓰는 신주를 결행하기로 한 마음만큼 발걸음이 무거울 뿐이
다. 아직 잠들지 않았는지 어느 이층집에서는 불빛이 새어 나오고, 금년에
있었던 신주(心中) 사건의 소문을 화젯거리로 하는 이야기가 들려온다. 게
다가 야심한 밤중에 어딘가에서 들려오는 유행가[183]에 발을 멈추었다. 자
신들도 얼마 전까지는 이렇게 남의 이야기처럼 신주 사건을 이야기하였건
만, 오늘밤은 자신들이 그 주역이 되어 있다니 어처구니가 없다. 유행가의
가사마저 신주를 하려는 자신들의 마음을 담고 있으니, 신주를 택하는 것은
마치 당연한 선택으로 여겨진다. '그렇게 죽은들 소용없어'라고 받아들일 수
있는 여유는 어느 구석에도 없고, 오로지 신주의 결행으로 향하고 있다.

밤의 정적이 흐르는 시간에 오하쓰와 도쿠베는 누군가에게 들키기라도 할
까 조심하면서 소네자키의 숲으로 향한다. 누군가의 말소리와 유행가가 들
리지만, 이 정적을 깰 수 있는 요소가 되지 못한다. 그저 들리는 것일 뿐,
오하쓰와 도쿠베는 신주를 결의한 마음을 굽히지 않고, 애련함과 고통과 비
장의 시간을 보낸다. 파멸과 죽음이 기다리고 있다는 것이 기정사실임에도
불구하고, 작가는 여기에서 비극미의 절정을 추구하고 있다.

---

183) 〈心中江戸三界〉는 『落葉集』7권(1704년)에 나온다.
　　 祐田善雄, 『曾根崎心中・冥途の飛脚 他5篇』, 岩波書店, 1979, 342면.

3. 해학과 비극의 유형화된 장면

한국의 서사문학의 주인공은 불운과 수난으로 곤경에 빠지는 일이 있지만 결국에는 예외 없이 구원받게 된다. 마찬가지로 『춘향가』에서 춘향은 희로애락(喜怒哀楽)의 과정을 거친 후에 행복한 결말을 맞이한다. 그렇다고 행복한 결말을 위해 희로애락이 작용하는 것은 아니다. 『춘향가』의 한 바탕을 들어도 희로애락이 있고, 한 대목을 들어도 희로애락이 있는 것이 판소리의 특징이다.

『춘향가』에는 비애와 한탄의 장면이 많이 보인다. 춘향이 이 도령과 이별하는 장면이나 변학도로부터 수난을 겪는 장면은 비장함이 전개되어야 한다. 그런데 거기에는 예외 없이 낙천적 해학성이 개입한다. 이러한 현상은 한국인의 생활 속에서도 흔히 접할 수 있는 요소이다. 가장 큰 슬픔을 표현해야 할 초상집에는 가족들의 곡(哭)하는 소리와 함께 잔칫집처럼 음식을 장만하고 웃음소리가 들리는 것을 흔히 볼 수 있다. 이러한 성향은 고난을 극복하기 위한 수단으로 낙천적 해학성을 발휘하는 한국인의 지혜로 인식된다.

『춘향가』를 보면, 춘향의 시련은 변학도가 남원 부사로 내려오면서부터 시작된다. 변학도는 욕심 많고 탐 많고 호색하는 양반으로 절세미인의 기생을 찾는데, 아무리 기생점고를 하려 해도 춘향이 같은 기생이 눈에 보이지 않는다. 그래서 이 도령에게 일편단심인 춘향이는 마음고생뿐만 아니라 심한 고초를 당하게 된다.

〔진양조〕

집장사령 거동보아라. (중략) 사또는 분이 나서 첫날부터 고찰헐 제, "일양회절 아니허리?" 춘향이도 악이 나서 "회절이요? '일(一)'자로 아뢰리다. 일조 낭군 이별 후어 일부종사(一夫従事)헐라는디, 일편단심 먹은 마음 일시일각으 변하리까?" 두째 낱을 딱! "이제도?" "'이(二)'자로 아뢰리라. 이부불경(二夫不更) 정부절행 이비사적(二妃史蹟)을 알옵거든 두 낭군을 섬기리까? 가망없고 안되지요!" 셋째 낱을 딱! "삼가히 조심하라!" "'삼(三)'자로 아뢰리다. 삼생가약(三生佳約) 맺은 언약, 삼종지의(三從之義) 알았거든 삼십도 형장 말고 삼군인들 변하리까?" 넷째 낱을 딱! "사세를 돌아보라!" "여보 사또, 듣조시오. 소녀를 이리 말고 사지를 짝짝 찢어서 사대문(四大門)에다 걸드라도 가망없고 안되지요!" 다섯 낱을 딱! "오양군주를 몰느냐?" "'오(五)'자로 아로리다. 오륜(五倫)으로 생긴 인생. 오상(五常)을 생각허시면 오매불망(寤寐不忘) 우리 낭군 잊을 가망이 전혀 없소!"

『晩汀唱 春香歌』

이 대목은 춘향이가 신관 사또에게 수청 드는 것을 거부하고 일부종사를 고집하자, 사또가 집장사령에게 명을 내려 인정사정없이 형을 취하는 장면이다. 진양조는 애절히 탄식하는 상황과 비참한 정경이 구현되는 상황을 잘 연출하고 있다. 그런데 춘향이 일심(一心)을 고집하여 매를 맞고 있는 비참한 상황에도 불구하고, 사설에는 골계적 요소가 가득하다. 우선 사령의 "이놈 골라 이리 놓고 저놈 골라 저리 놓더니마는"에 담겨진 흥겨운 장단이 그렇고, 매를 한 대씩 칠 때마다 이어지는 숫자놀이가 그렇다.

춘향이로서는 사생결단이 아니라, 이미 이대로 매를 맞다가는 죽는 길밖에 없는데도, 집장사령이 낱을 칠 때마다 춘향이가 하나·둘·셋……을 맞추어 답하고 있는 장면은 현실에서는 있을 수 없는 일이다. 당찬 춘향이의 지조가 아름답게 보이지만, 청중은 춘향이의 말에 수긍하면서 그 고통을 함께 감당해야 한다. 판소리에서 해학을 지향하는 과장적인 묘사는 청중의 추임새를 유도하고, 청중도 비판과 풍자정신으로 연행에 참여하게 된다.

청중이 『춘향가』를 듣는 것은 궁극적으로는 삶을 즐기기 위한 것이다. 청자가 비참한 정황으로 빠져 드는 것을 구해 주기라도 하듯이, 춘향이의 애교 섞인 재치와 지혜를 통해 해학적인 장면으로 이끌어 낸다. 게다가 남원 오입쟁이가 마침 구경을 하고, 그 모진 사또를 원망하다 못해 집장사령 놈을 탓하는 한마디는 청중을 기막히게 하는 코웃음까지 유도한다. 이것이 울음과 웃음의 순환적 전개를 비장과 골계의 결합으로 보여주는 판소리의 미적 양식이다.

이와 같이, 『춘향가』는 전체적인 이야기가 창과 아니리의 교체와 더불어 '긴장과 이완', '비장과 골계'의 구조가 반복되고, 독자성을 가진 부분의 이야기 속에서도 이러한 골계적 요소가 담긴 유형의 구조를 가지고 있다. 이것은 극한 상황에서도 희망을 놓지 않는 민족성에 비유할 수 있으며, 신흥예술로서의 판소리가 인간적이며 현실적인 문학이라는 것을 의미한다.

〔중모리〕
　각처로 다 분발허고, 그 때의 어사또난 폐의파립(敝衣破笠)을 차리난디, 앞살 터진 헌망건의 박쪼가리로 관자 달어 두 눈썹 잔뜩 눌러 두통나게 졸라매고, 절대 없난 헌파립 버랫줄 총총 매여 노갓끈을 달아 쓰고 자락 없는 헌베도복 열두도막 이은 띠를 흉당(胸膛) 눌러 잡어매고 질목 짚신 감발허고 주령을 끌면서 독담무를 지내어 숙고개를 얼른 넘어 한내 가리내 지낸 후어 전라감영 들어가 오수역(獒樹駅)에 숙소허고 성 안 성 외 염문하여 임실 지경을 당도허니.

『晩汀唱 春香歌』

춘향이가 이러한 고초를 겪으면서 한번만이라도 도련님을 보고 죽기를 바라는데, 어사가 된 이 도령은 어서 급히 서둘러 오지 않고, 절대 없을 헌파립까지 구해서 거지몰골 형상을 하며 여유를 부린다. 『춘향가』는 이 도령을 통해 시종일관 골계적인 요소를 보여주면서 극이 전개된다.

〔아니리〕
　"춘향 대령하였소!" "해칼허여라" "해칼허였소"
　"춘향이 듣거라. 너는 일개 천기으 자식으로 관장 발악을 허고 관장으게 능욕을 잘한다니, 그리허고 네 어찌 살기를 바랄까?" "아뢰어라!"

〔창조〕

　"절행에도 상하가 있오. 명백하신 수의사또 별반 통촉하옵소서."

〔아니리〕

　"그러면 에가 일정한 지아비를 섬겼을까?"

〔창조〕

　"이부(李夫)를 섬겼네다"

〔아니리〕

　"이부(二夫)를 섬기고 어찌 열녀라고 할꼬?"

〔창조〕

　"두 '이(二)'자가 아니오라, 외얏 '이(李)'자 이부(李夫)로소이다."

〔아니리〕

　어사또 마음이 하도 좋아 슬쩍 한번 떠보난디,

　"네가 본관 수청은 거역하였지만 잠시 지나는 수의사또 수청도 거역할까? 이에 내 성도 이가(李哥)이다.

『춘향가』의 첫 장면부터 마지막 대단원까지 이 도령이 방자 월매와 같은 천민을 상대로 걸쭉한 웃음을 자아내는 대목은 흔히 볼 수 있다. 기녀 춘향에 대한 눈먼 사랑, 하인 방자와의 해괴한 수작들, 거지차림으로 장모에게 천대받는 모습 등이 서사적이고 영웅적인 남성상과는 거리가 멀다. 이 도령은 현대판 꽃미남 같기도 하지만, 천민들의 생활상을 포용하는 아량을 가지고 해학으로 어색한 순간들을 모면한다.

　춘향이가 옥고를 치르며 고생하고 있는 것을 아는 이 도령으로서도 어서 빨리 춘향이를 구해야겠다고 마음 졸이며 때를 기다렸을 것이다. 드디어 그 순간이 왔는데, 여기에서도 이 도령은 그냥 지나치지 않고 그 특유의 재치를 발휘해 춘향의 마음을 슬쩍 떠본다.

　춘향이가 정말로 일부종사하는 열녀인지, 자신을 잊지 못하고 있는 건지, 얄궂은 질문이 이어진다. 이 도령이 행수기생을 통해 건네준 옥지환을 보고 서방님인 것을 확인한 춘향은 기절한다. 정신을 차린 후 춘향이의 투정이 이어지고 반가운 마음을 표현할 길이 없어 어머니를 부른다. 이에 이 도령에게 한 행동이 염치없어 못 들어가고 삼문 밖에서 눈치만 보고 있는 춘향모의 거동에서 해학적인 그림이 떠오른다.

『춘향가』는 시종일관 맺고 푸는 행위의 반복으로 이어진다. 기뻐서 감격의 눈물이 나고, 슬픈 장면에도 원망보다는 용서와 화해로 관용을 베풀고, 오히려 비장한 대목에서는 웃음과 코웃음을 이끌어 내어 해학과 풍자의 장면을 그린다. 이러한 장면은 판소리의 연행에 의해 그 가치가 발휘된다. 청중의 즉각적인 반응을 불러오고, 창자는 그에 더 많은 웃음을 창조하게 된다.

〔미치유키(道行)〕

(初)〈답답하게노, 금년은 딩신도 스물다섯 살료 애년이고, 나두 열아홉 살 액년이어서 생각지도 않은 불행을 만나니 이것도 우리의 인연이 깊기 때문인가 봅니다. 신과 부처님께 현세에서 부부의 연을 맺고 싶다고 기도한 것을, 지금 여기에서 미래에도 이어지게 해달라고 공을 들이고, 내세의 부부의 인연을 맺어서 다시 태어나자고 맹서해요〉하고, 염주알을 하나하나 백 팔개를 넘기고, 눈물방울이 거기에 더해져 가련함이 끝이 없다. 길은 다하고 마음도 하늘도 어둡기만 하고, 바람까지 휙휙 몸에 스미는 소네자키(曾根崎)의 숲에 도착했다.

　まことに今年はこな様も二十五歳の厄の年，わしも十九の厄年とて，思ひ合う
たる厄祟り，縁の深さのしるしかや，神や仏にかけおきし，現世の願を今こゝで，
未来へ回向し，後の世もなほしも一つ蓮ぞやと，爪繰る数珠の百八に，涙の玉の，
数添ひて，尽きせぬ，あはれ，尽きる道，心も空も，影暗く，風しんしんたる曾
根崎の　森にぞ，辿り着きにける，

『曾根崎心中』

이제 현실에 닥친 애석함도 다 접고, 오하쓰는 죽음의 순간을 맞이해야 한다. 금년 스물다섯 살과 열아홉 살인 도쿠베(德兵衛)와 오하쓰는 공교롭게도 액년이 겹쳐서 생각지도 않은 불행을 만나게 되었다. 그러나 그것도 서로의 인연이 깊기 때문이라 여기고, 신과 부처님께 현세에서 부부의 연을 맺고 미래에도 함께하게 해달라고 기도하고, 내세의 부부 인연을 맺어서 다시 태어나자고 맹서한다. 고뇌가 담긴 염주 알을 하나하나 백팔 개를 넘기고, 눈물방울이 거기에 더해져 가련함이 끝이 없다. 길은 다하고 마음도 하늘도 어둡기만 하고, 바람까지 휙휙 몸에 스미는 소네자키의 숲에 도착한 오하쓰의 마음은 행복으로서 표현되기보다는 체념에 가깝다.

〔미치유키(道行)의 신주(心中)〕

　(初) "언제까지 이야기를 한들 소용없어요. 어서 빨리 죽여주세요"라고 마지막 길을 서두르자, (德) "마음을 정했다"라고 하며, 옆구리의 칼을 쓰윽 빼내어, (德) "자, 이제 할꺼다. 나무아미타불, 나무아미타불"을 외우지만, 과연 이 함께 한 세월 동안, 귀엽고 사랑스러워 끌어안고 자던 오하쓰에게 칼을 대려고 하니, 눈앞이 깜깜하고, 손도 떨리고, 약한 마음을 뒤로 접어두고, 다잡아도, 다시 떨리고, 찌르려고 하지만, 칼끝은 저쪽으로 비켜가고, 이쪽으로 그걸, 두세 번 번쩍이는 검도, '앗' 하는 소리에 숨통에 쿡 찔려버린 것인지, (德) "나무아미타불, 나무아미타불, 나무아미타불" 하면서, 정확히 찌른 도쿠베의 팔 끝도 힘이 빠져가지만, 연약한 오하쓰를 보자, 양손을 뻗어 지금은 죽으려니 그 고통이 가엾다고는 해도, 더할 나위 없이 서글프다. '자신이 늦어지기라도 할까, 숨은 함께 끊어지길 바라며', 단도를 집어 목에 찌르고, 칼자루도 꺾이고, 칼날도 부러지도록 정확하게 찌르고, 눈도 멀고, 새벽의 떠나야 할 시각이 가까워짐에 따라, 괴로운 숨도 끊어져버렸다.

〔心中〕

　^{地色中}いつ迄いふて^{ハル}せんもなし. はやはや^ウころして^ウころしてとさいごをいそげば心えたりと. わきぎをするりとぬきはなし. ^{ハル}サアただいまぞなむあみだなむあみだと. いへどもさ^ウすが此とし月いとし^ウかはいとし上めてねし. は^ウだにやいばが^ウあてられふかと. まなこもくらみ手もふるひよはる心を^色引なおし. ^{ハルウ}とりなおしてもなを^ウふるひつくとはすれどきつさきは. あなたへはづれこなたへそれ, 二三どひらめくつるきのは. あつとばかりに^色のどぶえに. ^{ハル}ぐつととほるがな^上むあみだ. なむあみだなむあみだぶつと. くりとほしくりとほす^ウうでさきも. よはるを見れば両手をのべ. だんまつまの四く八く. ^{オクリ}あはれといふもあまり有.

我とても ウ をくれふかきは一どに引とらんと．　かみそりとつてのどに 色 つき立．
ハル つかもおれよはもくだけとゑぐり．くりくりめもくるめき．くるしむいきもあ
かつきの フシ ちしごにつれてたえはてたり．

『曾根崎心中』

いつ迄いふてぜんもなし。はやくころしてくくとさいごをいそげば心えたりと。わきざしをする
りとぬきはなし。サアたゞいまぞなむあみだくくと。いへどもさすが此とし月いとしがはいとし
めてねし。はだにやいばがあてられふかと。まなこもくらみ手もふるひよはる心を引なをし。とり
なをしてもなをふるひつくとはすれときづさきは。あなたへばづれこなたへそれ。二三どひらめく

つるぎのは。あつとばかりにのどぶえに。ハル ぐつとほるがなむあみだ。ぐくく
くりとほしくりとほすうでさきも。よはるを見れば両手をのべ。だんまつまの
我とてもをくれふかいきは一どに引とらんと。かみそりとつてのどにつき立。
へいふもあまり有。
くだけとゑぐり。くりくくめもくるめき。くるしむいきもあかつきのちしごに。

소네자키의 숲에서 도쿠베와 오하쓰가 숙부와 부모에게 마지막 인사를 고하고 슬픔에 잠겨 한참을 울고 난 후, 신주(心中)에 이르는 장면이다. 유카혼(床本)에는 위로 향한 점(上げゴマ)과 아래로 향한 점(下げゴマ)으로 악센트의 고저를 나타내고 있다. 요쿄쿠(謡曲)에 고마쇼(ゴマ章)184)가 한 음마다 붙어 있는 것을 참작한 방식이다.

단도(短刀)로 찌르는 '꾸욱'의 고마쇼(ゴマ章)가 같은 종류의 신주 장면을 그리는 모든 세와모노(世話物)에 붙어 있는 것이나, '스윽(するり)' '자(サア)' '앗(あつと)'의 의태어나 감동사에서 고마쇼를 많이 볼 수 있는 것을 감안하면, 조루리(浄瑠璃)의 고마쇼는 고저(高低)의 악센트에 가해져, 그 개소(個所)를 강하게 말하는 것을 의미하고 있다고 볼 수 있다. 높고 낮음을 나타내는 하루(ハル)・나카(中) 등은 무시되기 쉽지만, 오하쓰의 대사가 '언제까지(いつ迄)'라는 중음(中音)으로 시작되고, '소용(せんと)'의 하루(ハル)에서 고음으로 바뀌는 것은, 빨리 죽여주기를 바라는 감정의 고양을 나타내는 것이며, 그것에 응하여 도쿠베가 옆구리의 단도를 '쓰윽 빼내는(するりとぬきはなす)' 고마쇼는 작심하고 칼을 빼는 모습을 나타내고, '이로(色)'는 짧고 강하게 말하고 일대 결심을 한 동작임을 나타낸다.

나무아미타불의 반복 기호의 고마쇼는 지금 당장 오하쓰를 찌르려고 하니, 오로지 나무아미타불의 명호(名号)를 제창하는 수밖에 없는 마음의 표현일 것이다. '귀엽고 사랑스러워 끌어안고 자던(いとしかはいとしめてねし)'에는, 사랑하는 오하쓰를 죽여야만 하는 도쿠베의 애달픈 만감이 담겨져 있다. 간(上)의 音은 여성의 수탄(愁嘆)에 많이 사용되지만, 여기에서는 도쿠베의 단장(断腸)의 마음을 간(上)으로, 사랑의 정(情)을 고마쇼(ゴマ章)로 강조하고 있다. 눈도 침침해지고 '손도 떨리고(手もふるひ)'의 '히(ひ)'의 옆 오시(押し)와 유리(ユリ)의 고마쇼는 흔들리는 동작을 나타낸다. '그렇다면 약한 마음을 뒤로 접어두고(引なをし)'라고 '이로(色)'로 강하게 상기시키고,

---

184) 胡麻章 : 음의 고저의 비교를 나타내는 부호.

작심하고 '찌르면서' 흔들리는 손으로는 '칼끝(きつさき)'은 '저쪽으로(あなた
へ)''이쪽으로(こなたへ)'라고 있지도 않은 사람에게 돌린다.

　힘을 넣어 '두세 번 빗나가던 칼(二三どひらめくつるぎ)'은 이미 오하쓰를
찌르고, 오하쓰의 '앗(あつ)' 하는 날카로운 외침소리와 함께 도쿠베에게도
'목젖으로 꾸욱(のどぶえに. ぐつ)'하고 칼이 지나는 강한 손놀림이 있었다.
그 순간 도쿠베는 반광란적으로 '나무아미타불'을 반복한다. 이곳 '간(上)'에
의해 광란 상태로 명호(名号)를 제창하는 도쿠베의 모습이 부각된다.

　다음은 무아지경이 되어 단도로 '날카롭게 찌른다(くりとほしくりとほす)'
에서의 '구리(くり)'의 사게고마(下げゴマ)는 단도로 강하게 찌르는 모습을
유감없이 나타내고 있다. 고마쇼를 단지 악센트의 표시로 보지 않는 까닭이다.
'지금은 죽으려니 그 고통이 가엾다고는 해도, 더할 나위 없이 서글프다.(だ
んまつまの四く八く. あはれといふもあまり有.)'의 오쿠리(ヲクリ)에서 잠시
오하쓰의 임종의 고통이 행해진 후, '오하쓰의 죽음(お初の死)'의 소단락이
끝난다. '자신이 늦어지기라도 할까(我とてもをくれふか)' 서둘러 도쿠베의
자해(自害)로 옮겨진다. 오하쓰가 가지고 있던 단도(剃刀)를 목에 찌르는
모습을 이로(色)로 강하게 말하고, '칼자루도 꺾이고, 칼날도 부러지도록 정
확하게 찌르고, 눈도 멀고, (つかもおれよはもくだけとゑぐり. くりくり)'라
고, 혹은 강하게, 혹은 깊게 찔러, 괴로워하는 중에 절명한다. 도쿠베의 죽
음의 소단락은 후시로 끝나기 때문에 오하쓰의 죽음과 같은 긴 임종의 양식
화된 미세바(見せ場)는 없다.[185]

　조루리를 읽을 때, 무시되기 쉬운 곡절·묵보(墨譜)·음고(音高)에 초점
을 맞춘 것이다. 현행의 기다유부시의 해설에서는 이로(色)의 용법을 "대부
분은 지(地)에서 고토바(詞)로 옮길 때에, 자연스럽게 이행하기 위해 쓰인
다."[186]라고 설명한다. 위에서의 네 개의 이로(色)는 모두 고토바(詞)에

---

185) 山根為雄, 「淨瑠璃の読み方－詞章と曲節」, 『浄瑠璃の世界』, 世界思想社, 1996,
　　183-201면 참조.
186) 『邦楽百科事典』, 音楽之友社, 昭和59.

이어지는 용법은 아니다. 기다유(義太夫)가 "이로(色)라는 것은 고토바(詞)에도 없고 지(地)에도 없는 이어지는 마음이다(色とあるは詞にもあらず地にもあらずつめる心也)"(『浄瑠璃当類小百番』)라고 한 것처럼, 단숨에 모아서 죄고, 강하고 크게 억양을 하는 요쿄쿠(謡曲)의 이로(イロ)에 가까운 가타리(語り)의 창법을 취했을 때, 그 효과가 있는 것을 알 수 있다.

오하쓰와 도쿠베의 「신주의 미치유키」는 비장함으로 치닫고 있지만, 결과는 이미 죽음이라는 것을 알기에 그 서사적 구조는 궁극의 클라이맥스인 죽음을 향해 모든 것이 집약되는 유기적 발전의 완전구조라고 볼 수 있다. 여기에서는 이야기의 결과는 이미 정형화되어 있고, 지카마쓰는 두 등장인물이 어떻게 하는 것이 가장 사실적으로 비추어질까를 염두에 두고 있다.

Ⅴ. 『춘향가』와 『曾根崎心中』의 연행방식

1. 연창의 요소와 연행의 장(場)

1) 외정(外庭)의 연희

판소리는 구비서사시를 기반으로 한 이야기를 내용에 따라 선율을 붙여 전하는 창(唱)의 연희이다. 연창의 표현방식은 소리 부분과 아니리 부분을 서로 교체하면서 진행하는데, 소리 부분이 주가 된다. 판소리는 본래부터 청각적인 요소를 중심으로 연행되고, 너름새라는 행위적 요소가 부수적으로 작용한다.

판소리의 연행은 장단과 조(調)로 판을 짠 소리를, 창자의 성음을 통해 청중에게 전달함으로 성립한다. 판소리는 다양한 장단을 가지고 있는 것이 특징이며, 고수가 북으로 박자를 맞춘다. 조는 선율을 만드는 데 쓰이는 기본음 체계의 문제 즉 선법(mode)을 말한다. 조에는 평조(平調)·우조(羽調)·계면조(界面調)가 있다. 장단과 조의 결합으로 이야기의 상황을 적절하게 전개하는 데는 고도의 음악적 재능이 필요하다.

판소리는 완창을 할 때나 부분창을 할 때 한 명의 창자가 모든 등장인물을 담당하고 있고, 그 사설은 등장인물의 신분, 성격, 분위기와 서술자의 태도에 따라 말의 종류가 분리되어 있다. 판소리의 창자는 모든 등장인물을 흡수하고 표현해야 하므로, 창자의 모습이 한 등장인물의 자태로 고정되어서도 안 되며, 창자는 등장인물을 각기 다른 색깔의 목소리로 나타낼 줄 알아야 한다. 그래서 판소리에서는 너름새를 잘 이용하는 것도 중요하다. 판소리는 한 작품 안에 개성 있는 등장인물이 많이 있다. 창자 한 사람의 목소리이지만, 지금 어떤 등장인물을 표현하고 있는지를 모르는 청중은 극히 드물다. 그만큼 판소리 연행자는 오랜 수련이 요구되고, 판소리의 연행방식은 완벽한 양식을 가지고 있다고 볼 수 있다.

판소리의 연행은 자연을 무대로 하였을 때 가장 생동감이 있다.

판소리를 시작할 때는 먼저 단가(短歌)를 부르는 것이 관례이다. 단가는 본격적인 판소리 창을 하기에 앞서 부르는 짧은 노래를 말하며, 허두가(虛頭歌), 초두가(初頭歌), 영산(靈山) 등으로 일컬어지기도 한다. 단가의 기능은 힘든 판소리를 시작하기 전에 창자의 목을 풀고, 성대의 상태를 살피고, 음정을 고르는 것이다. 그리고 청중의 수준을 파악하고 관심을 유도하여 판소리의 시공간으로 이끌어 가는 역할을 한다. 특히, 마지막 구절을 '거드렁거리며 놀아보자', '힐 일을 허여 가면서 놀아 보자'와 같은 청유형으로 끝을 맺는 것은 판소리가 청중과 함께 호흡하는 참여의 예술인 것을 시사한다.

단가는 창작된 것이 대부분이지만, 민요나 판소리로부터 차용되거나 판소리의 한 대목을 그대로 부르는 것도 있다. 가볍고 화평한 평조로 중모리 장단이 대부분이며, 그 내용은 절실한 현실의 문제보다 관념적이고 환상적인 문제를 다룬 것이 많다. 사설의 이면에는 인생무상과 풍류적인 낙천성의 정서가 깔려있는데, 이 중에서도 인생무상이 주류를 이룬다.

판소리 연행 현장은 창자와 고수, 청중에 의해 이루어진다. 판소리 창자는 갑오경장(1894)에 이르기까지 소수 행운의 어전(御前) 광대를 제외하고는 대부분 유랑예인으로서 존속해 왔다. 판소리는 청중이 있으면 어디서든지

부를 수 있고, 사람들이 모이는 장터에서도, 부자나 양반집 잔치마당에서도, 때로는 관가에서도 불렀다. 판소리는 정형화된 무대를 필요로 하지 않는다. 마당에 자리만 잡으면 바로 연행을 할 수 있다. 좀더 구색을 갖춘다면, 창자는 두루마기에 갓을 쓰고, 오른 손에는 부채를 들고, 동작과 표정을 곁들여 가면서 서서 소리를 한다.

창자는 먼저 아니리로 서사적인 내용을 이야기하고 다음에 창을 한다. 창은 장단과 조를 짜서 노래하는 것이다. 이처럼 아니리와 창을 반복하며 연창하는 도중에, 그 사설에 부합하는 춤이나 몸짓을 하는데 이것을 너름새라고 한다.187) 판소리에서의 너름새는 비사실적이며 극도로 상징화된 방법을 사용한다.

또 고수는 창자의 왼편에 두루마기 차림으로 자리를 깔고 앉아 북을 치며 장단을 맞추고, 추임새를 곁들여 흥을 돋운다. 고수가 책상다리를 하고 앉은 자세에서 북은 왼쪽 무릎 앞쪽의 방석 위에 올려놓는다. 고수는 북이 움직이지 않도록 오른쪽 발바닥으로 괴고, 가락을 맞춘다. 고수의 추임새는 청중의 감동을 유발시키기 위한 전형적인 발화행위이다. 그리고 창자의 소리를 한결 북돋아주고 소리의 강약을 보좌해 주며 소리의 공백을 메워 준다.

청중은 귀명창이라고 한다. 그것은 청중의 수준이 소리의 본질과 가치를 깨닫고 있다는 것을 의미한다. 청중은 추임새를 통해 그 감동에 화답하는데, 추임새는 연창이 절정에 다다랐을 때 공감적 반응으로서 나타나는 것이다. 따라서 추임새는 판소리의 현장성과 즉흥성, 개방성을 확인시켜 주는 것이라 할 수 있다.

판소리는 17세기경에 형상화되고, 당시 판놀음의 다양한 레퍼토리 가운데 하나인 종속적인 위치에 있었다. 18세기경에 이르러 판소리는 창자와 고수라는 아주 간단한 구성원으로 하나의 팀을 이루고, 독자적으로 존립할 수 있게 되었다. 그것은 판소리 자체가 가진 예술성이 뛰어나서 판소리 공연만

---

187) 너름새가 소리꾼이 하는 모든 육체적 동작을 가리키는 데 반하여 발림은 춤 동작에 한정하여 쓰이는 일이 많다.

으로도 충분히 흥행성이 있었기 때문이다. 그러나 판소리의 독자적인 연희로의 발전은 다른 연희와의 결별이 뒤따르고, 제의성을 탈피하게 되면서, 새로운 예술성을 지향하게 했다.

외정의 연희였던 판소리는 19세기까지 저녁노을과 서늘한 바람이 스쳐지나가는 자연을 무대로 연행되었다. 시대는 아직 콘크리트 벽이 없는 자연의 풍경들로 둘러싸여 있었다. 먼 산을 바라보며 흘러가는 구름을 불러오기도 하고, 날아가는 새를 지붕 위에 올려놓을 수도 있었다. 방음 장치가 없어도 자동차 소리는 들리지 않았다. 그러나 판소리 자체의 성숙된 발전이 있은 후, 20세기 초부터 판소리 연행의 공간은 실내로 옮겨지게 된다. 현행의 판소리 공연에서 판소리 연행을 위해 특별한 무대장치나 조명을 고려하지는 않는다. 청중이 편안하게 앉아서 들을 수 있으면 된다. 제의성을 가진 연희가 인간 중심으로 변모하고 있는 과정은 무대 공간을 통해서도 읽을 수 있다.

2) 예(芸)의 실현

조루리는 구비서사시를 기반으로 한 이야기를 샤미센의 선율에 따라 낭창하는 연희이다. 연창의 표현방식은 고토바(詞)와 이로(色)와 지(地), 후시(フシ)로 이루어지고, 고토바가 중심이 되어 있다. 조루리는 가타리(語り)의 전달을 위한 청각적인 요소를 기본으로 하는 연희였으나, 인형의 등장이 부각되면서 시청각적 요소가 어우러진 연행예술이 되었다.

조루리는 가타리모노(語物)를 다유(太夫)의 네이로(音色)와 이키(息)의 다스림으로 낭창한다. 조루리 음악은 샤미센(三味線) 반주에 의해 선율성(旋律性)을 풍요롭게 함으로 성립한다. 인형극 음악으로서의 조루리는 인형의 움직임과 음악의 관계를 잘 묘사하는 것이 중요하다. 이때 한 장면을 한 사람의 다유가 다른 한 명의 샤미센을 반주로 하여 부르고, 그것에 맞추어 인형조종사가 인형에 연기를 시키는 형태를 취하고 있다. 조루리는 장(場)이 바뀔 때마다 다유가 바뀌는 것이 일반적이다. 따라서 각 장마다 매끄러운 연결을 위해 등장인물(인형)의 층위에 따른 성격을 표현할 수 있는 발성법이 정형화되었고, 그 소리의 색(色)이 가지는 느낌이 중요하다.

고조루리(古浄瑠璃) 시대에는 다유를 중심으로 한 연창이었고, 좌창의 형식으로 이야기를 전해야 하는 다유의 책임은 막중했다. 인형극과 합체하면서 청중은 관중이 되고, 연행방식은 청각적인 것에서 시각적인 것으로 옮겨갔다. 고조루리에는 판소리처럼 등장인물이 소리 속에 있고, 청중이 장면을 연상하며 듣는 방식으로 연행되었다. 그런데 점차 탈바꿈하여 무대에 인형의 모습이 등장하고, 고도로 발달된 인형의 조종술로 인해 관중은 소리보다는 인형의 움직임에 더 많은 관심을 가지게 되었다. 다유는 인형의 움직임이 격해지면 격해질수록 그 목소리는 곡절(曲節)과 함께 인형을 따라가야 한다. 인형의 움직임이 시쇼(詞章)에 의해 이미 정해진 것이기 때문에, 극작가 중심의 문학으로 되었다고 볼 수 있다.

조루리의 연행은 무대의 막이 오르기 전부터 분장실(楽屋)에서 다유(太夫)와 샤미센(三味線)과 인형조종사가 각각 준비에 바쁘다. 다유는 우선 버선을 신고, 마(麻)로 된 하라오비(腹帯)를 꺼내 엄숙하게 지켜보고, 숨을 내뿜는다. 다음은 하라오비를 하복부에 둘둘 감는데, 이것은 복식호흡으로 숨을 정돈해 주는 역할을 돕는다. 그리고 첫 번째 단(一段)을 위해 정신집중을 하고 가타리(語り)가 무사히 끝나도록 기도한다. 기모노(着物) 위에 가미시모(裃)188)를 입는다. 스승(師匠)의 뒤에서 기다리고 있던 제자가 가타기누(肩衣)189)를 허리 부분부터 천천히 묶는다. 다음에 옷섶(脇)을 통해 작은 콩이나 모래를 메운 '오토시'라는 모래주머니를 아랫배에 넣는다. 전신의 힘을 쏟을 때 양손으로 이 모래주머니를 쥐고 창을 한다.

샤미센 연주자는 대략 한 시간 전부터 분장실(楽屋)에 들어가고, 분해해

---

188) 에도(江戸)시대의 무사의 예복(肩衣와 袴가 한 빛깔로 염색되어 있음).
189) 무사의 예복 위에 어깨로부터 등에 걸쳐 입는 옷.

둔 샤미센의 사오(棹)190)를 조립하여 현의 상태를 조절하고, 음 맞추기 정도로 준비해 둔다. 다유는 부싯돌을 쳐서 정화(淨火)를 내고, 한 사람 한 사람 '임병투자개진렬재전(臨兵鬪者皆陳列在前)'이란 아홉 자(字)를 긋고 무대에 오른다. 이는 몸을 지켜주는 비주(秘呪)로 사용하는 아홉 개의 문자다. 이로 인해 예인(芸人) 자신의 심신을 다잡는 데 도움이 되며, 관중에 대한 정신적인 효과에도 영향을 준다.

분라쿠(文楽)에서 한 작품의 전체의 단을 연주하는 도오시쿄겐(通し狂言)의 경우, 첫 번째 단의 개막 15분 전 무대에서는 「산바소(三番叟)」191)가 행해진다. 무대의 막이 오르고 검정색, 연두색(萌黄色, もえぎいろ), 감색(柿色, かきいろ)의 삼색막(三色幕) 앞에 산바소의 인형 하나를 세 사람이 조종하여 등장하고, 무대 오른편에 있는 샤미센 반주에 맞춰서, 「모미노단(揉の段)」의 춤을 춘다. 이때의 샤미센은 같은 선율을 반복하여 멋진 표현을 묘사해 내고, 음악적으로도 잘 어우러진 합주곡이 되어 있다.

'자 그럼 시작하겠습니다.'라는 의미를 담고 있는 '도자이 도오자이(とざいとーざい)'라 하는 소리와 함께 무대의 막이 열리고, 드디어 공연이 시작된다. 무대 오른편 안쪽에 높이 설치된 다유와 샤미센 연주자가 앉은 직경 약 2.7미터의 다유유카(太夫床)가 회전하고 좌측에는 다유(太夫)가 우측에는 샤미센(三味線)이 등장하면, 오른편 무대 쪽에서 구로고(黒衣)192)가 나와서 "다유 누구, 샤미센 누구"라고 소개를 한다.

이때, 다유는 두 손으로 서견대(書見台) 뒤에 놓인 유카혼(床本, 대본)을 들고 공손히 절을 한다. 이것은 작품을 존중한다는 의미이기도 하고, 그 작품에 대해서나 작가에 대해서 틀림없이 바르게 예(芸)를 갖출 수 있도록 바라는 기원이기도 하며, 한편 관객에 대해 이 작품을 이제부터 전하겠으니 잘 들어

---

190) 줄을 매는 길쭉한 부분.
191) 노가쿠(能楽)의 삼단(三段)에서 검은 노인의 탈을 쓰고, 부채와 방울을 들고 추는 춤. 직면(直面)에서 추는 것이 모미노 단(揉ノ段)이다. 가부키(歌舞伎)에서는 막이 열리면 제일 먼저 추는 축하의 춤을 말한다.
192) 검은 옷에 검은 두건을 쓰고, 무대에서 시중을 드는 사람.

주길 바란다는 의미이기도 하다. 소개가 끝나고 사라져 가는 '도자이 도오자이' 하는 소리에 겹쳐지면서 샤미센(三味線)이 전주(前奏)193)를 하기 시작한다.

　기다유부시(義太夫節)의 연창은 우선 연창자가 정면을 향해 정좌한다. 정좌할 때는 손바닥만 한 의자모양의 아이히키(合引)를 이용하는데, 이것은 엄지발가락을 굴절하고 배에서 강한 소리가 나오도록 하는 것이다. 등을 펴고 양손은 바르게 무릎 위에 놓고 양 어깨는 자연스럽게 취한다. 그리고 턱은 입 쪽으로 끌어당기고, 숨을 고르게 한다. 몸을 흔들어서는 안 된다. 샤미센에 맞추어 몸이나 손으로 박자를 맞추어서도 안 된다. 대본을 앞에 놓고 하지만 대본에 눈이 쏠리면 자세가 나빠지고 몸이 앞으로 구부러지기 때문에 빨리 문장을 암기하도록 해야 한다. 기다유부시의 경우 연창자의 연기동작은 기대할 수 없다. 정해진 장소에서 경직된 자세로 앉아서 하기 때문에 연기나 동작이 나올 수도 없다.

　기다유부시(義太夫節)는 샤미센의 음(音)으로 무대가 열리고 소나에(ソナエ)나 오쿠리(ヲクリ) 혹은 산주(三重)가 끝나면, 가타리를 중심으로 한 음악이 시작된다. 다유(太夫)가 그 단(段)의 장면이나 여기에서 시작되는 모노가타리(物語)를 암시하는 문장을 비교적 높은 음역에서 점차로 하강하는 선율로 읊어낸다. 유카혼(床本)에서는 이 부분이 대략 1페이지이고, 「가미이치마이(紙一枚)」, 「마쿠라(マクラ)」라고 부르는 중요한 부분이다. 이 문

---

193) 前奏에는 크게 나누어 네 종류가 있다.
　　a) 소나에(ソナエ)의 선율을 사용하는 경우. 소나에는 시대물(時代物)의 일단(一段) 모두(冒頭)에 사용되고, 엄숙하고 격식 있는 분위기를 표현한다. 조율을 목적으로 한 곡이다.
　　b) 오쿠리(ヲクリ)는 시대물과 세태물에서 이단(二段) 이후의 곡 첫머리나 일단(一段)의 안에서, 무대장치가 변하지 않고 다유(太夫)와 샤미센(三味線)이 교체할 때 사용한다. 장면의 끝에 오쿠리가 사용되면, 다음 장면이 오쿠리로 시작된다는 원칙이 있다. 마지막의 오쿠리와 처음의 오쿠리에서는 선율이 다르다. 오쿠리란 한 장면에서 다음 장면으로 보내는 것을 의미한다.
　　c) 산주(三重)
　　d) 비교적 짧은 전주(前奏)나 시시오도리(鹿踊り)의 선율로 시작되는 경우. 다른 민요 중에서 차용 선율을 사용하는 경우도 있다. 신사(神社)·불각(仏閣)·제례(祭礼) 등의 분주한 시작 부분에서 사용되고 있다.

장은 일곡일단(一曲一段)이지만 상당히 딱딱한 내용이다. 이 가미이치마이(紙一枚)에서 가장 기다유부시다운 선율과 창조(唱調)를 먼저 들려주게 된다. 다유가 부르려는 가타리의 기본적인 종류가 이 부분에 우선 나타난다.

일반적으로는 중고(中高) 음역에서 읊어내지만, 박절감(拍節感)은 적고 자유리듬적인 가타리로 점차 하강한다. 잠깐 중지하고, 다음에 고토바(言葉)의 악센트를 기본으로 하는 선율로, 그리고 소리를 그다지 길게 끌어당기지 않는 창조(唱調)가 계속한다. 그 사이에 때때로 샤미센의 짧은 선율형도 들리고, 단락의 끝 즈음이 되면, 다유의 선율은 약간 노래하는 타입이 되고, 샤미센이 2번현과 1번현을 동시에 한 번 치고 음악적으로 단락을 맺는다.

마지막은 '오오토시(大落シ)'와 같은 갑작스런 하강선율로 끝나고, 기분을 바꾸어 화려한 샤미센(三味線)의 박절적(拍節的)인 연주로 바뀌어 간다. 단(段)을 마무리하는 분위기는 총체적으로 극적이라기보다는 음악적 경향이 강하다. 지(地)를 주체로 하고 일부분은 고토바(詞)도 섞이지만, 이로(色)에 가깝거나 고토바노리(詞ノリ) 정도로 사실성을 잃게 된다. 마지막 음이 가까워졌을 즈음, 다유(太夫)는 독서대(見台)를 앞쪽으로 끌어들여 분라쿠 마와시(文楽廻し)의 원 속에 넣고, 다시 분라쿠 마와시가 회전하여 다유와 샤미센이 퇴장하고, 일단(一段)을 마친다. 다유는 이야기를 시작해 한 대목을 마칠 때에도 처음과 같이 두 손으로 대본을 받들어 올린다. 무사히 끝난 데 대한 감사와 잘 들어주신 손님에 대한 감사의 표현이다. 이상이 다유가 분장실에서 몸가짐을 할 때부터 무대에서 한 곡을 마칠 때까지 하는 예절이다.

이와 같이, 분라쿠(文楽)공연에 있어서, 무대는 조루리(浄瑠璃)가 아야쓰리(操り) 조루리로 변천하고 흥행장이 생기면서 의식을 갖추게 되었고, 의례를 행하듯이 진행된다. 일본의 경우는 17세기부터 작은 연습소(稽古所)가 있었고, 신사(神社)의 경내에서 행해지다가, 19세기 초에는 본격적으로 조루리를 공연하는 시바이 고야(芝居小屋)가 오사카와 교토 등지에 출현하였다. 고조루리시대부터 문자화한 정본(正本)이 존재하였으며, 또한 그림책(お伽草子)의 형식을 취하고 있었다. 하지만 가타리모노(語り物)의 문자화

는 많은 이야기를 정착하게 하고, 가타리 자체를 무색하게 하여, 스스로 딜레마에 빠져버리는 형국이 되기도 한다. 그래서 이야기 자체의 음곡성을 살리기보다는 극작가의 뛰어난 작법에 의존하게 된 것이다.

2. 창법과 극작술의 세련된 표출

1) 판짜기의 창법

　판소리 연행에 있어서 대표적인 표현양식은 소리·아니리·너름새·추임새가 있고, 이 중 소리와 아니리 부분이 판소리 구연방식의 핵심을 이룬다. 소리 부분은 가사와 극적인 흐름에 맞게 장단과 조(調)를 짜서 만든 성악곡이며, 이면에 맞게 소리하는 것이 전통적인 판소리의 이념이다. 즉, 판소리의 창은 장면을 확대 부연하여 정서적 긴장과 감흥을 유발시키는 구실을 한다. 그리고 창으로서 느리고 빠르며, 기쁘고 슬픈 선율을 통하여 음악적 감흥을 고조시키는 가운데 인물들의 대화나 서사적 스토리를 전달한다. 창자는 일정한 길이의 창을 한 다음에 아니리를 한다. 아니리는 시간의 흐름이나 장면의 전환 등 주로 이야기를 진행시키는 구실을 한다. 그리고 아니리는 장면과 상황을 설명하고, 목청을 쉬면서 재담을 곁들여 청중과 교감을 나눈다. 대개의 경우 창은 극적으로 긴장된 정황을 노래하고, 아니리는 창으로서 고양된 긴장을 풀어 주는 역할을 하는 경우가 많다. 즉 "긴장"과 "이완"의 반복 진행인 것이다. 창자는 소리판의 환경에 알맞게 즉흥성과 현장성을 발휘한다. 즉흥성과 현장성은 아니리 부분에서 더 자유롭다. 판소리는 창이 주가 되고 아니리는 종속적인 역할을 한다.194)

『춘향가』의 극적 상황의 유형에 따른 장단과 조의 짜임새를 살펴보면, 비참한 전경, 호소, 탄식에는 느린 장단에 슬픈 느낌을 주는 선율인 계면조(界面調)로 구성되고, 영웅적인 인물의 호탕한 거동 및 유유한 정경에는, 느린 장단에 화평정대(和平正大)한 느낌을 주는 우조(羽調)나 혹은 평조(平調)로 구성된다. 그리고 중간 속도의 중중모리는 슬픈 계면조, 화창한 평조, 구수한 추천목, 씩씩한 설렁제로 각각 그 상황에 맞는 조(調)로 구성되고, 수다한 사연들이 열거되거나 긴박하고 격동하는 일이 벌어지는 대목에는 빠른 장단의 자진모리에 그 상황에 맞는 조로 구성되는 것을 알 수 있다.195)

다음은 『춘향가』의 시작 장면을 판짜기의 창법을 중심으로 고찰해 보기로 한다. 『춘향가』는 이 도령이 방자에게 볼만한 승지강산(勝地江山)을 묻고 나서, 사랑이 꽃피게 될 광한루(広寒楼) 오작교(烏鵲橋)로 나들이를 가며 시작한다. 춘향이도 마침 오월 단옷날이라 그네를 타며, 봄을 만끽하고 있다. 꽃구경 나온 춘향과 이 도령은 서로 사랑이 싹트고 백년가약을 맺는다. 이 부분의 사설은 「기자사설」, 「기산영수」, 「남원경개풀이」, 「추천사설」, 「이 도령 인물치레」, 「춘향의 인물치레」, 「사랑가」 등으로 짜여진다.

『춘향가』는 춘향과 이 도령의 탄생에 대한 기자사설과 남원의 경치를 묘사하고, 적성가를 통해 봄의 기운을 전하면서 시작된다. 이 부분은 춘향과 이 도령의 사랑이 아름답게 꽃필 것을 예시하는 장면들로 가득하다. 먼저 「기자사설」의 긴 아니리가 있고, 우아하고 화려한 정경과 명랑한 심경을 표현하는 '중중모리'와 경쾌함이 지나치지 않도록 '우평조'로 짜여진 「기산영수」가 이어지며, 이곳저곳 명소(名所)를 소개한다. 청중은 그들이 살고 있는 땅을 벗어나는 일도 그다지 없었을 터이지만, 환상의 세계를 눈앞에 그리면서 언젠가

---

194) 김흥규, 「판소리의 서사적 구조」, 『판소리의 이해』, 창작과 비평사, 1978, 103-127면 참조.

195) 이보형, 「판소리 辭説의 劇的 狀況에 따른 長短調의 構成」, 『판소리의 이해』, 창작과 비평사, 1978, 180-200면 참조.

나도 한번은 가볼 수 있을까 하는 꿈을 꿀 것이다. 봄날의 유유자적한 나들
이를 계획하는 한가롭고 평안한 이 도령의 걸음걸이가 눈앞에 선하고, 선원
사와 한산사를 거쳐 목적지인 광한루(広寒楼) 오작교(烏鵲橋)로 향하는 모
습에 여유가 있다.

〔아니리〕

영웅열사(英雄烈士)와 절대가인(絶対佳人)이 삼겨날 제 강산정기(江山精
気)를 타고 나는디 군산만학부형문(群山万壑赴荊門)에 왕소군(王昭君)이 삼
겨나고 금강활이 아미수(錦江滑 峨嵋秀)에 설도문군탄생(薛涛文君誕生)이라.
우리나라 호남좌도(湖南左道) 남원부(南原府)는 동으로 지리산 서으로 적성강
(赤城江) 산수정기(山水精気) 어리어서 춘향이가 삼겼것다.

〔중중모리〕

'기산영수별건곤(箕山潁水別乾坤) 소부허유(巢父許由) 놀고 적벽강추야월
(赤壁江秋夜月)에 소자첨(蘇子瞻)도 놀았고 채석강명월야(采石江明月夜)의
이적선(李敵仙)이도 놀랐고 등왕각(藤王閣) 봉황대(鳳凰台) 문장명필(文章名
筆)의 자취라. 내 또한 호협사(豪俠士)로 동원도리(東園挑李) 편시춘(片時春)
낸들 어이 허송(虚送)헐거나 잔말 말고 일러라'

〔아니리〕

"도련님 분부 그러 하옵시니 낱낱이 여쭈리다."

〔중중모리〕

"동문밖 나가면 금수청풍(錦水清風)의 백구(白鴎)난 유랑(流浪)이요. 녹림간
(綠林間)의 꾀꼬리 환우성(喚友声: 벗을 부르는 소리) 제서 울어 춘몽을 깨우
난 듯 벽파상(碧派上) 떼오리는 왕왕(往往)이 침몰하여 은린옥척(銀鱗玉尺)을
입에 물고 오락가락 노난 거동 평사낙안(平沙落雁)이 분명허고 선원사(禅院寺)
쇠북소리 풍편에 탕탕 울려 객선의 떨어져 한산사(寒山寺)도 지척인 듯 석춘
(惜春)하는 연소들은 혹선 혹후 어깨를 끼고 오락가락 노는 거동 도련님이 보
셨으면 외도 할 마음이 날 것이요. 남문 밖을 나가오면 광한루(広寒楼) 오작교
(烏鵲橋) 영주각(瀛洲閣)이 있사온디 삼남 제일 승지니 처분하여서 가옵소서."

〔아니리〕

"늬 말을 듣더라도 광한루가 제일 좋구나. 광한루 구경가게 나귀 안장 속히

지어 사또님 모르시게 삼문 밖에 대령하라." "예이"

『晩汀唱 春香歌』

「기산영수」는 『춘향가』의 배경이 된 호남좌도 남원부의 아름다움을 소개하는 대목이다. 전라도 남원의 부사가 되어 임시에 부임한 아버지를 따라 내려온 이몽룡이 옛 선비들이 경치 좋은 곳에서 놀았음을 '~에서는 ~가 놀고'라는 식으로 '공식적 표현 단위'[196]를 다섯 번이나 쓰고 있다. 이에 방자도 '~을 나가오면~이 있사온디'라고 남원의 선경을 들어 상투적으로 답한다. 여기에 나타나는 열거와 반복은 이몽룡이 나들이 가는 것에 대한 합리화를 획정히는 방식이다. 그리고 "중중모리+우·평조루 구수하고" 화기에 차 사연을 이야기하고 있다.[197]

판소리 사설은 아니리와 창(소리)으로 구성되어 있다. 그리고 여기에 조(調)와 장단을 맞추어 이를 교체·반복하는 것이 판소리의 서사적 구조가 지닌 독자적인 판짜기의 원리다. 아니리로 시작되는 「영웅열사와 절대가인」은 소리꾼도 청중도 이완된 마음으로 주변경치를 떠올리며 소리를 들을 준비를 하면 된다. 다음으로 이어지는 중중모리의 「기산영수」에서는 쉽게 가볼 수 없는 별천지 같은 내용의 창이 들리면 당연히 긴장하면서 집중하게 되지만, 설령 들리는 창을 이해하지 못한다 해도 그 장단에 따라 흥겨우면 된다.

그리고 방자의 아니리로 이 도령과의 대화체 표현방식을 빌어 일단 그 긴장에서 해방되고, 다시 '중중모리'의 창이 이어지면서 판소리 한마당의 배경이 되는 광한루 오작교로 들어간다. 이는 또한, 작가가 누구인지 알 수는 없지만, 작가의 의도적인 요소가 들어 있으며, "호남지역이 판소리 전승의 중요한 창고이고, 『춘향가』나 『흥보가』와 같은 작품의 탄생 배경이 된다."[198]는 점을 밝힌 것에도 의의가 있다.

---

196) 전경욱, 『춘향전 작품군 가요의 형성과 기능』, 고대박사학위논문, 1988, 56면 참조.
197) 이보형, 위의 책, 189면 참조.
198) 유영대·정양, 「전북 판소리의 전승에 관한 조사연구」, 『판소리 연구』제2집, 판소리학회, 1991.

다음은 이 도령과 춘향이의 「사랑가」이다. 「사랑가」는 청중의 흥미를 가장 많이 끄는 대목이며, 한시구(漢詩句)로 차용하다가 점차 골계적인 표현을 거쳐, 사랑하는 남녀의 정(情)을 노래한다. 상투적인 삽입가요로 짜여진 업음질 놀이는 "'중중모리＋우·평조'로 즐겁고 흥겹게 벌어지는 정경과 애틋한 사랑의 분위기를 잘 구현하고 있다."[199)]

〔아니리〕
"늙은이 말은 그리 헐 법허나 장부 일구이언 할 리 있나 불충불효 하기 전에 더 바라지 안 할 것이니 허락해 주게" 춘향모 간밤에 몽조가 있었난디 용꿈을 꾸었는지라 하날이 내리신 인연으로 생각하고 이면에 허락하였것다. (중략) 이몽룡 필서(筆書) "자 이만허면 되었지?" (중략) 그날밤 정담이야 서불진해(書不盡解)요 언불진해(言不盡解)로다. 하루 이틀 오륙일이 넘어가니 나이 어린 사람들이 부끄럼은 훨씬 멀어 가고 정만 담북 들어 사랑가로 노난디.
〔진양조〕
사랑 사랑 내 사랑이야 어허 둥둥 내 사랑이지. 만첩청산(万疊靑山) 늙은 범이 살찐 암캐를 물어다 놓고 이는 다 담쑥 빠져 먹들 못허고 으르릉 아앙 넘노난 듯 단산봉황(丹山鳳凰)이 죽실(竹実)을 물고 오동(梧桐) 속의 넘노난 듯 구곡청학(九曲靑鶴)이 난초를 물고 송백(松柏)간의 넘노난 듯 북해 흑룡이 여의주를 물고 채운간의 넘노난 듯 애 사랑 내 알뜰 내 간간이지야 오호 둥둥 늬가 내 사랑이지야 (중략) 좋을 호(好)자로만 놀아 보자.
〔아니리〕
오늘같이 즐거운 날 사후 말씀만 하시나이까? 그럼 업고도 놀고 정담도 하여 보자.
〔중중모리〕
이리 오너라 업고 놀자 사랑 사랑 사랑 내 사랑이야 사랑이로구나 애 사랑이야 이이이 내 사랑이로다 (중략) 아마도 내 사랑아.
〔아니리〕
"이 애 춘향아 나도 너를 업었으니 너도 날 좀 업어다고" (중략) 춘향이도

---

199) 이보형, 위의 책, 188-189면.

아조 파겹(破怯)이 되어 낭군짜로 업고 노난디.

〔중중모리〕

　둥둥둥 내 낭군 오호 둥둥 내 낭군 도련님을 업고 노니 좋을 호자가 절로나 부용 작약 모란화 탐화봉접(探花蜂蝶)이 좋을시고 (중략) 진정으로 완정(玩情: 정을 나누다) 허잔 그 정(情)자 노래다.

『晩汀唱 春香歌』

먼저 아니리로 이 도령과 춘향모 월매의 구수한 기 싸움이 벌어진다. 이 도령은 이미 춘향에게 마음을 빼앗긴 터이고, 눈치 빠른 월매는 간밤의 꿈자리도 좋았기에 이 도령에게 필서를 하여 언약의 증서라도 남기도록 밀어대는데, 두 사람 모두 이면에는 설렘이 감춰져 있다.

도령과 춘향이 술 한 잔씩을 나누어 마시니, 마음은 이미 혼인한 것과 다를 바가 없다. 그리고 이어지는 '진양조'로 서서히 「사랑가」가 시작된다. 이 「사랑가」는 이 도령과 춘향이가 대화체의 형식을 취하고 있고, 이로 인해 한층 흥겨운 분위기를 연출한다.

즉, '~이 ~을 물어놓고, ~하듯'이라는 공식적 표현 단위를 반복하여, 서로 안고 누워 뒹굴며 사랑하는 모습을 적나라하게 묘사하고 있다. 이 도령이 '너는 죽어 ~이 되고, 나는 죽어 ~이 되어'라고 반복한다. 이에 대해, 춘향은 '~되기는 내사 싫소'와 같은 계속해서 열거 형식의 공식화된 표현을 쓰면서 노래를 이어가고, 같은 음절에 의해 리듬감을 조성하고 있다. 새침하기만 하던 춘향이도 업어달라고 정겹게 투정을 부린다. 그리고 다시 빠른 장단의 '중중모리'로 흥겨운 업음질 놀이를 하며 부르는 노래에서도 상큼한 과일과 싱그러운 춘향이의 자태를 대조하며 확장된 장면을 묘출해 낸다. '아니리'와 '중중모리'가 이어지면서 '쉬었다 놀았다'를 거듭하는 흥겨움이 연속된다. "호(好)자로만 놀아보자"든지 "정(情)자 노래다"느니 중요한 의미를 담고 있는 호(好)자나 정(情)자를 강조하여, 그 사랑의 분위기를 전개해 간다.

2) 세태물(世話物)의 극작술

조루리는 각 단(段)을 담당하는 다유의 특색을 기초로 해서 표현양식이 달라진다. 등장인물의 성격은 목소리의 높고 낮음 혹은 속도나 억양으로 아이, 무사, 노인, 여자 등을 구분하여 표현하고 있고, 이러한 표현양식은 '~다움(らしさ)'을 추구한다. 그래서 극작가에게는 이러한 표현양식을 감안한 작극법(作劇法)이 요구되며, 다유는 등장인물의 특징을 잡아 감정을 넣는 데 중점을 두게 된다.

지카마쓰 몬자에몬의 작풍은 무엇보다도 우선 인물의 정확한 묘사에 힘을 들이고, 말씨에도 신중을 기하고 있는 것이 역력하다. 무사는 무사답게 묘사하고, 슬픈 장면을 묘사하는데도 그저 '슬프다'라든가 '가련하다'라고 적는 것이 아니고 듣는 사람으로 하여금 자연히 눈물을 흘리게끔, 상황 설정에 주력한다. 지카마쓰는 살아 숨쉬는 말로 인간 사회의 모순이 자아내는 악(惡)을 파고들어 인간의 참모습, 나약함을 애정 어린 눈초리로 관찰했던 것이다.

근세의 일본 사회는 사농공상(士農工商)이라는 사민제도(四民制度)가 확립되어 있었다. 천민은 이 사민 밖에서 움츠리고 생을 유지하고 있었다. 지카마쓰는 사민의 가장 하층에 속하는 상인들의 세계를 주로 다루었다. 조루리의 관객층은 상인계급이 대부분이었는데, 당시는 상인들이 유통 경제의 발달과 더불어 점차로 실력을 쌓아가고 있었던 시기였던 만큼 관객의 입장에서는 자기들 세계의 일처럼 여겨 감명깊게 받아들인 것이다.

지카마쓰는 엄격한 봉건사회의 쇠사슬에 묶여 자유롭지 못했던 사람들, 인간적인 자각과 애정을 가진 탓으로 멸망의 길을 걸어가야만 했던 사람들에 대해 항상 따뜻한 눈길을 쏟고 있었다. 그래서 버림받고 냉대를 받는 유곽의 유녀들도 지카마쓰의 문장이 가해지면 청순하고 애정이 가득찬 여성으로 거듭나고, 사람들은 그녀의 숙명에 동정을 아끼지 않게 되었다. 작품 밑바닥에 흐르는 인간적인 정감에 항간의 서민들은 공명하고 공감한 것이다.

조루리 중에서도 지카마쓰가 힘을 기울인 것은 세태물이다. 의리와 인정의 상극에서 일어나는 비극이 그의 아름다운 문장을 통해 미화되었으며 사람들에게 위안을 안겨 주었다. 그는 일찍이 "위안은 허(虛)와 실(實)의 피막(皮膜) 사이에 존재한다."고 간파했다. 즉 허구와 사실 사이의 경계선상에 예술의 진실이 있다는 이론이다.

조루리는 원래 장편의 이야깃거리이지만, 그중 서사적인 조루리 시쇼(詞章)의 운문적이고 가요풍으로 부르는 부분을 보통 후시고토(節事)라고 하는데, 여기에는 게이고토(景事)200)와 미치유키(道行)가 있다. 이 부분을 독립해서 부르면서, 점차 여러 가지 조루리계 가요를 발생시키게 된다. '게이고토'를 읊을 때는, "아주 우아한 풍으로 하는 것이 좋다. 음의 높고 낮음·모음의 늘어남201)에 마음을 가다듬고 정신을 집중하지 않으면 선율이 정확하지 않은 상태가 된다. 읊을 때도, 시테(シテ)·와키(ワキ)의 소리가 섞여서 말을 알아듣기 어렵게 된다."고 한다.202) 우지가가노조(宇治加賀掾)는 이것을 그윽하게 표현하는 의미에서 유겐(幽玄)이라고 설명하고 있다.

『소네자키신주』의 「관음순례」는 마이(舞)의 성격을 가진 장면으로 가타리가 없이 샤미센의 음곡에 따라 움직이는 부분이고, 기카세바(聞かせば)로 손꼽히는 유명한 장면이다. 주인공 오하쓰는 실제로는 신주(心中) 사건으로 이미 죽은 인물이고, 극 속에서는 죽게 될 운명의 유녀로 각본에 짜여져 있다. 「관음순례」는 오하쓰의 혼을 불러서 위로하는 성격을 담고 있는 진혼가

---

200) 게이고토(景事)라는 말은 이로고토(色事)·누레고토(濡れ事)·우레이고토(愁い事)·아레고토(荒事) 등과 같은 유형을 말하고, 본래는 풍경의 정(情)을 읊으며 부르는 예사(芸事)의 뜻이다.

201) 우미지(産字)는 우타이(謡), 조루리(浄瑠璃), 나가우타(長唄) 등의 일본의 음곡(音曲)에서, 1음절을 길게 늘여 노래하는 경우의 모음 부분을 말함.

202) 随分雲上なるがよし. 節のこもりたるものなれば, 音の甲乙·産字の運びに心をつけねば, 連れて語るときなど, シテ·ワキの声入り交りて, 文句のあやちわかり難きものなり」〈改正両節弁大全〉

이다. 여기에서 오하쓰는 현재의 심경이나 희망을 어렴풋이 내비친다. 그리고 우타이(謠)와 함께 오사카 33곳의 관음영장(觀音靈場)을 통해 음곡(音曲)과 무용(舞踊)으로 그 분위기를 묘사하는 것이 특징이다. 지카마쓰의 뛰어난 극작술이 돋보이는 장면이다.

〔우타이(謠)〕

참으로 극락세계에서 지금 이 세상에 나타나, 우리들에게 자비를 베풀어 주시는 관세음의 덕은, 우러러 보아도 (중략) 라고 우타이(謠)에도 있는 것처럼, 관세음의 덕은 우러러 보아도 높고도 높다. 옛날에 높은 전각에 올라서, 인덕천황(仁德天皇)이 백성의 번성함을 약속하신 오사카(大阪)의 33곳의 관음의 영장(靈場)을 순례하면, 죄도 사라진다고 한다. 때마침 여름이라서, 무더위에 견디기 힘들어 빨리 가마에서 내리려고 하는 여자가 있다. 바라보니 눈 안에 사랑을 듬뿍 담은 아직 18,9세의 아름다운 여자다. 지금 피기 시작한 꽃봉오리처럼 곱고, 일부러 양산은 쓰지 않았지만, 태양신도 남자이니 설마 그 아름다움을 모르고 여자가 햇볕에 타는 일은 없을 것이다. 기원하면서 돌아다니는 오사카의 순례도(巡礼道)는 서쪽 나라 33곳의 순례에도 필적할 만하다고 하니, 고마울 뿐이다.

^謠げにや安楽世界より，今この娑婆に示現して，我等がための観世音，仰ぐも高し．高き屋に，上りて民の賑ひを，契りおきてし難波津や，^{スエテ}見つづゝ十とみつの里，札所々々の霊地霊仏．^{オクリ}巡れば，罪もなつの雲，あつくろしとて，駕籠をはや，おりはのこひ目，三六の，十八，九なるかほよ花，今咲き出しの，初花に，^{ハルブシ}笠は着ずとも，召さずとも，照る日の神も男神，よけて，日負けは^{ブシ}よもあらじ，頼みありける順礼道，四国三十三所にも^{中オクリ}向ふと，聞くぞ有難き，

『曾根崎心中』

『소네자키신주』의 「관음순례」는 가요(謠)와 33곳의 절의 순례로 짜여져 있다. '가요'는 노(能) 『다무라(田村)』의 우타이(謠)에서 가져온 것이다. 우타이는 다무라 전설을 환기시켜 주고, 다양한 장면에 대한 합의를 전제로 한다. 다무라 전설은 유명한 기요미즈테라(清水寺)의 관음연기(観音縁起)를 시작으로, 여러 개의 전설이 복잡하게 얽혀 있는 노래다. 물론 1703년의 관객들에게 그 장면이 얼마만큼 인식되어 전해졌는지는 알 수 없지만, 적어도 관음의 모습만큼은 강렬하게 떠올릴 수 있는 것으로 보인다. 그리고 『다무라』를 내세운 이유 중에는 관음과 오하쓰의 모습을 오버랩(over-lap)하는 형식으로 연관 지어 보이기 위한 것이다.

『소네자키신주』는 최초의 신주모노(心中物)이고, 「관음순례」는 당시 노(能)를 비롯한 많은 예능의 영향하에 이루어진 발상이다. 가부키(歌舞伎)의 시작(出端) 부분에서 유행하던 양식을 모방하고 있다. 뒤에 이어지는 작품에서는 이러한 형식을 취하지는 않는다.

고조루리가 서사적(叙事的)이며 줄거리 중심이었고, 인형을 묘사적으로 움직일 수 없었던 것에 대해, 지카마쓰의 세태물에서는 장면적·무대적으로 발전하여, 희곡적 요소를 가지고 온다. 지카마쓰는 그의 세계를 민요나 가요를 받아들여 풍요롭게 하고, 민중의 생활감정을 단편적으로 표현한 그들 가요를 가타리 속에 취함으로서, 그가 묘사한 세계는 민중의 생활 속으로 생생하게 밀착할 수 있게 된다.

관음은 생사의 고해(苦海)에서 중생을 구제하고, 해탈하게 하는 부처님으로 널리 신앙되어 왔고, 사자의례(死者儀礼)에도 관여했다. 게다가 관음은 무녀의 귀의불(帰依仏)·호지불(護持仏)로서 주력(呪力)의 근원으로도 간주되었다. 이러한 발상이 있었기에 오하쓰의 초혼(招魂)·진혼(鎮魂)은 「관음순례」를 매개로 하지 않을 수 없었던 것이다. 소네자키의 숲에서 숨진 오하쓰는 그 후 근사하게 성불하게 된다. 즉 「관음순례」는 진혼·성불의 시간을 걷는 미치유키(道行)이다. 따라서 「관음순례」는 죽은 자의 영(靈)을 내리게 하는 동시에 순례이며, 근세에는 극화(劇化)한 종교적인 미치유키(道行)였다고 할 수 있다.

「관음순례」와 후반부의 「신주의 미치유키」는 불교의 윤회사상과 같이 서로 연결되어 있다. 즉 두 개로 나뉘어져 있으면서, 사실은 하나의 역할을 한다. "「관음순례」가 서(序)의 성격을 갖추고, 파(破)에 해당하는 「이쿠다마의 장」과 「덴마야의 장」을 불러오는 것에 대해, 「미치유키」는 그 파(破)를 받는 급(急)이라고 할 수 있다.

'순례의 미치유키'와 '신주의 미치유키'는 사랑과 죽음이라는 공통의 내용과, 미치유키라는 공통의 양식으로 성립한다. 그래서 「미치유키」에서 죽은 오하쓰가 「관음순례」에서 다시 살아나는 구도가 지카마쓰의 극작술에 의해 만들어진 것이다.

『소네자키신주』는 표현형식으로서는 서사시적 요소를 다분히 유지하면서, 이 서사시적 요소를 통해 고도의 문학성을 묘출해 내고 있다. 당시의 지카마쓰의 작품은 희곡의 구조가 아니라 기존의 상연형식에 의존하고 있고, 전대(前代)의 예능이 내포하고 있던 진혼의식이 강하게 담겨 있는 것이다. 이와 같이 지카마쓰의 작품은 내용은 드라마이면서 형식은 서사시라는 균형을 유지하고, 그 서사시는 일찍이 중세적 민간전승의 단계를 넘어, 한 작가의 개성에 의한 근세적인 문학작품으로 승화되었다.

3. 극의 양식성과 미의식

1) 이면 그리기의 조화로운 바탕

『춘향가』의 사설은 정형화되어 있다. 『춘향가』를 듣는 대다수의 청중이 그 줄거리를 이미 알고 있다. 그래서 일반적인 극처럼 극적인 국면을 호기심을 가지고 기다리거나 긴장감을 가지고 듣는 것은 기대하기 어렵다. 오히려 극적인 국면이 해학과 유머로 펼쳐지는 경우가 많고, 이것이 판소리의 특성이라고 할 수 있다. 그 관심의 대상은 『춘향가』가 어떤 음악성을 가지고 들려주는가에 달려 있고, 그 소리는 같은 대목이라 할지라도 시간과 장소, 그리고 어떤 창자에 의해 불리는가에 따라 달리 표현될 수 있다.

바꿔 말하면, 이것은 곧 청중이 창자에 의해 그 이야기가 어떻게 구체화될 것인가에 관심을 가지고 듣는다는 것이다. 왜냐하면 판소리에서 소리는 이야기의 내용에 따라 이면을 그리면서 표현하는 상징적 역할을 하기 때문이다. 창자가 이면을 그린 후에는 장단과 조의 배합에 의해 판을 짠다. 그래서 등장인물의 대화보다는 한 부분을 이루는 장면에 초점이 맞추어진다.

이러한 과정을 거쳐 잘 짜여진 판은 곧 판소리의 미의식을 보여줄 수 있는 장면으로 창출된다. 『춘향가』의 내표적인 장면으로는 일반적으로 「이별가」, 「사랑가」, 「십장가」, 「어사출도」 대목 등을 들 수 있는데, 여기에서는 「이별가」와 「십장가」 대목을 통해 그 미의식을 고찰해 보기로 한다.

『춘향가』의 이별대목은 극적 전개로 보면, 그다지 변화가 없고 단조로우며 정적인 부분이지만, 장단과 조를 짜서 그 분위기를 잘 살리고 있는 것이 특징이다. 김소희 「이별가」는 서편제인 정정렬제 소리를 그 근간으로 하여 구성한 것으로 알려져 있다.[203) 춘향이와 이 도령의 사랑의 분위기가 고조에 다다르고, 곧바로 이어지는 이별의 사연은 더 큰 좌절감을 느끼게 한다. 이때의 「이별가」를 애절한 계면조로 부르는 것은 춘향이의 한 맺힌 설움을 표현하기에 충분하다.

〔아니리〕
　"오 그럼 나는 서울 같이 못가고 이별하자는 말씀이요 그려." "춘향아 양반의 법은 무슨 법인지 미장가 전에 외방착첩 하였다허면 사당참말도 못허고 벼슬길 끊어지고 족보에 이름을 들린다니 지금은 섭섭허나 아마도 훗 기약을 둘 수밖에 없다." 춘향이가 이 말을 듣더니 사생결단을 하기로 드는디,

---

203) 정병욱, 『한국의 판소리』, 집문당, 1981, 145면 참조.

〔진양조〕

분 같은 고개는 제절로 숙여지고 구름같은 머리가닥 시사로 흘러지고 앵도같이 붉던 입술 외꽃같이 노래지고 샛별같은 두 눈은 동튼 듯이 뜨고 도련님만 무뚜뚜름히 바라보며 말못허고 기절을 허니 도련님이 겁이나서 춘향의 목을 부여안고, "춘향아 정신 차려라! 내가 가면 아주 가는게 아니다." "무엇이 어쩌고 어째요 지금 하신 그 말쌈이 참말이요 농담이요. 이별말이 웬말이요. 답답허니 말을 허오. 우리 당초 언약헐 제 이별하자 말하였소. 작년 오월 보름날의 소녀 집을 찾아와서 도련님은 저기 앉고 춘향 나는 여기 앉어 천지로 맹세하고 일월로 증인을 삼어 상전이 벽해되고 벽해가 상전이 되도록 떠나 사지 마자더니 말경(末境)의 가실 때는 뚝떼여 바리시니 이팔청춘 젊은 년이 독수공방 어이 살으라고 못허지 못해요. 공연한 사람을 사자 사자 조르더니 평생 신세를 망치요 그려. 향단아 건너방 건너가서 마나님께 여쭈어라 도련님이 떠나신다니 사생결단 헐란다 마나님께 여쭈어라."

『晚汀唱 春香歌』

이 도령이 이별해야만 하는 궁색한 변명을 늘어놓기 시작한다. 이에 춘향이는 이별의 말에 사생결단으로 대들다가 분을 삼키지 못하고 "분 같은 고개는 제절로 숙여지고 구름 같은 머리가닥 시사로 흘러지고 앵두같이 붉던 입술 외꽃같이 노래지고 샛별 같은 두 눈은 동튼 듯이 뜨고 도련님만 무뚜뚜름히 바라보며 말 못 허고 기절을 허니" 광한루에서 본 새침한 요조숙녀인 춘향의 모습은 어디에도 없다. 마치 월매의 대사처럼 느껴진다. 여기에서 오히려 춘향의 생동감 있는 한 인간의 모습을 볼 수 있고, 춘향이의 태도는 현실적이고 사실적인 심정을 잘 전달해 준다. 진양조장단에 계면조가 조합된 대목으로 춘향이 신세타령을 하며, 이 도령에게 조목조목 따지고 드는 것이 참으로 호소력 있는 장면이다.

〔아니리〕

그 때의 춘양모는 초저녁잠 실큰 자고 한밤중으 일어나서 살림살이 궁리허느라고 비몽자몽허는 판에 춘향 방으서 '아이고 지고' 울음소리가 나니 사랑싸움난 줄 알고 쌈 말리러 나오것다.

〔중중모리〕

　춘향모친이 나온다, 춘향 어머니 나와. 건넌방 춘향모 허던 일 밀떠리고 상추머리 행자치마 모냥이 없이 나온다. (중략)

〔중모리〕

　춘향이 여짜오되, "아이고 엄마, 우지 말고 건넌방으로 가시오. 도련님 내일은 부득불 가실테니 밤새도록 말이나 허고 울음이나 실컷 울고 보낼라요." 춘향어모 기가 맥혀, (중략)

『晩汀唱 春香歌』

춘향모는 내심 사랑싸움마저도 흐뭇해하는 마음이 있었는데, 이 도령과 생이별을 해야 한다는 소리에 기가 막히고 숨이 막힐 지경이다. 중중모리에 계면조로 슬픔을 이기지 못하여 몸부림치며 처절하게 원망 섞인 통곡을 하는 월매는 춘향이 당사자보다도 더 절박한 심정인 것 같지만, 그 이면에는 어떻게든 춘향과 이 도령을 맺어보려는 어머니의 심정이 담겨 있다. 이를 아는지 모르는지, 춘향이는 이지적이고 이성적인 본성으로 돌아와 어머니도 안정시키고, 곤란한 입장에 처한 이 도령도 생각해 주며, 또한 그나마 짧은 시간이라도 도련님과의 애틋한 시간을 가지려고 지혜를 모은다.

〔아니리〕

　동방이 히번이 밝아오니, 방자 충충 들어서며(중략)

〔창조〕

　도련님이 하릴없어 방자 따라가신 후어 춘향이 허망하야, "향단아, 술상 하나 차리어라. 도련님 가시는디 오리정에 나가 술이나 한 잔 드려보자."

〔진양조〕

　술상 차려 향단 들려 앞세우고 오리정 농림숲을 울며불며 나가는디, 치마자락 끌어다가 눈물 흔적을 씻치면서 농림숲을 당도허여 술상 내려 옆에다 놓고 잔디땅 너른 곳에 두 다리를 쭉 뻗치고 정강이를 문지르며, "아이고 어쩔거나, 이팔청춘 젊은 년이 서방 이별이 웬일이며, 독수공방 어이 살고, 내가 이리 사지르 말고 도련님 말굽이어 목을 매여서 죽고지고."
〔자진모리〕

　내행차(內行次) 나오난디 쌍교를 어루거니 독교를 어루거니 쌍교 독교 나온다.(중략)

〔중모리〕

　도련님이 이 말을 듣더니 말 아래 급히 내려 우루루루 뛰여가더니 춘향에 목을 부여안고, "아이고, 춘향아! 니가 천연히 집에 가 앉어 잘 가라고 말허여도 나으 간장이 녹을 텐디, 삼도 네거리에 쩍 버리진 데서 네가 이 울음이 웬일이냐!" 춘향이가 기가 맥혀, "도련님, 참으로 가시요그려, 나를 아조 죽여 이 자리어 묻고 가면 여영 이별이 되지마는, 살려두고 못 가리다. 향단아! 술상 이리 가져오너라." 술 한 잔을 부어들고, "옛소 도련님, 약주 잡소. 금일송군수진취(今日送君須盡醉)니 술이나 한 잔 잡수시오" 도련님이 잔을 들고 눈물이 듣거니 맺거니, "천하에 못 먹을 술이로다. 합환주(合歡酒)는 먹으려니와, 이별허자 주는 술은 내가 먹고 살어서 무엇허리!" 삼배를 자신 후어 춘향이 지환(指環)벗어 도련님께 올리면서, "여자의 굳은 절행 지환 빛과 같은지라 이토(泥土)에 묻어둔들 변할 리가 있오리까!" 도련님이 지환 받고 대모색경(玳瑁石鏡)을 내어주며, "장부의 밝은 마음 거울빛과 같은지라, 날 본 듯이 니가 두고 보아라!" 둘이 서로 받어넣더니 떨어질 줄을 모르고 있을 적으, 방자 보다 답답허여라고, "아 여보시오, 도련님. 아따 그만 좀 갑시다." 도련님 하릴없이 말 우어 올라타니, 춘향이 정신을 차려 한 손으로 말고삐를 잡고 또 한 손으로 도련님 등자 디딘 다리 잡고, "아이고 여보 도련님, 한양이 머다 말고 소식이나 전하여주오!" 말은 가자 네 굽을 치는디 임은 꼭 붙들고 아니 놓네.

『晚汀唱 春香歌』

　이제 더 이상 지체할 수도 없는 시간이 되자, 춘향이는 이 도령과의 이별주를 준비한다. 진양조에 계면조가 어우러져, 비애에 잠겨 애절히 탄식하는 춘향이의 앞에 분주하게 길을 나선 이 도령 일행을 자진모리에 우평조로 노래한다. 이때, 중모리에 계면조로 이 도령과 춘향이의 이별을 안타까워하는 애절한 정경이 벌어지고, 춘향은 어머니 앞에서와는 달리 필사적으로 매달린다. 다시 곧 떠나버릴 도련님과의 이별이 긴박해지자 조바심을 내는 춘향이의 상황이 잘 그려져 있다. 춘향과 이 도령은 합환주를 마시고, 먼저 춘향이 지환(指環)을 벗어 도련님께 올리며 굳은 절개를 약속하니, 이 도령은 자신의 맑은 마음을 믿어주기를 바라며 거울을 건넨다.

말 한 마디 한 마디가 안타깝고 애달프지만, 춘향은 합환주도 마시고, 신물 교환도 하고, 드디어 이 도령과 혼례를 치룬 것과 다름이 없다. 그리고 아무 정황이 없을 터인데도, 춘향이는 이 도령에게 편지를 잊지 말라고 당부까지 한다. 슬픔이 전개될 때에도 언제나 이면에는 밝은 희망이 있고, 입으로 원망을 털어놓으면서도 언제나 갈 길을 열어주는 너그러움이 있다.

〔자진모리〕
저 방자 미워라고 이랴 툭 차 말을 몰아 다랑다랑 훨훨 넘어가니 그 때어 춘향이난 따라갈 수도 없고 높은데 올라서서 이마 우어 손을 얹고 도련님 가시는 디만 뭇두뚜루미 바라보니 가는대로 적게 뵌다. 달만큼 보이다, 별만큼 보이다, 나비만큼, 불티만큼, 망종 고개 넘어 아주 깜박 넘어 가니, 그림자도 못 보것네.
〔중모리〕
그 자리 퍽석 주저앉더니 퍼버리고 앉아 설히 운다.
"가네 가네 허시더니 인자는 참 갔구나. 아이고 내일을 어찌여! 집으로 가자 허니 우리 도련님 안고 눕고 노든 디와 오루내리며 신 벗든 디 옷 벗어 걸든 디를 생각나서 어찌 살거나. 죽자허니 노친이 계시고 사자허니 고생이로구나. 죽도 사도 못허는 신세를 어찌허며는 옳을거나!"

『晩汀唱 春香歌』

이처럼 진양조, 중모리, 중중모리, 자진모리로 이어지는 소리 속에는 애절 통곡을 하다 탄식을 하는 춘향이의 심정이 잘 그려져 있다. 춘향이는 이제 이 도령이 보이지 않게 되자, 조금 전에 용을 쓰던 힘은 다 없어지고, 중모리에 계면조로 슬프고도 슬픈 처지를 표현할 길조차 없게 되어버린다. 그래도 효녀 춘향은 모친을 그리며, 다시 살아야 할 이유를 만들고 있고,

그 이면의 이면에는 언젠가 다시 이 도령과 만날 수 있을 거라는 희망도 가지고 있다.

2) 섬세한 감성의 극적 장면

『소네자키신주』는 기다유부시 음악의 형태와 지카마쓰 몬자에몬의 문장의 양식을 취하면서 진행된다. 먼저 다케모토 기다유에 의해 조루리 음악이 풍성하게 되었고, 그에 잘 어울리는 극작가 지카마쓰와의 합작으로 조루리의 비약적인 발전이 있었던 것은 분명하다. 지카마쓰시대에는 인형조종사가 기모노의 옷자락에 손을 넣고, 7, 80㎝(二尺五寸) 정도의 인형을 높이 치켜들고 보여주었다. 그래서 지금의 삼인 조종(三人遣い)의 인형극에 비하면 그 연기는 유치한 것으로, 사실적인 연기는 거의 불가능하다. 즉, 다유가 샤미센의 반주에 의해 부르는 조루리가 연희의 중심이었다고 할 수 있다. 들려주기 위한 작품이었던 것이다.

그리고 당시의 기다유는 흥행주(座元)이고, 지카마쓰는 전속작가였다. 이때, 기다유의 뛰어난 음악성과 지카마쓰의 천재적인 극작술은 정점에 도달해 있었다. 하지만 『소네자키신주』는 인형극이며, 서민의 삶의 현장을 보여주는 세태조루리이다. 그동안 가장 천시받아 온 인형조종사 중에서, 그 대표적인 명인 다쓰마쓰 하치로베(辰松八郎兵衛, ?-1734)의 기술이 부각되기 시작하는 것을 보여주는 장면이 『소네자키신주』의 무대도(舞台図)204)에 남겨져 있다.

---

204) 山田庄一, 『文楽』, ぎょうせい, 1990, 49면.

[觀音廻り図]

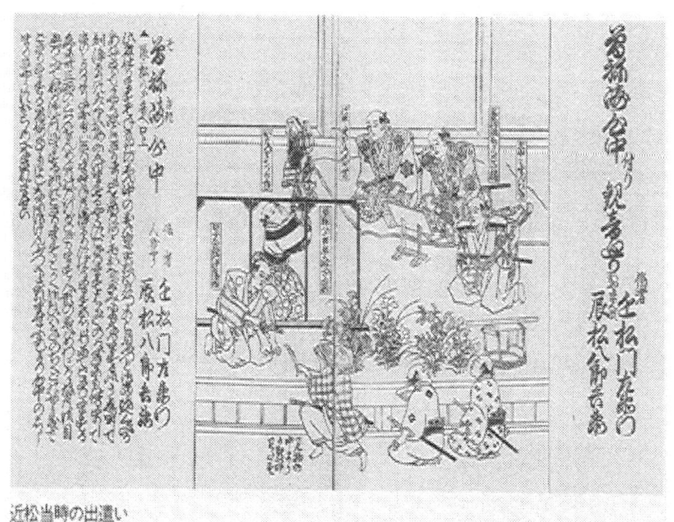

이 그림은 지카마쓰의 작품이 어떻게 연행되었는지를 고찰할 때의 기본
자료이며, 많은 문제를 포함하고 있는 그림이다. 먼저, 그림 왼쪽에 게재된
것처럼 인형조종사인 다쓰마쓰(辰松)의 인사말(口上)205)이 있다. 그 내용
은 지카마쓰가 오사카로 왔을 때 들은 사건을 조속히 조루리로 구성한 것이
며, 이러한 사건을 무대화하는 것은 가부키(歌舞伎)에서는 진귀하지 않지만
조루리로는 처음이라는 것을 이야기했다. 그리고 서(序)에 해당하는 「관음
순례」를 다쓰마쓰 자신이 인형을 조종한다는 것을 알리고 있다.

이것은 작품화 과정을 아는 데도 중요한 자료이지만, 인사말을 직업으로
하는 고조닌(口上人)도 그려져 있고 흥행주인 다케모토 기다유가 있는데도,
모습을 감추어야 할 인형조종사206)가 인사말을 한 것에 의혹을 가지게 한

---

205) 고조(口上)는 인사말의 의미로, 줄거리나 흥행 순서 등을 말하는 것이다.
206) 인형조종사는 구로고(黑衣)와 같이 검은 복장을 하고 있다. 인형을 돋보이게 하
기 위한 것인데, 현재의 분라쿠(文楽)에서는 오모즈카이(제 일인자)가 화려한 기
모노를 입고 나온다. 즉 인형조종사의 위상이 그만큼 높아져 있다는 것이다.

다. 이에 대해, 노부타 준이치(信田純一)207)는 "특정의 연출, 연기에 관해
서는 그 관계자인 주요 인물"이 인사말을 했으며, 이 경우는 "그의 정점에
이른 마술조종을 보이기 위한 양해"가 있었을 것으로 보고 있다. 흥행에서
는 다쓰마쓰(辰松)의 묘기가 손님을 부르고, 관객이 기대하는 것도 대부분
그의 기예(技芸)에 있었던 것을 나타낸다.

『소네자키신주』에서 다쓰마쓰(辰松)는 오하쓰의 인형을 조종했다. 이 오
하쓰의 인형은 오야마닌교(おやま人形)208)이면서 동시에 데즈마닌교(手妻
人形)209)였고, 고로베(五郎兵衛)나 지로사부로(次郎三郎) 이후의 오야마
닌교(おやま人形)의 전통에 히다노조(飛騨掾) 계통의 요술(手妻)이 가미된
장치의 인형이 조루리 흥행의 시작부분부터 사용되었다. 1691(元禄4)년경
에 쓰키부타이(附舞台)210)에서 조루리의 일부가 연행되고, 여자 인형의 미
치유키(道行)가 연행되기도 했지만, 본격적으로 요술이 가미된 오야마닌교
(おやま人形)는 이때가 처음이었다.

「관음순례」의 미치유키에서는 가마꾼의 요술로 오하쓰를 등장시키고, 담
배를 피우거나 물을 마시는 장치로 손님의 눈을 휘둥글게 만들었지만, 한편
에서는 나비의 춤이나 땀을 닦는 몸짓에 오야마닌교(おやま人形)의 아름다
움을 느낄 수 있게 하고, 미치유키의 마지막에 오하쓰의 인형이 순식간에
관음으로 변하여 관객의 숨을 멈추게 하는 것 등을 보여주었을 것이다. 『소
네자키신주』의 흥행은 지카마쓰(近松)의 시쇼(詞章)를 부르는 기다유(義太
夫)의 후시(節)를 타고, 다쓰마쓰(辰松)의 묘기에 의해 조루리 속에 새롭
게 소생함과 동시에, 에도(江戸)에도 파급한 큰 유행을 만들어 낸 것이라고

---

207) 信田純一, 『近松の世界』, 平凡社, 1991.
208) 여자의 모습을 한 인형, 오야마(おやま)는 가부키(歌舞伎)에서 온나가타(女形)를
　　 의미한다.
209) '손끝으로 요술을 보여준다'는 의미가 있는 인형조종 기술.
210) 조루리(浄瑠璃)의 요술무대(手摺舞台) 앞에 설치된 평무대(平舞台). 평무대는
　　 종래의 마교켄(間狂言)을 연행하던 가설무대였다. 후에 조루리의 쓰키부타이(付舞
　　 台)가 되고, 미치유키(道行)에 어울리는 무대다.

할 수 있다.

조루리의 극적 사건을 가장 극명하게 표현해 주는 것을 '기카세바(聞かせば)'와 '미세바(見せ場)'라고 한다.211) 『소네자키신주』의 양식화된 장면으로는, '기카세바'에 「관음순례」와 「이쿠다마의 장」에서 '도쿠베와 구헤지가 싸움하는 장면'이 있고, '미세바'로는 「덴마야의 장」에서 '신주 결의의 장면'과 「신주의 미치유키」를 들 수 있다. 「신주의 미치유키」는 이야기에서도, 비극의 구성에서도 극작술(劇作術)로 중요한 위치를 차지하고 있다. 게이고토(景事)나 미치유키(道行)는 그 음곡과 마이(舞)에 도취시키는 것으로, 그 장면에서 극적 사건의 진행은 정지된다. 여기에서는 극적 사건을 중심으로 양식화된 장면이면서 관객의 시선을 집중시키는〔덴마야의 장(天滿屋の場)〕에서의 '신주 결의의 장면'과, 「신주의 미치유키」에서 '신주를 하는 장면'의 미의식을 고찰해 보기로 한다.

특히, 도쿠베의 신변을 걱정해서 서글프게 우는 오하쓰가 걸쳐 입고 있던 기모노의 옷자락으로 도쿠베를 가리고 툇마루 아래에 숨게 하는 장면과, 발목으로 서로 신주의 각오가 되었음을 주고받는 장면은 극히 감동적이다.

〔이쿠다마의 장(生玉の場)〕

두루마기의 옷자락에 숨겨서, 기어오듯이 중문에 이른다. 토방에서 도쿠베를 감추어 주고, 툇마루로 살짝 들어가게 하고는, 자기는 마루 끝에 걸터앉는다. 담배를 끌어와 피우면서, 아무것도 모르는 듯한 얼굴을 하고 있다.

袖搭の裾に隱し入れ, 這ふはふ中戸の. 沓脱より忍ばせて, 緣の下屋にそっと入れ, 上がり口に腰うち掛け. 煙草引寄せ, 吸ひつけて, そしらぬ. 顔してゐたりけり.

---

211) 조루리(淨瑠璃)의 연행에서 양식화한 장면으로, '기카세바'(聞かせば)는 들을 만한 명곡(名曲)을 말하고, '미세바'(見せ場)는 볼만한 장면을 말한다.

〔덴마야의 장(天滿屋の場)〕

　이미 이렇게 된 이상, 도쿠베님도 죽지 않으면 안 될 운명이지만, 죽을 각오가 되었는지 어떤지 묻고 싶다고 혼자말로 넌지시 말하고, 발로 모양새를 내서 물으니, 도쿠베는 마음속으로 수긍을 한다. 오하쓰의 발목을 잡고 목젖을 문지르며, 신주의 결의를 알렸다. 오하쓰는 "그럴 꺼야! 그렇고 말고! 아무리 살아도 지금과 마찬가지인 걸. 죽어서 누명을 씻어버리는 것이 (중략)"라고 말하니,

　この上は德樣も死なねばならぬしなゝるが，死ぬる覚悟が聞きたいと，独言になぞらへて，足で問へば，うちうなづき．足首取って，喉笛なで．自害すりとぞ知らせける．オ，そのはず，いつまで生きても同じこと．死んで恥を雪がいではと言へば，

『曾根崎心中』

　「덴마야의 장」은 오하쓰도 능동적으로 죽음의 결의를 하는 장이다. 이른바 비극성의 극점은 미치유키(道行)로 출발하기 전 단계의 상황에서 완성된다. 툇마루 위에서는 구헤지의 일당이 당치도 않은 소리를 잔뜩 퍼부으면서, 도쿠베를 거짓말쟁이에 무능한 녀석이라고 비웃고 있다. 툇마루 밑에 숨어서 이런 말을 듣고도 아무런 대책이 서지 않는 도쿠베나, 그 중간에 걸터앉아 아무런 말도 할 수 없는 오하쓰는 오직 그 순간을 모면하고 싶을 뿐이다.

　툇마루 위에서 들리는 소리를 뒤로 한 채, 오하쓰는 도쿠베와 소리 없는 대화를 한다. 먼저, 혼잣말로 '도쿠베님은 죽을 각오는 된 걸까!'라고 넌지시 말을 하고, 내가 하는 말을 들었냐는 듯이 발목을 움직여 확인한다. 도쿠베는 발목의 움직임을 곧바로 알아차리고, 발목을 잡고 목젖을 누르며 신주의 결심이 되었다는 것을 알렸다. 이에, 오하쓰는 자신도 똑같은 생각을 하고 있기에 다시 한번 다짐하듯 혼잣말을 한다.

　툇마루 위와 아래의 동적(動的)이고 정적(靜的)인 장면을 한 무대에서 동시에 보여주고 있다. 무대 위의 시끄럽고 야단스러운 분위기와 대조적으로, 툇마루의 정지된 장면에서 오고 가는 이야기에 관객들은 숨을 죽이고

들으면서 시선을 떼지 못한다.

　네다섯 줄의 짧은 문장 속에 감성이 깃든 긴 이야기가 전개된 것은 무엇보다도 천재적인 극작가 지카마쓰이기에 가능한 일이다. 이 극작에 의해 인형의 연행이 이루어진다. 오하쓰의 '발목'을 잡고 도쿠베가 숨통을 문지르는 신주(心中) 결의의 중대한 미세바(見せ場)에서도, 다쓰마쓰(辰松)의 요술 조종(手妻芸)이 발휘되었다. 본래 여자 인형에게는 다리가 없고, 기모노로 감추어진 인형조종사의 손목으로 인형의 무릎을 대신한다. 보이지 않는 발목을 인형조종사의 손목으로 대신하며 보여주었을 이 장면에 관중은 깊이 감동했을 것이다. 그리고 여기에서 인형 연기가 단지 관객의 눈을 놀라게 하는 것만이 아니고, 희곡 내용과 확실히 연관된 것을 인식하게 된다.

　「미치유키」는 명문(名文)과 더불어 미세바(見せ場)로도 유명하다. 세태물(世話物)의 미치유키(道行)는 하권(下卷)에 놓이고, 목적지는 사후의 세계 즉 「신주의 미치유키」이다. 미치유키를 하는 것은 현세에서 이루지 못한 사랑하는 남녀가 된다. 신주모노(心中物)의 미치유키란 죽은 자의 나라와 산 자의 나라, 생과 사를 잇는 도정(道程)이다. 도쿠베(德兵衛)도 오하쓰(お初)도 미치유키의 과정을 거침으로, 이 세상의 속박이나 제약을 벗어던지고 피안의 존재가 된다. 미치유키를 포함한 하권은 죽은 자의 나라로 돌아가는 혹은 이미 도달한 주인공들을 묘사하고 있다.

　「신주의 미치유키」는 숨소리마저 낼 수 없을 만큼 비장한 상황이 전개된다. 이로(色)212)를 바탕으로 해서 주로 가타리로 이어지면서, 곡절은 지나카(地中)213)의 낮고 엄중한 분위기를 연출한다. 그리고 마지막에 종지감(終

---

212)　5, 6자 정도의 짧은 어구 하나로 정리한 가타리를 나타낸다. 이로는 지이로(地色)와 이로지(色地)로 나누어 생각할 수 있는데, 고토바(詞)에 가까운 것이 지이로(일반적으로 이로라고 하는 것)이며, 지아이(地合)에서는 인물의 움직임이나 심정을 고토바와 같은 어조로 하고 박자를 타지 않는다. 지아이에 가까운 것이 이로지이며, 선율을 이용하여 말한다. 고토바보다 조금 소리가 높은 느낌을 가지고 하며, 고토바에서 지아이로 또 지아이에서 고토바로 이행하는 중간 형식의 부분이다. 이로의 직후에 다른 곡절의 기보가 없는 경우는 그때까지 이어 온 곡절로 돌아간다고 생각함으로, 동일 곡절 내에서 반복해 사용되는 일도 있다.

止感)을 나타내는 오쿠리(ヲクリ)214)와 후시(フシ)215)로 마무리한다. 이와 같이, 오하쓰와 도쿠베의 「신주의 미치유키」는 비장함으로 치닫고 있지만, 결과는 이미 죽음이라는 것을 알기에 그 서사적 구조는 궁극의 클라이맥스인 죽음을 향해 모든 것이 집약되는 유기적 발전의 완전구조라고 볼 수 있다. 여기에서는 이야기의 결과는 이미 정형화되어 있고, 지카마쓰는 두 등장인물이 어떻게 하는 것이 가장 사실적으로 비추어질까를 염두에 두고 있다.

『소네자키신주』의 미치유키는 '이 세상과도 이별하고 이 밤과도 이별하고 나면(此のよのなごり. 夜もなごり.)'이라는 도취적(陶醉的)인 미문조(美文調)로 시작된다. 게다가 그것은 '죽음으로 가야 하는 이 몸을 생각하니 (중략) 한 발 한 발 밟을 때마다 먼저 사라져 간다. 마치 그러한 꿈속의 꿈처럼 덧없고 가련하다. (しににゆく身をたとふれば (中略) 一あしづゝにきえてゆく. ゆめのゆめこそあはれなれ.)'라는 비애의 감정이 듣는 사람들의 마음에 깊이 스며드는 묘사이며, 강 저편의 찻집 이 층에서 들려오는 〈신주 에도 산가이(心中江戶三界)〉의 가사(歌詞)에 담겨진 마음은, 오하쓰·도쿠베의 지금의 경우나 심경 그 자체이다. 이것이 당시의 유행하는 속요(俗謠)의 후시(節)를 가미한 기다유부시(義太夫節)로 서정적 가타리(語り)에 의해 음곡적으로 부를 때, 세상에도 같은 예가 있는 어쩔 수 없는 숙명인 것처럼 관객들의 마음에 인식되고, 주인공들을 파멸로 끌어들이는 보이지 않는 큰 힘을 의식하게 한다.

---

213) 낮은 음(저음). 落音, 中音를 중심으로 해서 읊는 어조로, 엄중함과 귀한 인물의 움직임 등의 정서적인 표현에 쓰인다.

214) 오쿠리(ヲクリ)는 퇴장·이동·숨김을 나타내는 시쇼(詞章), 혹은 이동을 나타내는 표현에 이어지는 곳에 붙여지고 있다. 거기에서 위치가 바뀌어 소단락이 된다. 그래서 오쿠리도 시쇼(詞章)와 밀접한 관련성이 있다. 그 외에 '미세바'(見せ場)나 시간의 경과 혹은 잠자리에 드는 국면의 변화나 게이코토(景事)로의 전환부에도 사용된다.

215) 후시(フシ)는 위치를 바꾸는 용법에서는 후시가 가장 많이 사용되고 있고, 바꾸는 방법도 다양하다. 후시는 시쇼(詞章)와의 연관성보다도 위치를 바꾸는 개소에 중점을 두게 된다. 또한 후시에서 7음째에 하루(ハル)가 있거나, 3, 4음째에 句点이 있고 다음에 하루(ハル)가 있으면 우는 표현과 연관되어 있는 경우가 많다.

 이러한 일종의 착각은 문장상의 수사적 기교에 의한 미의식과 음악성에 의한 도취적 마력의 융합에서 생기는 근세 특유의 미의식에 의한다. 우메다 (梅田)의 다리에서 우연히 만난 것도, 열아홉 살과 스물다섯 살이라는 액년이 같은 것도, 이러한 방식은 가타리(語り)에 의한 비극 구상력의 구사(駆使)이며, 관객의 마음을 비극의 심연으로 끌어들인다. 이것이 마지막 신주 (心中)의 장으로 연속되고, 근세 비극의 한 형식이 성립된다.

 지카마쓰(近松)의 비극에서 조루리의 수법을 살펴보면, 5단 구성에서 서파급(序破急)216)의 이념에 바탕을 두고 전개된 시대물(時代物)에 비해서, 신주모노(心中物)를 대표로 하는 세태물(世話物)은 上・中・下의 3卷으로 나눈 3段 구성으로 집약되어 있고, 희곡상으로도 긴장감이 있다. 음악성을 가지고 있으며, 양식은 노(能)의 '서파급'에 근접해 있다고 할 수 있다. 이것은 고대로부터의 신사(神事)를 모방한 것이며, 신주모노(心中物)의 「관음순례」는 이 방법에 의존하고 있고, 필연적인 운명(사실적인 배경)은 파 (破)의 부분에서 다루고 있다.

 좀더 구체적으로 보면, 『소네자키신주』의 「관음순례」는 요교쿠(謡曲) 『다무라(田村)』217)에서 인용하고 있고, 이 인용은 다른 작품에도 간혹 나온다. 『다무라』의 특성은, 제아미(世阿弥, 1363-1443)의 『후시카덴(風姿花伝)』 에서 말하는 '수라(修羅)의 연희방법', 즉 '源氏(겐지)나 平氏(헤이케)의 유명한 사건'이라는 소재 면에서는 크게 달리하고 있지만, "花鳥風月에 의지해

---

216) '서파급'(序破急)의 음악성은 본래 혼을 저승에서 깨우려는 진혼을 목적으로 한 것이다. 육체는 사라졌어도, 저승을 떠돌아다니는 영혼을 이 세상으로 불러오기 위한 격렬한 소리의 울림이 '서파급'이다.

217) 요교쿠(謡曲) 『田村』는 헤이안(平安)시대 초기의 조정의 신하이고, 귀화계(帰化系)의 자손인 사카노우에노다무라마로(坂上田村麻呂, 758-811)의 정벌(征討) 이야기와 시미즈데라(清水寺) 건립에 관한 이야기를 소재로 한 작품이다. 그런데 현존하는 노(能) 작품 중에서, 모든 수라물(修羅物)이 원평합전(源平合戦)의 무사를 주인공으로 하고 있는데, 오로지 『田村』만은 그렇지 않다. 또한 수라물임에도 불구하고, 수라도(修羅道)의 고충의 장면은 없으며, 생전(生前)을 회상하면서 전쟁에서 승리한 이야기를 전하는 것이 주안점이 되고 있다.

만든 曲"으로, 특히 수라물(修羅物)218)의 성향이라고 할 수 있는 유겐(幽玄)219)이 담겨져 있다. 물론, 확실한 작자는 밝혀져 있지 않지만, 제아미나 그 주변 인물의 작품일 것으로 추정한다. 특히, 미치유키가 있는 제1단(前場)에서는, 여행하는 승려의 모습을 한 와키(ワキ)와 와키즈레(ワキツレ)가 등장하고, 봄이 한창인 시미즈데라(清水寺)로 길을 떠난다. 여기에서 극은 관객에게 어떤 기대감을 주면서 함께 무대에 올라 동행하고 싶은 마음을 불러일으킨다.

우선, 노(能)의 성격에는 분명히 극과 동시에 제의성을 가지고 있다. '노'의 개시(開始)와 종극(終劇)을 이루는 것은 각각 와키노(脇能, 初段))와 기리노(切能, 五段)이며, 전자는 현실계에 들어오는 유겐(幽玄)의 세계 곧 신령(神靈)의 세계에서의 음악적 메시지인 것을 나타내고, 노(能)의 공연이 원래 축복을 위한 공적 행사인 것을 알린다. 그리고 후자는 원칙적으로는 현세에 재앙을 초래하는 악령을 물리치는 인간적 기원의 승리로서, '노'의 연행이 원망(願望) 성취에 관련된 신앙의 공적 행사인 것을 고하고 있다. '노' 무대에서의 와키노(初段)와 기리노(五段)는 하시가카리(橋掛り)가 이용된다. 배우는 그것을 통해 다른 세계인 유계(幽界)에서 오거나 그곳으로 가는 것이며, 길(道) 자체가 위로 경사가 있어 천상(天上)과 지상(地上)을 구분하여 상징한다. 그리고 가가미노마(鏡の間)와 하시가카리(橋掛り)의 사이에 있는 5색의 막(揚幕)은 인도, 중국, 한국에서 모두 볼 수 있는 오방색과 연관 지어 생각해 볼 수 있고, 분명히 제의성을 보여준다.

이에 비해 에도시대의 가부키(歌舞伎) 무대에서 볼 수 있는 하나미치(花道)는 수평적이며, 무대와 관객이 사는 세계를 잇는 참여의 장(場)이다.

---

218) 노가쿠(能楽)에서 전사(戰死)한 주역이 망령(亡靈)이 되어 무대로 나와 전투장면을 말하는 줄거리의 단(二番目物).

219) 유겐은 중국에서는 불교사상이나 노장사상에서 본질이 심원하고 미묘한 것을 의미한다. 일본에서는 예술적인 용어로 美의 趣向이나 姿態를 형용하는 데 사용된다. 특히, 노오(能)에서는 문예이론으로서의 幽玄이 余情을 중시하지만, 상징 내용으로는 静寂(정적) - 艶麗(염려) - 平淡(평담)으로의 변화를 볼 수 있다.

즉, 가부키의 미치유키는 죄를 지은 자가 도망가는 길이고, 도망의 방향은 죽음이며 세상을 떠나는 것이지만, 초월이 아니라 민중 속으로 관객 속으로 귀향하는 것을 바랄 뿐이다. 즉, '하나미치'는 무대장치이며, 희곡의 수사적 측면과 연출효과에서, 가부키만의 독특한 미적 감동을 불러일으키는 것이다. 이것은 관객과 배우와의 일체관의 성립에 있어서 중요한 요소이다.

　미치유키(道行)는 원래는 여행 도중의 풍경이나 여정 따위를 서술한 운문체이지만, 조루리에서는 사랑하는 남녀가 함께 도망가는 장면 또는 신주(心中)의 길을 떠나는 장면을 뜻한다. 세태물에서는 없어서는 안 되는 것으로, 기다유부시를 중심으로 했던 지카마쓰시대에는 고심을 한 장면이지만, 무대의 인형을 중심으로 한 후대에는 점차 퇴색하는 경향도 있다. 『소네자키신주』의 신주(心中)로 향하는 미치유키(道行)는 조루리의 작품 중에서도 대표적인 명문(名文)으로 알려져 있고, 볼만한 장면을 의미하는 미세바(見せ場)의 극 양식을 취하고 있다. 특히 미치유키분(道行文)의 관점에서 보아도 뛰어난 부분이며, 오하쓰와 도쿠베의 미치유키는 하나의 정점에 도달한 극적 장면이다.

VI. 결 론

본 논문에서는, 한국과 일본의 구비서사문학이 창의 연희를 성립시키는 과정을 검토하였다. 공통적 요소를 가지고 생성한 판소리와 조루리가 전자는 극적인 음악으로 연행하는 공연예술이 되고, 후자는 새로운 음악 양식에 극작술과 인형조종이 합체하여 인형극의 성악곡으로 변모하는 과정을 고찰하였다. 그리고 양국의 연희에 내재된 미학적 특성을 탐구하기 위해, 『춘향가』와 『소네자키신주(曾根崎心中)』의 구성방식과 서술방식, 연행방식을 대조 분석하는 것을 목적으로 했다.

판소리와 조루리(浄瑠璃)는 구비서사시를 기반으로 하여 생성된 극(劇)적인 음악이며 창(唱)의 연희이다. 그래서 판소리 창자와 조루리 다유(太夫)가 '곡절(曲節)'에 실어 부르는 '이야깃거리'는 청중이 듣는 것에 의해 성립한다. '이야깃거리'는 무엇보다도 '이야기하다(語る)'라는 행위의 내실을 이야기와 곡절의 면에서 분석하고, 예능으로서의 측면에서 양식성이나 연희의 특질을 명확히 해 가는 것이 요구된다.

Ⅱ장에서는 판소리와 조루리의 성립과정을 발생배경과 형성과정으로 나누어 검토하였다. 토속적인 신앙을 바탕으로 하는 한국의 무가(巫歌)와 일본의 신가(神歌)는 몸짓으로 표현되는 동작체계와 말로 구연(口演)하는 발화체계가 있다. 몸짓은 선회(旋回)와 도약(跳躍)을 통해 몸에 빙의하는 작법이

행해지는 것이고, 구연은 상대방을 의식한 발화행위로 해설적이고 설득적인 어조(語調)이다. 이러한 이야기(語り)의 구연방식에는 창작의 가능성과 허구를 빚을 수 있는 자유, 문예화할 수 있는 요소를 가지고 있다.

한국의 무속과 일본의 가구라(神楽)의 주술성에는 몸짓이나 구연의 양식에 나타나는 '반복'적인 행위와 죽은 자의 영혼을 위로하는 '진혼의식'이 바탕에 깔려 있고, 이들은 판소리 사설과 조루리 시쇼(詞章) 속에 농후하게 이어져 왔다. 무(巫)의 실체는 행위와 구연으로 집약되고, 그 주된 목적은 진혼에 있으며, 굿의 공간 재현은 극의 공간개념으로 이어져 온 것이다.

열거나 반복과 같은 구연의 발화체계는 문학의 수사적 기법으로 발전하고, 극의 양식성을 확립하였다. 이야기의 구성은 다양한 수사적 기법으로 이루어져 있다. 두드러진 표현방식에는 단어나 문장의 열거 내지는 반복을 통한 묘사를 하고 있는데, 한국의 경우는 경치를 노래하는 '별곡'이나 사물을 나열하는 의미로서의 '타령'이 있고, 판소리의 ~치레, ~풀이, ~사설이나 노정기와 같은 수사적 기법의 문학적 양식이 만들어졌다. 일본의 경우에는 전대(前代)의 음악적 성향을 가진 모노조로에(物揃え)가 문학적인 취향으로 자리잡으면서 후대(後代)의 문학 속에서 '미치유키(道行)'와 같은 독특한 양식의 표현미학을 성립시켰다. 열거와 반복의 효과로는 작품의 내용을 충만하게 하고, 장면의 영상화나 흥겨운 음악성을 즐길 수 있게 해 준다.

판소리는 「기생점고」의 대목에서, 기생의 이름을 설명하며 부를 때는 '진양조'로 하고, 이름만 부를 때는 '중모리', 이름을 열거할 때는 '중중모리'와 같은 식으로 그 분위기를 이끌어 가는 수법을 쓰고 있고, 문학의 수사적 기법과 음악을 잘 조합하고 있다. 일본에서는 근세 이전의 문학 속에서 모노조로에(物揃え)와 모노즈쿠시(物尽し)를 비롯한 다양한 문학의 수사적 기법이 발달해 있었다. 조루리에서는 이러한 수사적 기법에 영향을 받고 있지만, 지카마쓰 몬자에몬의 세태물(世話物)에 이르면 최고의 양식으로 정점에 다다르게 된다. 『소네자키신주(曾根崎心中)』의 「관음순례(観音めぐり)」와 「미치유키(道行)」의 장면은 명문(名文)과 미세바(見せ場)로 극의 양식성을 완벽하게 보여준다.

한국과 일본의 창(唱)의 연희는 불교음악과 불교설화의 영향을 배제할 수 없다. 범패는 의식절차를 각본으로 한 가극의 성격을 가지고 있으며, 〈영산회상〉은 석존의 영산설법장을 재현하고자 하는 상징성을 가진다. 일본에서는 범패를 쇼묘(声明)라고 하며, 강식(講式)이나 화찬(和讚), 헤이쿄쿠(平曲)나 셋쿄부시(説経節)의 양식에서 조루리(淨瑠璃)가 성립하게 된다.

판소리의 생성 당시 불교는 이미 음악적으로 크게 발달되어 있었고, 〈영산회상〉은 다른 음악 양식에 영향을 주는 것이었다. 하지만 무불습합의 문화는 판소리 생성 이전부터 형성되어 있었고, 판소리는 무가에 그 기원을 두는 것이 정설로 되어 있다. 판소리 형성기에 음악적 측면에서 많은 변화가 있었다는 것은 무가의 음악과는 다른 선율이 작용하였음을 의미한다. 그리고 19세기 초반인 전기8명창 시대부터 판소리의 유파 형성이 이루어지고, 유파에 따른 기법과 미의식에서 현저하게 다른 유형들이 판소리에 또 다른 변화를 가져온다.

〈영산회상〉은 판소리 음악을 파악하기 위한 음악의 한 양식이다. 한국의 판소리와 일본의 조루리가 구비서사시라는 동일한 근원에 의해 생성하고 있지만, 조루리가 그 본질을 바꾸면서 변모해 온 것에 대해, 판소리는 여전히 극적인 음악으로 이어져 왔다. 판소리가 그 본질을 바꾸지 않고 이어져 온 것은 청중의 감각과 호흡하면서 발달한 음악이 있었기 때문이다. 판소리의 음악성을 하나의 기원설에서 멈추는 것은 무리가 있다. 판소리의 형성기에 활약했던 음악이면서, 판소리 단가와 동일한 명칭으로 사용된 〈영산회상〉은 판소리 음악의 발달과 상통하는 음악성을 가지고 있기 때문이다.

일본의 조루리는 불교음악의 선율과 사설을 토대로 발생했다. 〈헤이쿄쿠(平曲)〉는 헤이케(平家)의 흥망 칠십 년간을 그린 웅대한 군담(軍記物語)으로 비파법사에 의해 비파의 애절한 가락에 맞춰서 낭창되었다. 이들 비파법사들은 샤미센(三味線)이라는 음곡이 발달된 새로운 악기에 맞춰서 조루리를 부르기 시작했다. 일본에 처음 삼현(三絃) 악기가 들어온 것이 16세기경인 것을 볼 때, 가타리모노의 음곡이 풍부해지기 시작한 시기였을 가능성은 충분하다고 본다. 일본의 가타리모노는 16세기 중엽에는 이미 형성되어 있었고, 이야깃거리는 샤미센의 유입과 서정성이 깃든 사랑 이야기로 인해서 가타리의 음악성이 표출되기 시작했다.

18세기에 형성된 판소리가 사설과 음악이 어우러져 하나의 음악 양식으로 발달하고, 16세기에 형성된 조루리가 가타리의 전통을 이어받으면서 음곡이 어우러진 양식으로 성립한 것에는 원인이 있다고 본다. 〈영산회상〉과 〈헤이쿄쿠〉는 불교문화 속에서 형성된 음악 양식과 사설 양식이다. 그것은 불교의 교리를 전파하기 위한 것에서 출발하여, 승려나 무속인, 걸립패, 맹인, 유랑예인 등으로 그 전수자들이 형성되고, 다시 근세에는 향유층이 서민으로 확산되면서 새로운 양식이 만들어졌다. 〈영산회상〉의 음악성과 〈헤이쿄쿠〉의 가타리(語り)는 판소리와 조루리의 성립에 영향을 주고 있고, 각각 소리(唱)와 고토바(詞)에 무게가 실린 연희로 형성된 것과 상통한다.

한국과 일본의 이야깃거리의 생성과 구성방식은 아주 유사하다. 그 이야기의 생성은 설화나 전설에 구전 가요나 여러 문예적 요소, 수사적 기법이 작용하면서 변화 발전해 왔다. 그리고 몇 개의 이야기가 합해져서 기승전결의 구도를 유지한 이야기로 만들어지는 단계에는 어느 한 인물의 능력이 가해졌을 것으로 본다. 15세기에 이야기(語り)가 생성된 조루리는 이미 10세기경부터 일본의 문자가 정착되어 있었기 때문에 일찍부터 '읽기 위한 소시(草子)'로 만들어졌고, 전설을 바탕으로 하고 있어서 황당한 이야기가 많다. 그런데 17세기에 생성된 판소리는 생성 당시부터 설화를 바탕으로 하는 리얼리티에 입각한 이야기에, 무가·민요·속담·관용구·한시구·고사 등으로 구성되고 있고, 그 자체로 음악성이 농후하였다. 판소리와 조루리는 이야기의 생성방식이 유사하면서 그 연창방법은 각각 창(唱)과 고토바(詞)를 중심으로 진행된다.

한국의 『춘향가』와 일본의 『조루리고젠 모노가타리』는 각각 구비서사시가 창(唱)의 예술로 성립하는 과정을 파악할 수 있는 작품이며, 가요나 문예적 요인이 작용하여 구성된 사랑 이야기라는 유사점을 가진다. 그러나 『조루리 고젠 모노가타리』는 전설을 바탕으로 한 황당한 이야기들을 읽기 위한 소시(草子)로 문자화하였고, 16세기경에 유입된 샤미센의 영향으로 음곡화되어, 조루리라는 연창(演唱)예술로 발전하였다. 『춘향가』는 몇 개의 설화를 바탕으로 한 이야기를 창(唱)으로 부르고 있다. 가장 오래된 자료가 18세기에 한시(漢詩)의 형식으로 남겨져 있지만, 창본(唱本)이 남아 있지 않기 때문에 그 원형을 미루어 짐작하기는 어렵다.

일본의 문자인 히라가나(ひらがな)와 가타카나(かたかな)가 10세기를 전후로 성립해 있었고, 조루리가 형성된 16세기에는 이미 일본의 고유 문자에 의한 이야기책들이 만들어져 있었다. 이야깃거리의 생성을 파악할 수 있는 텍스트로서의 『조루리고젠 모노가타리』는 가타리모노 특유의 수사법인 '야마토고토바(大和言葉)'라는 문체적 특징을 지니고 있다.

판소리와 조루리의 발생배경을 보면, 판소리의 발화체계는 동작체계를 포용하면서 유효적절하게 결합되어 이루어져 있는 것에 주목된다. 그러나 조루리는 발화체계가 동작체계를 포용할 수 있는 방향으로 진전하지 못하고, 샤미센(三味線)에 의존하거나 결국에는 인형이 도입된다. 조루리는 끊임없이 그 자체를 극에 주안점을 두고 양식화했고, 판소리의 경우는 새로운 극음악을 창출하였다. 그래서 판소리는 여전히 소리를 중심으로 관객에게 청각적인 요소로서 극적 감동을 이끌어 낼 수 있고, 한국인의 한을 표현할 수 있는 음악으로 존재해 왔다. 그리고 조루리는 청각적인 요소에서 시각적인 요소로의 전이 과정을 거쳐 새로운 유형의 인형극으로 자리잡게 되었다.

한국의 판소리는 소리라는 '음악적 요소' 속에 그 성향을 담고 전승되어 온 데 반해, 일본의 조루리는 '극의 형식'을 통해 상징성이 뚜렷하게 남아 있다.

Ⅲ장에서 Ⅴ장까지는 『춘향가』와 『소네자키신주』의 구성방식과 서술방식, 연행방식을 대조·분석하였다. 판소리와 조루리의 구성과 서술, 연행방식은 서로 필연적인 연관성을 가지고 있어서 완전히 분리해서 단독으로 생각할 수 없다. 이 두 작품의 배경이 된 18세기는 중세의 귀족 중심 사회에서 벗

어나려는 자발적인 움직임과 서민들의 삶을 중심으로 현실주의적 경향이 두드러지게 나타나는 시대였다. 서민들의 삶의 애환은 이전부터 계속되어 왔지만, 당시 서민들은 자신들의 삶을 자각하게 되고, 인간의 좌절을 느끼게 되었다.

『춘향가』가 현재의 스토리와 같이 구성된 시점은 언제부터인지 명확하지 않지만, 어떤 한 작가의 의도적인 결단이 있었을 것으로 보인다. 서민의 생활 속에서, 부조리한 신분의 문제가 작가의 마음에 깊이 스며들었기에 이면적 주제를 가진 이야기로 성립했다고 본다. 『춘향가』의 이야기 구성방식은 몇 개의 이야기의 조합으로 결연, 이별, 수난, 재회의 판을 짜고, 다시 각각의 부분적인 판을 짜서 사설을 전개한다. 그 사설은 창과 아니리가 반복적으로 이어지는 양식을 가지고 있다. 서사적 구조가 가진 독자적인 원리를 바탕으로, 대체적으로 창은 긴장과 몰입과 비장의 장면을 묘사하고, 아니리는 이완과 해방과 골계의 장면을 담당한다. 이러한 장면은 이면을 그리면서 판소리 음악의 요소인 장단과 조(調)를 조합하여 더 극적으로 묘출해 낸다.

이 도령과 춘향이가 영웅열사(英雄烈士)와 절대가인(絶代佳人)이라는 운명을 타고난 것은 서사적인 이야기의 주인공으로서 적절하고, 그 삶은 보통 사람들과 다르게 전개될 것을 예시한다. 춘향이와 이 도령이 이별을 하든지, 춘향이가 관가에 끌려가 고초를 당하든지, 그것은 행복을 얻기 위한 대가일 뿐이다. 대부분의 창본이 「영웅열사와 절대가인」으로 시작하는 것은, 행복한 결말을 지향하면서 그 행복을 극대화하기 위해 비극적 요소를 첨가하는 작가의 서술방식이 작용하고 있음을 시사한다.

동양의 전통연희가 서사성(敍事性)을 가지는 것은 공통적인 현상이다. 『춘향가』는 설화를 바탕으로 하며, 몇 개의 토막으로 구성된 구비서사문학의 전형이라 할 수 있다. 이러한 서사성을 가진 문학에서는 등장인물의 개성이 두드러지지 않은 것이 특징이지만, 춘향과 이 도령 그리고 변학도는 나름대로의 개성을 가지고 있다. 그러나 한 사람의 창자에 의해 여러 등장인물의 개성을 나타내야 하는 연창의 원리는 등장인물의 개성보다 사건을 강조한다.

『소네자키신주』는 최초의 세태물(世話物)이며 3권(卷)으로 구성되었다. 각 권은 일본의 신도(神道)와 유교, 불교의 이념을 가지고 만들어졌다. 이전의 예능이 신격화된 인물이나 죽은 사람을 중심으로 전개되어 왔지만, 에도시대의 세태조루리(世話浄瑠璃)에서는 그 관심의 대상이 당시의 생활공간에서 가장 활약하던 초닌(町人)이었다. 지카마쓰 몬자에몬(近松門左衛門)은 이들의 삶 속에서 인간성을 존중하는 작가의식을 발휘한다. 내용은 당시 실제로 있었던 신주(心中) 사건을 소재로 하고 있고, 사설은 대립물(対立物)로 비극을 전제로 한 드라마로 짜여진다.

따라서, 사설 자체는 충분히 극적 플롯을 갖추고 있지만, 그 구성방식에 있어서는 아직 원초적인 서사적 구조의 원리에서 완전히 벗어나지는 않았다. 지카마쓰의 비극은 대사가 아니고, 닌교조루리이며 가타리모노이다. 가타리의 형식에 의해 표현된 비극이다. 고조루리나 지카마쓰의 초기의 작품, 그리고 셋쿄조루리에 연극적 요소가 없었던 것은 아니지만, 서사적인 가타리모노를 벗어나지는 않았다. 『소네자키신주』는 극작가에 의해 처음부터 대립물(対立物)로 짜여졌고, 오하쓰와 도쿠베 그리고 구헤지의 성격도 뚜렷하게 나타난다. 그렇다고 조루리가 본래부터 가지고 있는 서사적인 성격이 완전히 사라진 것은 아니며, 한 인물의 대사가 길어서 대화에 의한 극 갈등이 이루어지지는 않는다. 또한, 한 명의 다유가 한 명의 성격(등장인물)을 담당하는 것이 아니기 때문에, 극작가는 인물의 성격을 지나치게 부각시켜도 안 된다.

고조루리(古浄瑠璃) 시대에는 다유를 중심으로 한 연창이었고, 좌창의 형식으로 이야기를 전해야 하는 다유의 책임은 막중했다. 인형극과 합체하면서 청중은 관중이 되고, 연행방식은 청각적인 것에서 시각적인 것으로 옮겨갔다. 고조루리에는 판소리처럼 등장인물이 소리 속에 있고, 청중이 장면을 연상하며 듣는 방식으로 연행되었다. 그런데 점차 탈바꿈하여 무대에 인형의 모습이 등장하고, 고도로 발달된 인형의 조종술로 인해 관중은 소리보다는 인형의 움직임에 더 많은 관심을 가지게 되었다. 다유는 인형의 움직임이 격해지면 격해질수록 그 목소리는 곡절(曲節)과 함께 인형을 따라가야 한다. 인형의 움직임이 시쇼(詞章)에 의해 이미 정해진 것이기 때문에, 극작가 중심의 문학으로 되었다고 볼 수 있다.

『춘향가』와 『소네자키신주』는 창의 연희의 주체가 되는 연창자에 의해, 인물의 성격보다는 사건을 중심으로 전개된다. 그래서 『춘향가』와 『소네자키신주』의 등장인물은 개성 있는 성격으로 극적인 구성을 지향하지만, 구비 서사문학이라는 틀을 벗어나지는 못한다. 결국 극의 전 단계의 형태를 취하고 있다. 『춘향가』는 처음부터 서사적 구조에 의한 구성방식으로 짜여져 있고, 창과 아니리의 판짜기 방식을 통해 극적 플롯에 접근하고 있는 데 반해, 『소네자키신주』는 작가가 이미 대립물로서 의도하고 작품을 쓰고 있으므로, 그 구성은 완전한 드라마의 형식을 이루고 있다. 하지만 최초의 세태물인 『소네자키신주』에는 전형적 성격의 인물을 묘사하는 다유의 방식과 전대(前代)의 극 구성방식에 의존하고 있기 때문에, 서사적 구조에 의한 구성을 완전히 배제할 수 없었던 것을 알 수 있다.

판소리는 17세기경에 형상화되고, 당시 판놀음의 다양한 레퍼토리 가운데 하나인 종속적인 위치에 있었던 연희이다. 18세기경에 이르러 판소리는 창자와 고수라는 아주 간단한 구성원으로 하나의 팀을 이루고, 독자적으로 존립할 수 있게 되었다. 그것은 판소리 자체가 가진 예술성이 뛰어나서 판소리 공연만으로도 충분히 흥행성이 있었기 때문이다. 그러나 판소리의 독자적인 연희로의 발전은 다른 연희와의 결별이 뒤따르고, 제의성을 탈피하게 되면서, 새로운 예술성을 지향하게 했다. 외정의 연희였던 판소리는 19세기까지 저녁노을과 서늘한 바람이 스쳐 지나가는 자연을 무대로 연행되었다. 그러나 판소리 자체의 성숙된 발전이 있은 후, 20세기 초부터 판소리 연행의 공간은 실내로 옮겨지게 되었다. 현행의 판소리 공연에서 판소리 연행을 위해 특별한 무대장치나 조명을 고려하지는 않는다. 청중이 편안하게 앉아서 들을 수 있으면 된다. 제의성을 가진 연희가 인간 중심으로 변모하고 있는 과정은 무대 공간을 통해서도 읽을 수 있다.

『춘향가』 중에서 판소리의 눈이라고 할 수 있는 곳은 일반적으로 이별의 장면을 거론한다. 이 대목은 이면이 잘 짜여져 있고, 그 사설에 장단과 조의 조합을 잘 맞추었기 때문이다. 판소리의 연행은 이면그리기에 장단과 조의 결합이 중요한 역할을 한다. 『소네자키신주』의 구연방식은 곡절과 변칙적인 음의 다스림에 의해 진행되는데, 다유와 극작과 인형조종의 삼자가 가장 잘 결합되었을 때, 미세바(見せ場)와 기카세바(聞かせば)와 같은 양식화된 장면이 성립한다.

조선시대 초기에는 유교사상에 입각한 양반사회가 형성되었지만, 후기에 들어오면 유학의 공리공론적인 관념과 비실용성을 돌아다보는 계기가 되고, 비판적인 시각으로 사실적이고 역동적인 문화를 형성했다. 도쿠가와 이에야스(德川家康, 1542-1616)의 막번체제(幕藩体制)로 산업과 교통이 발달해 있었던 에도(江戸)시대(1603-1867)는 성곽의 주변을 중심으로 초닌(町人)들이 상업도시를 형성하고 있었다. 18세기의 서민들에게 있어서, 한국의 경우는 신분제도에서 자유롭지 못했고, 일본의 경우는 상업도시로의 급속한 발전 속에서 일어나는 사회적인 모순을 감당하기 어려웠다. 『춘향가』와 『소네자키신주』는 남녀간의 사랑 이야기를 표면에 내세우고, 서민들의 애환을 이면적인 주제로 하여 조화롭게 엮어낸 시대정신을 반영한 문학이다.

『춘향가』는 정형화된 전체적인 이야기가 독자성을 가진 부분적 이야기로 짜여져 있으며, 창과 아니리, 긴장과 이완이 이분법적으로 구분된다. 한 대목의 독자적인 이야기의 특성은 수사적 기법이나 언어적 유희로 인한 세부적인 기능이 작용하고 있다. 바꿔 말하면, 『춘향가』는 희극적 요소와 비극적 요소를 교체하면서 극을 전개해 간다고 할 수 있다.

일본의 경우, 중세 서사시의 세계에서는 불교의 인과응보나 영험사상 등이 현세를 지배하고 있었지만, 지카마쓰시대의 현세는 인간의 행위와 갈등에 의해, '의리와 인정'이라는 당시의 사회문제를 묘출했다. 여기에서 '의리'란 사회적 도의(道義)와 체면을 가리키고 있다. 인정(人情)은 인간이 가지고 있는 희로애락(喜怒哀楽)의 정(情)이다. 그중 가장 우선적인 것이 연애(戀

愛)에 대한 의리이고, 이어지는 것이 부모의 애정과 의리이며, 다음이 사회적 의리이다. 지카마쓰는 『소네자키신주』를 통해 이 세 가지의 의리를 한 작품에서 다 보여주고 있다. 작가의 의도가 엿보인다.

한국과 일본의 연희는 시대의 변천에 따라 예능의 형태를 바꾸면서 지속적으로 전승되어 왔다. 하지만 한국의 경우에는 그 형태의 보존을 고집스럽게 지키는 성향이 있고, 일본의 경우에는 상징성을 바탕으로 변모하고 양식화하는 성향이 강하다. 따라서 한국의 연희는 다수가 발전이 멈추거나 그 시대 상황에 적응하지 못하고 소멸해 버리기도 했다. 일본의 연희도 역시 소멸하는 경우가 있지만, 대부분 상징성을 바탕으로 양식화하고, 새로운 모습으로 승화시키고 예능으로 편입시키는 성향이 있다. 조루리는 일본의 다른 예능과 마찬가지로 예(芸)를 행하기 위한 연행이다. 엄숙하고 비장한 분위기 속에서 연행이 이루어진다.

『춘향가』가 묘출해 내는 것은 '조화(調和)를 통해 얻어지는 지혜의 문화'이다. 물론, 동양의 여러 나라는 혹은 서양의 여러 나라는 각각 독자적인 문화를 가지고 있지만, 동양과 서양으로 이분화했을 때, 『춘향가』는 동양이 추구하는 '삶의 지혜'가 담긴 사람들의 집합체이다. 즉, 고달픈 현실 속에서 '삶'을 지향하기 위해서는 관용과 해학이 감초의 역할을 하는 것이다. 『소네자키신주』는 '죽음을 통해서만 얻을 수 있는 희망'의 산실이다. 이미 문명의 이기(利己)가 자리잡기 시작한 현실에서, '의리와 인정'이라는 이데올로기를 받아들여야 하는 운명론자들의 집합체이다. 즉, 이들이 죽음을 선택하기까지 대립과 비극의 순간을 거쳐야 하는 것은 통과의례와 같다. 판소리는 자연과 더불어 조화를 이루는 연희로서 성장해 왔다. 조루리는 격식과 양식을 추구하는 예능으로 발전해 왔다.

판소리와 조루리는 창(唱)의 예술이다. 창은 음악적인 측면에서는 소리와 악기를 고려해야 하고, 문학적으로는 사설(詞章)이 있으며, 극적으로는 배우가 무대에서 메시지를 전달하기 위해 보여주는 몸짓이 있다. 그리고 그것을 표현하는 주요소는 어디까지나 소리이다. 그래서 관객은 보이지 않는 실체를 그리면서 그 무대에 동화된다. 즉, 문학에 속하는 사설이 다채로운 음악에 실려 연창되는 서사적 창악이므로, 그것을 온당하게 이해하기 위해서는 연창의 현장이나 음악상의 여러 특징과 함께 문학적 요소가 입체적으로 해명되어야 한다.

이 논문은 판소리와 조루리의 성립에 대해 비교하고, 양국의 연희에 내재된 미학적 특성을 탐구하기 위해 『춘향가』와 『소네자키신주』를 대비 분석하였다. 각각의 유사점과 차이점을 다방면에서 검토하였으나 심도 있는 양국 구비문학의 천착이 필요함을 절감했다. 앞으로, 좀더 폭넓고 정밀한 연구에 정진할 것을 다짐한다.

참고문헌

1. 기본 자료

강한영 교주, 『신재효 판소리 사설집』, 교문사, 1984.

김동욱, 『春香伝研究』, 연세대학교출판부, 1965.

김소희 창본, 『만정본 춘향가』, 박이정, 1997.

서연호, 『한국전승연희학 개론』, 연극과 인간, 2004.

인권환, 『韓国仏教文学研究』, 고려대학교출판부, 1999.

김흥규·조동일 편, 『판소리의 이해』, 창작과 비평사, 1978.

森修, 鳥越文蔵, 長友千代治 訳·校注 『近松門左衛門集1,2』(日本古典文学全集43), 小学館, 1972-1975.

祐田善雄, 『文楽浄瑠璃集』(日本古典文学大系99), 岩波書店. 1965.

角田一郎, 『人形劇の成立に関する研究』, 旭屋書店, 1963.

河竹繁俊, 『日本演劇全史』, 岩波書店, 1959.

2. 국내 논저

1) 단행본

고승길, 『東洋演劇研究』, 중앙대학교출판부, 1993.

宮尾慈良, 심우성 역, 『아시아 舞踊의 人類学』, 동문선, 1991.

김동욱, 『韓国歌謡의 研究』, 을유문화사, 1961.

김익두, 『판소리, 그 지고의 신체 전략 – 판소리의 공연학적 면모』, 평민사, 2003.

김종철, 『판소리사 연구』, 역사비평사, 1996.

김재철, 『朝鮮演劇史』, 학예사, 1939.

김태곤, 『韓国巫俗研究』, 집문당, 1981.

김태곤, 『韓国民間信仰研究』, 집문당, 1983.

김학현 편, 『文楽』, 열화당, 1995.

김흥규, 『판소리의 사회적 성격과 그 변모』, 민음사, 1979.

권택무, 『조선민간극 - 역사적 고찰 및 사료집』, 한국민속극 연구소, 1966.

박영주, 『판소리 사설의 특성과 미학』, 보고사, 2000.

백대웅, 『다시보는 판소리』, 도서출판 어울림, 1996.

백대웅, 『한국전통음악의 선율구조』, 대광문화사, 1982.

빅터 터너, 이기우·김익두 옮김, 『제의에서 연극으로』, 현대미학사, 1996.

서대석, 『한국무가의 연구』, 문학사상사, 1980.

서연호, 『한국전승연희의 현장연구』, 집문당, 1997.

서연호, 『한국전승연희의 원리와 방법』, 집문당, 1997.

서연호, 『꼭두각시놀음의 역사와 원리』, 연극과 인간, 2001.

손태도, 『광대의 가창 문화』, 집문당, 2003.

송방송, 『韓国音楽史 研究』, 영남대학교출판사, 1982.

송방송, 『韓国音楽学 序説』, 세광음악출판사, 1989.

송석하, 『韓国民俗考』, 일신사, 1960.

여석기, 『동서연극의 비교연구』, 고려대학교출판부, 1987.

유영대 외, 『호남의 언어와 문화』, 백산서당, 1998.

유영대 외, 『한국 구비문학의 이해』, 도서출판 월인, 2000.

윤광봉, 『유랑예인과 꼭두각시놀음』, 밀알, 1994.

윤광봉, 『한국연희시연구 - 송만재의 〈관우희〉를 중심으로』, 박이정, 1997.

이두현, 『韓国巫俗과 演戲』, 서울대학교출판부, 1996.

이혜구, 『韓国音楽序説』, 서울대학교출판부, 1967.

이혜구, 『韓国音楽論攷』, 서울대학교출판부, 1995.

인권환, 『韓国仏教文学研究』, 고려대학교출판부, 1999.

인권환, 『토끼伝·水宮歌 研究』, 고려대 민족문화연구소, 2001.

장덕순 외, 『구비문학개설』, 일조각, 1988.

장주근, 『한국의 신화』, 집문당, 1998.

전경욱, 『춘향전의 사설형성 원리』, 고려대 민족문화연구소, 1990.

정노식, 『조선창극사』, 조선일보출판사, 1940(복각본, 동문선, 1994)

정병욱, 『한국의 판소리』, 집문당, 1981.

정 양, 『판소리 더늠의 시학』, 문학동네, 2001.

조동일, 『동아시아 구비서사시의 양상과 변천』, 문학과 지성사, 1997.

천이두, 『한의 구조연구』, 문학과 지성사, 1993.

최동현, 『판소리 연구사』, 판소리 전북애향운동본부, 1988.

최동현, 『판소리란 무엇인가』, 도서출판 에디터, 1994.

최상수, 『韓国人形劇의 研究』, 고려서적, 1961.

최원오, 『동아시아 비교서사시학』, 월인, 2001.

핀소리학회 엮음, 『판소리의 세계』, 문학과 지성사, 2000.

한만영, 『한국불교음악연구』, 서울대출판부, 1984.

홍윤식, 『불교민속학의 세계』, 집문당, 1996.

홍윤식, 『仏教와 民俗』, 동국대학교 역경원, 1980(1993).

황준연, 『靈山会相研究』, 서울대학교출판부, 1999.

2) 연구 논문

강한영, 「판소리의 이론」, 『판소리의 이해』, 창작과 비평사, 1978.

김기형, 「춘향제의 성립과 축제적 성격의 변모과정」, 『민속학연구』 13집, 국립민속
　　　　박물관, 2003.

김동욱, 「판소리 발생고1, 2」, 『서울대 논문집』 2-3집, 1954-55.

김동욱, 「판소리 挿入歌謠를 위한 試論」, 『서울대 논문집』 7집, 1958.

김병국, 「구비서사시로서 본 판소리 사설의 구성방식」, 『한국학보』 27집, 일지사,
　　　　1982.

김승옥, 「한국희곡의 세계문학적 위상」, 『고려대 人文論集』 36, 1991.

김익두, 「동북아시아 공연예술상에서 본 판소리의 공연학적 위상」, 『한국극예술연구』
　　　　제11집, 2000.

김종진, 「불교가사의 口演과 주제 구현방식의 관련양상」, 『국어국문학』 130호, 2002.

김혜숙, 「한국전통음악에서 리듬 구조의 변천과 새로운 가능성」, 『전통음악의 장단
　　　　구조 연구』, 민속원, 2002.

김헌선, 「판소리의 역사적 연구」, 『구비문학연구』 5, 구비문학회, 1997.

김현철, 「판소리 立唱의 공연미학과 판소리사적 의의 연구」, 『한국연극의 쟁점과
　　　　새로운 탐구(전통극)』, 연극과 인간, 2001.

김흥규, 「판소리의 서사적 구조」, 『창작과 비평』 35호, 1975. 봄.

김흥규, 「판소리에 있어서의 悲壮」, 『판소리』, 전북애향운동본부, 1988.

박영산, 「조루리(浄瑠璃)와 판소리의 비교연구」, 고려대 석사논문, 2000.

박영산, 「조루리와 판소리의 연희적 특성에 관한 비교연구」, 『한국연극의 쟁점과 새로운 탐구(비교연극학)』, 연극과 인간, 2001.

박전열, 「근세 일본인의 연극 담론에 대한 연구」, 『한국연극의 쟁점과 새로운 탐구(비교연극학)』, 연극과 인간, 2001.

박찬기, 「朝鮮通信使と浄瑠璃〈唐土織日本手利〉」, 『한양일본학』 2, 한양일본학회, 1994. 2.

박찬기, 「古浄瑠璃〈朝鮮太平記〉의 연구(1)」, 『일본학연구논총』, 일본어뱅크, 1994. 12.

백대웅, 「전통음악에 나타난 노래 양식의 시대성-장단구조를 중심으로」, 『전통음악의 장단구조 연구』, 민속원, 2002.

백대웅, 「판소리 巫歌起源説의 再検討(1)」, 『韓国音楽史学報』 제11집, 한국음악사학회, 1993.

백대웅, 「판소리 巫歌起源説의 再検討(2)」, 『韓国音楽史学報』 제15집, 한국음악사학회, 1995.

서대석, 「구비서사시인의 작시전략」, 『한국학연구』 8집, 고려대한국학연구소, 1996.

서연호, 「仮面劇의 様式 및 伝承的 仮面에서 살펴본 呉国의 위치: 日本伎楽과의 비교를 중심으로」, 『동국대일본학』 12, 1993. 8.

서연호, 「창극의 현단계와 독자적인 음악극으로서의 거듭나기」, 『판소리연구』 제5집, 판소리학회, 1994.

서연호, 「한국무극의 원리와 유형」, 『한국무속의 종합적 고찰』, 고려대학교 민족문화연구소, 1982.

서연호, 「한일연극의 미래」, 『문학과 의식』 41, 문학과 의식사, 1998. 8.

서인화, 「영산초장 다스름에 대한 연구」, 『판소리연구』 1집, 판소리학회, 1989.

성미경, 『〈曾根崎心中〉에 나타난 心中의 美意識 考察』, 고려대 석사논문, 2002.

성현자, 「판소리와 중국 강창문학의 대비연구」, 『진단학보』(53·54), 1982.

손태도, 「판소리의 기원으로서의 '打令'」, 『판소리연구』 8집, 1997.

安 廓, 「山台劇と処容舞と儺」, 『朝鮮』 210, 朝鮮総督府, 1932.

安自山, 「朝鮮音楽과 仏教」, 『仏教』 72호, 1930. 6.

유영대·정양, 「전북 판소리의 전승에 관한 조사연구」, 『판소리연구』 제2집, 판소리학회, 1991.

유영대, 「판소리 유파와 기법적 특징」, 『판소리의 세계』, 문학과 지성사, 2000.

윤광봉, 「西域樂舞의 변용양상-伎楽을 중심으로」, 『백록어문』 3.4합병본, 제주대
　　　학교 국어교육학과 국어교육연구회, 1987. 5.

이기형, 「단가의 범주와 신재효 가사의 성격」, 『판소리연구』 10집, 판소리학회, 1999.

이두현, 「연극의 한일교류」, 『한일문화교류사』, 민문고, 1991.

이보형, 「판소리 辞説의 劇的 状況에 따른 長短調의 構成」, 『판소리의 이해』, 창
　　　작과 비평사, 1978.

이수봉, 『晩華의 春香歌 試訳』, 한국고소설연구회편, 아세아문화사, 1991.

李一龍, 「演劇 形態形成에 관한 比較研究(上)-韓国과 日本을 중심으로」, 『연극평
　　　론』 10호, 1974. 6.

李恵求, 「장단의 개념」, 『韓国音楽研究』 19, 한국국악학회, 1991.

李恵求, 「宋万載의 観優戯」, 『판소리연구』 제1집, 판소리학회, 1989.

인권환, 「판소리의 失伝 原因에 대한 考察」, 『한국학연구』 7집, 고려대학교한국학
　　　연구소, 1995. 12.

인권환, 「失伝 판소리 사설 연구-〈강릉매화타령〉, 〈무숙이타령〉, 〈옹고집타령〉을
　　　중심으로」, 『東洋学』 26집, 단국대 동양학연구소, 1996.

인권환, 「판소리 唱者(広大) 文化에 대한 資料와 研究史 검토」, 『한국학연구』 8
　　　집, 1996. 12.

임수연, 「가부키(歌舞伎) 연기 '미에(見得)'의 양식성(様式性)에 관한 연구」, 동국
　　　대 석사학위논문, 2000.

전경욱, 「춘향전 작품군 가요의 형성과 기능」, 고려대 박사논문, 1988.

정병욱, 「판소리의 사실성과 서민정신」, 『판소리연구』 제1집, 판소리학회, 1989.

村上祥子, 「한국의 탈놀이와 日本伎楽의 연구」, 고려대 석사논문, 1991.

최　관, 「近松門左衛門의 〈本朝三国志〉에 관한 고찰」, 『일본문화학보』 3, 한국일
　　　본문학회, 1997. 10.

최동현, 「20세기 전반기 판소리 향유층의 변동과 음악의 변화」, 『한국연극의 쟁점
　　　과 새로운 탐구(전통극)』, 연극과 인간, 2001.

최동현, 「판소리의 전통음악으로서의 공연예술적 특성에 관한 연구」, 『한국언어문학
　　　』 제48집, 2002.

3. 국외 논저

1) 단행본

鮎貝房之進, 『花郎攷・白丁攷・奴婢攷』, 国書刊行会, 1932~38.
三宅周太郎, 『続文楽の研究』, 創元社, 1941.
木谷蓬吟, 『淨瑠璃研究書』, 第一書房, 1941.
山田徳兵衛, 『日本人形史』, 富山房, 1942.
黒木勘藏, 『淨瑠璃史』, 青磁社, 1943.
若月保治, 『人形浄瑠璃史研究』, 桜井書店, 1943.
秋葉隆, 『朝鮮民俗誌』, 東京 三六書院, 1954.
田辺尚雄, 『日本の音楽』, 文化研究社, 1954.
内海繁太郎, 『人形浄瑠璃と文楽』, 白水社, 1958.
森修, 『近松門左衛門』, 三一書房, 1959(1979).
池田弥三郎 外, 『藝能と文学』(民俗文学講座 제3권), 弘文堂, 1960.
三田村鳶魚, 『三田村鳶魚全集 別巻』, 中央公論社, 1962.
井浦芳信, 『日本演劇史 下巻』, 至文堂, 1963.
国文学編輯委員会, 「劇作家としての近松」, 『国文学解釈と鑑賞』第30巻3号, 至文
　　　堂, 1965.
河竹繁俊, 『概説日本演劇史』, 岩波書店. 1966.
高尾一彦, 『近世の庶民文化』, 岩波書店, 1968.
川口久雄, 『大江匡房』, 吉川弘文館, 1968.
柳田国男, 『柳田国男集』第1-20巻, 筑摩書房, 1968-70.
森永道夫, 『劇的空間論』, 桜楓社, 1969.
原勝郎, 『日本中世史』, 平凡社, 1969.
永田衡吉, 『日本の人形芝居』, 錦正社, 1969.
室木弥太郎, 『語り物(舞・説経・古浄瑠璃)の研究』, 風間書房, 1970.
芸能史研究会編, 『浄瑠璃 語りと操り』(日本の古典芸能 7), 平凡社, 1970.
和辻哲郎, 『日本芸術史研究 歌舞伎と操り浄瑠璃』, 岩波書店, 1971.
横山正 校注・訳, 『淨瑠璃集(日本古典文学全集45)』, 小学館, 1971.
堀一郎, 『日本のシャーマニズム』, 講談社, 1971.

校注 郡司正勝 外, 『近世芸道論』(日本思想大系61), 岩波書店, 1972.

源了円著, 『徳川思想小史』, 中央公論社, 1973.

河竹登志夫, 『続比較演劇学』, 南窓社, 1974.

高尾一彦, 『近世の庶民文化』, 岩波書店, 1974.

国文学編輯委員会, 「近松・近世悲劇の原象」, 『国文学解釈と鑑賞』 第39巻11号, 至
　　　文堂, 1974.

加藤周一, 『日本文学史序説 上』, 筑摩書房, 1975.

林屋辰三郎, 『中世芸能史の研究』, 岩波書店, 1975.

宮尾しげを, 『藝能民俗学』, 伝統と現代社, 1975.

折口信夫全集 第1巻, 『古代研究』(国文学篇), 中公文庫, 1975.

折口信夫全集 第3巻, 『古代研究』(民俗学篇), 中公文庫, 1975.

日本文学研究資料刊行会, 『近松』, 有精堂, 1976.

佐々木八郎, 『語り物の系譜』, 笠間書院, 1977.

三田村鳶魚, 『三田村鳶魚全集 第21巻』, 中央公論社, 1977.

安藤鶴夫, 『文楽 芸と人』, 朝日新聞社, 1980.

三隅治雄, 『藝能の成立と伝承』, NHK大学講座, 1981.

芸能史研究会編, 『日本芸能史1〜4』, 法政大学出版局, 1981〜91.

申在孝, 姜漢永・田中明 訳註, 『パンソリ』, 平凡社, 1982.

加藤周一, 『日本文学史序説 上』, 筑摩書房, 1984.

全国歴史研究協議会編, 『日本史用語集』, 山川出版社, 1984.

国文学編輯委員会, 『解釈と鑑賞−古典芸能』 第50巻 6号, 至文堂, 1985.

芸能史研究会編, 『日本芸能史4』, 法政大学出版局刊, 1985.

野村伸一, 『仮面戯と放浪芸人−韓国の民俗芸能』, ありな書房, 1985.

諏訪春雄, 『語り物の系譜』, 鑑賞日本古典文学 29, 角川書店, 1985.

諏訪春雄, 『近世戯曲史序説』, 白水社, 1986.

荒木繁・山本吉左右 編, 『説経節』, 平凡社, 1986.

野村伸一, 『韓国の民俗戯−あそびと巫の世界へ』, 平凡社, 1987.

山折哲雄, 『日本仏教思想の源流』, 講談社, 1987.

守屋毅 編集, 『藝能と鎮魂』, 春秋社, 1988.

利根川裕, 『日本人の死にかた』, 朝日新聞社, 1988.

茂手木潔子, 『文楽 声と音と響き』, 音楽之友社, 1988.

平田澄子, 『竹本座浄瑠璃集1』, 叢書江戸文庫9, 国書刊行会, 1988.

国文学編輯委員会, 「近世演劇の魅力を問い直す」, 『国文学解釈と鑑賞』, 第54 巻5
　　　号, 至文堂, 1989.

中尾宏, 『前近代の日本と朝鮮』, 明石書店, 1989.

白方勝, 「淨瑠璃の詞章と曲節」, 『日本文学講座2』, 大修館, 1989.

原道生, 「淨瑠璃作者・近松門左衛門」, 『日本文学講座2』, 大修館, 1989.

山田庄一, 『文楽』, ぎょうせい, 1990.

西角井正大, 『民俗芸能』, ぎょうせい, 1990.

信田純一, 『近松の世界』, 平凡社, 1991.

山路興造 外, 『日本歴史と芸能－形代・傀儡・人形』, 平凡社, 1991.

日本放送協会 編, 『文楽 鑑賞入門Ⅱ』, 日本放送出版協会, 1991.

杉山次郎, 『遊民の系譜』, 青土社, 1992.

崔 官, 『文禄・慶長の役』, 講談社, 1994.

石田一良, 『日本文化史－日本の心と形』, 東海大学出版会, 1994.

祐田善雄校主, 『曾根崎心中』, 岩波書店, 1995.

今野達 外, 『古典文学と仏教』(日本文学と仏教), 岩波書店, 1995.

坂口弘之 編, 『淨瑠璃の世界』, 世界思想社, 1996.

渡辺洋, 『比較文学研究入門』, 世界思想社, 1997.

藤井貞和, 『物語の起源－フルコト』, 筑摩新書, 1997.

吉田久一, 『近現代仏教の歴史』, 筑摩書房, 1998.

諏訪春雄, 『日本の祭りと芸能－アジアからの視座』, 吉川弘文館, 1998.

吉本隆明・梅原猛・中沢新一, 『日本人は思想したか』, 新潮社, 1998.

村上陽一郎・細谷昌志, 『宗教－その原初とあらわれ』, ミネルバ書房, 1999.

坂口弘之 監修, 『日本芸能史』, 昭和堂, 1999.

国文学編輯委員会編, 『国文学－江戸の劇空間』第45巻 2号, 学灯社, 2000.

邊恩田, 『語り物の比較研究－韓国のパンソリ・巫歌と日本の語り物』, 翰林書房, 2002.

2) 연구논문

高野斑山, 「近松の音楽上に於ける大集成」, 『国語と国文学』10月号, 1924.

三田村鳶魚, 「朴僉知の教へる人形制作過程」, 『旅と伝説』, 1932. 12.

佐谷眞木八, 「御伽草子から古浄瑠璃へ」, 『三田国文』第29号, 1936.

渥美かをる, 「淨瑠璃の詞章と曲節との関係−初期より義太夫出現に至る迄」, 『近世文芸』, 日本近世文学会 編, 1954.

室木弥太郎, 「淨瑠璃物語と民間説話」, 『国語と国文学』, 東京大国語国文学会, 1958.10.

室木弥太郎, 「淨瑠璃物語と語り物」, 『国語と国文学』, 東京大国語国文学会, 1959.9.

林屋辰三郎, 「観客・聴衆の変遷」, 『藝能と文学』(民俗文学講座 제3권), 弘文堂, 1960.

河竹登志夫, 「人形の発生とその芸術」, 『藝能と文学』(民俗文学講座 제3권), 弘文堂, 1960.

戸板康二, 「藝能史概説」, 『藝能と文学』(民俗文学講座 제3권), 弘文堂, 1960.

諏訪春雄, 「歌祭文と近松の世話浄瑠璃−世話浄瑠璃の成立をめぐって」, 『近松論集』第1輯, 1962.

原道生, 「〈曾根崎心中〉の意義−発生期の世話浄瑠璃として」, 『近松論集』第1輯, 1962.

諏訪春雄, 「近松浄瑠璃の上演形式」, 『近松論集』第3輯, 1964.

諏訪春雄, 「時代と世話−近世演劇の発想」, 『文学』, 岩波書店, 1966.

角田一郎, 「道行文研究序論(1)」, 『広島女子大学紀要』1号, 1966.

祐田善雄, 「近世浄瑠璃の成立」, 『天理大学学報』, 天理大学出版部, 1966.

井野辺潔, 「〈語り物〉音楽における語りと伴奏」, 『日本・東洋音楽論考』, 東洋音楽学会, 1969.

坂倉篤義, 「語り物の歴史と浄瑠璃の成立」, 『淨瑠璃 語りと操り』, 平凡社, 1970.

井野辺潔, 「三味線と曲節」, 『淨瑠璃 語りと操り』, 平凡社, 1970.

内山美樹子, 「淨瑠璃の戯曲作法」, 『淨瑠璃 語りと操り』, 平凡社, 1970.

角田一郎, 「義太夫節の形成に関する一考察(1-5)−花山院の道行について」, 『近世文芸研究と論評』, 早稲田大学国文学部暉峻研究室編, 1973-5.

内山美樹子, 「近松の浄瑠璃における時間の問題」, 『解釈と鑑賞』, 至文堂, 1974. 9.

諏訪春雄, 「複眼的方法の生成」, 『解釈と鑑賞』, 至文堂, 1974. 9.

角田一郎, 「音楽性と劇構想−現研究段階と課題」, 『解釈と鑑賞』, 至文堂, 1974.

篠田正浩, 「心中のドラマツルギー」, 『解釈と鑑賞』, 至文堂, 1974. 9,

角田一郎, 「人形舞台の変遷−人形操法との関係」, 『近松』, 有精堂, 1976.

中村幸彦, 「虚実皮膜論の再検討」, 『近松』, 有精堂, 1976.

広末保, 「悲劇詩の成立−近松論の前提」, 『近松』, 有精堂, 1976.

松平進, 「〈曾根崎心中〉の構成とその変貌」, 『近松』, 有精堂, 1976.

今尾哲也, 「注釈の原点-〈曾根崎心中〉の場合」, 『近松』, 有精堂, 1976.

鶴見誠, 「〈曾根崎心中〉の上演と辰松八郎兵衛」, 『近松』, 有精堂, 1976.

町田嘉章, 「三味線声曲に於ける'語る'と'謡う'ことの音楽的意義と本質」, 『東洋音楽研究』, 東洋音楽学会, 1985.

坂口弘之, 「人形浄瑠璃の成立」, 『日本文芸史』第4巻, 河出書房, 1988.

伊藤好英, 「'うたい'の位相-中世芸能の考察を中心に」, 『芸能の台本としての日本文学(下)』, 月刊芸能7月号第 34巻, 1992年, 芸能学会, 17면.

内山美樹子, 「〈通小町〉と毛越寺延年〈卒塔婆小町〉」, 『演劇学』第33号, 早稲田大学出版部, 1992.

永井義憲, 「仏教思想と文学」, 『日本文学と仏教』, 岩波書店, 1995.

小峯和明, 「唱導-安居院澄憲をめぐる」, 『日本文学と仏教』, 岩波書店, 1995.

外村南都子, 「歌謡-中世世俗歌謡の早歌を中心に」, 『日本文学と仏教』, 岩波書店, 1995.

室木弥太郎, 「語り物の世界」, 『淨瑠璃の世界』, 世界思想社, 1996.

原道生, 「淨瑠璃の作劇法」, 『淨瑠璃の世界』, 世界思想社, 1996.

山根為雄, 「淨瑠璃の読み方-詞章と曲節」, 『淨瑠璃の世界』, 世界思想社, 1996.

秋本鈴史, 「淨瑠璃の上演形態と興行-人形遣いの登場」, 『淨瑠璃の世界』, 世界思想社, 1996.

林久美子, 「古浄瑠璃の新風-加賀掾」, 『淨瑠璃の誕生と古浄瑠璃』第7巻, 岩波書店, 1998.

広末保, 「近松悲劇の研究」, 『近松序説』, 影書房, 1998.

角田一郎, 「貞享二年の道頓堀」, 『近松の時代』, 岩波書店, 1998.

林久美子, 「人形浄瑠璃」, 『日本芸能史』, 昭和堂, 1999.

井上勝志, 「貞享初期の道頓堀-義太夫正本の形式・刊行から」, 『近松研究所紀要』第14号, 園田学園女子大学近松研究所, 2003.

4. 사 전

고려대학교 민족문화연구원, 『한국민속의 세계 1-8』, 창작마을, 2001.

한국정신문화연구원, 『한국민족문화대백과사전』, 한국정신문화연구원, 1990.

早稲田大学 演劇博物館編, 『演劇百科大事典 1-6』, 平凡社, 1960.

日本古典文学大辞典編輯委員会, 『日本古典文学大辞典1-6』, 岩波書店, 1984.
日本古典文学大辞典編輯委員会, 『日本古典文学大辞典簡約版』, 岩波書店, 1984.
新村出 編, 『広辞苑』, 岩波書店, 1955.
岡一男, 『平安朝文学事典』, 東京堂出版, 1972.
石崎一正・泉二太郎 共著, 『演劇小辞典』, ダヴイッド社, 1981.
諏訪春雄, 『文芸用語の基礎知識』, 至文堂, 1982.
長谷川泉・高橋新太郎 編集, 『文芸用語の基礎知識』, 至文堂, 1982.
近松の会, 『近世演劇研究文献目録』, 八木書店, 1984.
須藤豊彦, 『日本歌謡辞典』, 桜楓社, 1985.
平野健次 監修, 『日本音楽大辞典』, 平凡社, 1989.
高信幸男 編著, 『難読稀姓辞典』, 日本加奈出版株式会社, 1993.

日本語抄録

『春香歌』と『曾根崎心中』の比較研究

朴英山(Park, Young-San)

　韓国と日本は地理的な関係上，長い交流の歴史を培ってきたが，それは伝統芸能の歴史にも直結される．この論文は両国の伝統芸能の中でも，それぞれの基層文化を基にする口碑叙事文学が公演芸術として完成したパンソリと浄瑠璃との比較を研究対象とした．

　パンソリは扇を持った一人の唱者が鼓手の鼓の長短に合わせて叙事的であり劇的である長い語り物を，アニリ(白)とソリ(唱)でパンを組んで，ノルムセ(科)とチュイムセ(囃子)を添えて演唱する芸術を言う．浄瑠璃は一人の大夫が扇拍子に合わせて，長い叙事的な語り物を詞・色・地またフシで組んでいく劇的な語りである．このように，パンソリと浄瑠璃は辞説(詞章)と音楽が合わされた綜合芸術である．これはつまり詞章だけで，または音楽だけではその本質を表わすことができないことを意味する．

　本論文では，まず韓国と日本の口碑叙事文学が一つの唱の芸能として成り立つ要素をまとめ，共通的な要素を持って生成したパンソリと浄瑠璃が，前者は劇音楽で演行する公演芸術になり，後者は新しい音楽様式に劇作術と人形遣いが合体して人形劇の声楽曲に変貌する過程を考察した．そして，公演芸術学的な観点から，パンソリ『春香歌』と浄瑠璃『曾根崎心中』の構成方式と叙述方式そして演行方式をそれぞれ対照し，分析して，そこに内在する法則性を摸索することを目的とした．

　第Ⅱ章では，パンソリと浄瑠璃の成立過程を発生背景と形成過程に分けて検討した．　土俗的な信仰を基底とする韓国の巫歌と日本の神歌はしぐさで表わされる動作体系もあり，　詞で口演する発話体系もある．　しぐさには旋回と跳躍を通して体に神がかりする行為が行われ，　口演は相手を意識した発話行為として解説的であり，　説得的な語調である．　このような語りの方式には創作の可能性と虚構化が行われるため，　自由化，　文芸化できる要素を持っている．　すなわち，　韓国の巫俗と日本の神楽の呪術性の中に入っているしぐさや口演の様式に現われる　「繰返し」の要素と　「鎮魂儀式」がパンソリの辞説と浄瑠璃の詞章の中に色濃く継承されてきたことが分かる．

　　また，　韓国と日本の唱の芸能は仏教儀式で行われる梵唄(声明)の音楽に依存しており，　仏教儀礼からたくさんの影響を受けて形成された．　梵唄は儀式節次を脚本とする歌劇の性格を持っている．　特に，〈靈山会上〉は釈尊の説法場を再現したものであり，　靈山作法によって靈山斎を行う儀礼は現在も続いている．そして，その音楽の影響は後代へも続いており，「靈山ソリ」は最高の梵唄と認められている．　浄瑠璃の発生経路は仏教の声明から〈平曲〉が成り立ち，　琵琶の代わりに新しく流入された三味線を伴奏楽器としながら音曲的な変革が起こるが，　これが義太夫節という新しい音楽の様式を成立させた．　それに近松の劇作術が加わって1686年に上演された　『出世景清』を基点にして義太夫節を新浄瑠璃または当流浄瑠璃と呼ぶことになる．

　　即ち，　仏教の影響を受けている民俗伝承の特色の一つは辞説が仏教的なことであり，　もう一つは音楽の旋律が仏教的なことである．　日本は十世紀頃から固有文字が形成され，　仏教を基とする辞説が広がる条件が具わっていた．しかし，　韓国は漢子の範疇から放れられない状況で，　なお音楽的なことに依存して仏教文化が大衆化され持続された．　それで，　パンソリは唱を中心に，浄瑠璃(義太夫節)は詞を中心にした独自的な芸能として生成したのである．このような，　本質的な意味を摸索することにおいて〈靈山会上〉と〈平曲〉は意義を持つ．

　　一方，韓国と日本の語り物の生成と構成方式はとても似かよっている．　その語りの構成は文学的であり，たくさんの修辞的な表現で作られている．つまり，言葉や文章の列挙及び反覆を通して描写する方式を取っているのだが，韓国の場合は景色を歌う「別曲」や事物を並べる意味の「打令」そして地名を中心に出来た「路程記」などがあり，特に日本の場合は前代の音楽的な性向を持っている「物揃え」が文学的な趣向として定着しながら，後代の文学の中では「道行」のような独特な様式を作った．

第Ⅲ章から第Ⅴ章までは，『春香歌』と『曾根崎心中』の構成方式と叙述方式そして演行方式を対比した．『春香歌』と『曾根崎心中』は口碑叙事文学に，その語りの構成方式にたいする根源が求められる作品である．それぞれ韓国と日本を代表する演行芸術として完成され，その芸能に内在された美学的な特性についての考察が可能である．

第Ⅲ章では，まず両作品の主題と登場人物を通して語りの内容と両国の時代的・社会的な背景を考察した．そして，パンソリのパンチャギ(パン組み)と浄瑠璃の世話物に立脚して描かれた両作品が叙事的な構造と劇的プロットの構成方式をどのように適用しているかを考察した．『春香歌』は初めから叙事的な構造による構成方式で書かれていて，唱とアニリのパンチャギの方式を通して劇的プロットに近寄っている．そして，『曾根崎心中』は作家が前もって対立物として意図して作品を書いているので，その構成はドラマの形式に揃っている．しかし，最初の世話物である『曾根崎心中』には典型的な性格の人物を描写する太夫の方式などにより叙事的な構造による構成を完全に排除することはできていない．また，作品を構成している要素のなかで修辞的な技法と文学的な趣向についても対照し，分析した．

第Ⅳ章の叙述方式では，両作品が一般的な語りの仕組みである起承転結の構図を持っているが，叙事的な構造と劇的プロットの構成方式をどうやって叙述しているかを考察した．そして，両作品が追究する文学的な指向がどうやって異って表現されているかを対照し，分析した．十八世紀の庶民層において，韓国の場合は身分制度からの自由がなく，日本の場合は商業都市への急速な発展の中で発生する社会的な矛盾に堪えるのが難しかった. 『春香歌』と『曾根崎心中』はこのような裏面的な主題に男女の間の恋物語とともに調和のある口碑叙事文学である. そして, その辞説は叙事的な構造とプロットの間にあり, 語りの構成方式から前代の歌謡や修辞的な技法を活用している点が似ている. しかし, もっと細かく検討してみると, かなり違った方式によって辞説構造が組み込まれているのが分かる.

先ず, 『春香歌』の語りの構成方式はいくつかの語りの組合わせによって結縁, 離別, 受難, 再会のパンを組んで, また, それぞれの部分的なパンを組んで, 辞説を展開する. そして, その辞説は唱とアニリが反復的につながる様式をもっている. なお, 叙事的な構造がもっている独自的な原理を基にして, 唱が描写する「緊張と没入」, アニリが見せる「弛緩と解放」で展開されている. また, このような場面は裏面を描きながらパンソリ音楽の要素である長短と調を組合わせて, より劇的に描写される. 『春香歌』は定型化された全体的な語り物が独自性を持っている部分的な語りを組み込んでいて, 唱とアニリ, 緊張と弛緩が二分法的に分かれる. また, その部分の独自的な語りの特性は修辞的な技法や言語的遊戯のため細部的な機能が作用しており, ここに叙事的な語りと劇的な音楽性の接点があると言える.

『曾根崎心中』は最初の世話物として三巻に分かれており, それぞれの巻は日本の神道と儒教と仏教の理念をもって出来ている. 劇作家の近松門左衛門は悲劇を指向しながら劇的プロットによって詞章を組んでいるのである. 詞章そのものは充分に劇的であるが, その構成方式においてはまだ原初的で叙事的な構造の原理から完全に放れられない. 中世の叙事詩の世界では仏教の因果応報や霊験思想などがその現世を支配していたが, 近松の時代になると, 現世はどこまでも人間の行為と葛藤によって表出されたのである. また心中によって死ぬ瞬間に来世成仏が約束されており現世に対する未練はない.

第Ⅴ章では, 演行方式の口碑叙事詩が歌唱の演技に発展することによって, 重要な作用をする演唱の要素をまとめて, 立唱と座唱に形を異にしたパンソリと浄瑠璃の演唱過程を考察してみた．また，パンチャギの唱法と世話物の劇作術に立脚して，独自的な作品として完成した『春香歌』と『曾根崎心中』を分析して，作品に表れている劇の様式性と美意識を重点的に考察した．パンチャギで，ソリは，語りの裏面を描きながら，内容を表現する象徴的な役割をする．唱者が裏面を頭の中に描いたあとに，長短と調の配合によって，パンを組む．よって登場人物の対話よりは，一部分を成している場面に焦点があっている．一方，『曾根崎心中』の興行は，近松の詞章を唄う義太夫の節にのって，辰松八郎兵衛の手妻によって浄瑠璃の中に新しく蘇ると同時に，江戸にも波及し，大きな流行を作り出したと言える．

　浄瑠璃の劇的な場面を一番明確に，表現される部分を「聞かせ場」と「見せ場」という．『曾根崎心中』の心中に向かっていく道行は，近松の作品の中でも，代表的な名文として知られていて，見せ場としても定型化されている．特に道行文の観点からみても，すばらしい場面として言われており，お初と徳兵衛の道行は，ひとつの頂点に到達している．もちろん，この文章には，「物揃え」や「物尽くし」が見られるが，反復や列挙の次元を越えた劇作家の近松の感性のこもった筆致が大きく作用している．前代の修辞的な技法が総動員され，文学の精髄を見せる成果を遂げた．

박영산(朴英山)

학력

   일본 도쿄대학 총합문화연구과(비교문학비교문화 전공) 연구과정 수학

   고려대학교 대학원 비교문학협동과정학과 석사

   고려대학교 대학원 비교문학협동과정학과 박사

경력(현재)

   고려대학교 강사, 대진대학교 강사, 한국예술종합학교 강사

   고려대학교 민족문화연구원 연구조교수

연구논문

   「조루리(淨瑠璃)와 판소리의 비교연구」(석사논문, 2000)

   「『춘향가』와 『소네자키신주(曾根崎心中)』의 비교연구」(박사논문, 2004)

저서

   『한국연극의 쟁점과 새로운 탐구』, (연극과 인간, 2001, 공저)

   『한국 공연예술의 새로운 미래』, (연극과 인간, 2006, 공저)

번역서

   『근대일본연극논쟁사』, (연극과 인간, 2003, 공역)

   『일본현대희곡선』, (소화, 2005, 역서)

구비전승문예의 비교 연구

• 초판 인쇄	2007년 1월 2일
• 초판 발행	2007년 1월 2일
• 지 은 이	박영산
• 펴 낸 이	채종준
• 펴 낸 곳	한국학술정보㈜
	경기도 파주시 교하읍 문발리 526-2
	파주출판문화정보산업단지
	전화　031)908-3181(대표)·팩스　031)908-3189
	홈페이지　http://www.kstudy.com
	e-mail(출판사업팀사업부)　publish@kstudy.com
• 등 　 록	제일산-115호(2000. 6. 19)
• 가 　 격	12,000원

ISBN　　89-534-6100-6 93830 (Paper Book)
　　　　　89-534-6101-4 98830 (e-Book)